終わりのクロニクル

著●川上 稔　イラスト●さとやす（TENKY）

1

【上】

——諸君。
気楽に行こう。
まずは終わりを知るために。

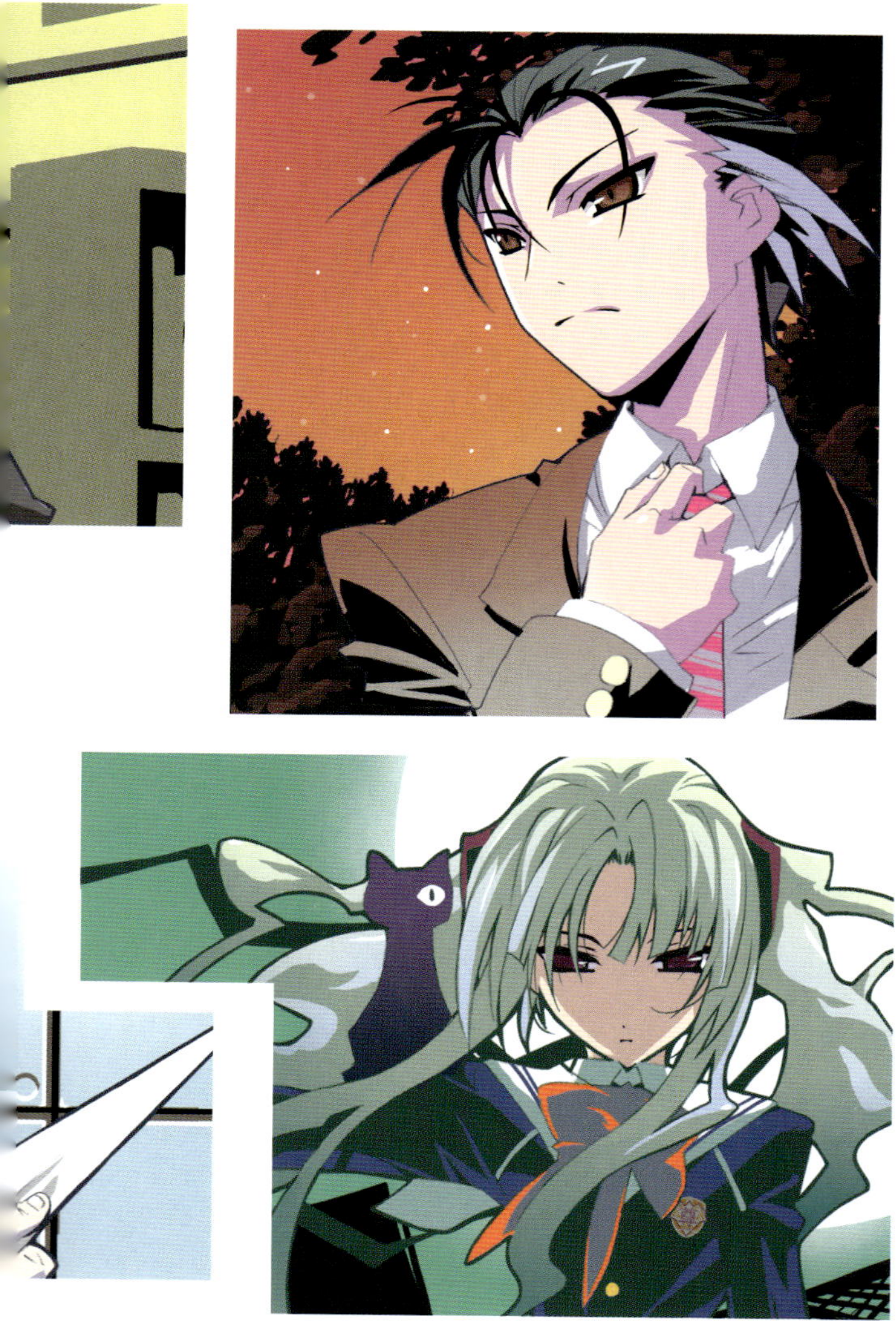

The Ending Chronicle

Act.01

Name: 佐山・御言
Class: 徒会副会長
Faith: 悪役希望
01

CHARACTER
02
Name: 新庄・???
Class: UCAT特課員
Faith: ???

・神州世界対応作戦・

第二次世界大戦前、
出雲航空技研（現IAI）にて行われた地脈改造作戦で、
「世界の地相を持つ日本は、世界の地脈の中心である。
故に日本の地脈を活性化、操作し、
世界の地脈と密接につなげることで、
世界の動向を探り、今後の趨勢を左右する」
というもの。
その考え方は日本を世界全土にとらえることから始まる。

G-WORLD

04

Name: 貘

対応はこのような形で、
第二次大戦前に日本各地に地脈の活性施設が建造された。
これには独逸からも専門の技術者が顧問として加わっている。
この作戦を行った部署は、出雲航空技研"護国課"。
今の日本UCATの前身となる組織である。

2005年2月14日発行
第一広報部

スポーツタカアキタ

スポタカ 乱闘

演説開始三分七秒

それは突然の出来事だった。会長候補の出雲が同棲関係のヤジにラブラブ自慢で返したところ、当の女房から鬼のツッコミが！

風見・千里本紙記者に語る。「やっぱり大事なのは体の軸を意識することよね。後は獲物から目を逸らさないこと。次は春の生徒総会ね。新技出せると思うから応援宜しく～」

○	出雲・覚	（5分12秒 女房乱入）	ゴンザレス・伊藤 ●
○	佐山・御言	（17分31秒 花火）	マイケル・騎士 ●
○	風見・千里	（不戦勝）	ラッシャー・松 ●

風見が飛んだ！ 屋根まで飛んで壊して逃げた！

一言

「あれは見事なドロップキックだったね。その後のマウントパンチも素人が放てるもんじゃない。いい仕上がりだと思うよ。余程練習したんだろうねえ……」（談・プロレス研）

知識の泉 健康スペシャル 第二百八十七回

今日の健康みなぎる僕らの知識は我が尊秋多学院の校章についてだ。妙な稲みたいな文様があるとか後光の太陽は何？とかあるけど真相はよく解らんというのが本音だね。生徒にも好評だ。

「たかあきた、って何だ？新種の米じゃねえんだからよ」

……こ、好評？

「さあオープン戦だ」勘違いの生徒会コメント

新生徒会会長　出雲・覚（次期三年）

「俺の脳内偉人はこう言った。“毎朝の牛乳が乳を大きくする”と。いい言葉だな。俺も毎朝いいことをしよう。たとえば、こう、何つーか、ど、どうよ!?（後半意味不明）」

新生徒会副会長　佐山・御言（次期二年）

「上で馬鹿が戯言を吐いている昨今、皆様いかがお過ごしだろうか。一般人の私としては少々ついていけない面子が揃ったが、平静を保って弾劾粛正に望む所存である」

新生徒会会計　風見・千里（次期三年）

「上で二人の馬鹿が奇言を述べてると思うけど、とりあえず首でも絞めて生徒会の外に奇行と危害を及ぼさないようにするのが会計の仕事です。平和のために頑張ります」

新生徒会顧問　リール・大樹（教員）

「上で三人の問題児が何か言ってますけど先生は頑張りますよー。何しろ今年の目標は“来年こそ頑張ろう”ですからね！　馬鹿って言われないようにも頑張りますよー！」

AHEAD

終わりのクロニクル

CONTENTS

終わりのクロニクル 1-上

プロット表

ボクが彼と初めて逢ったときのことを忘れずに

イラスト：さとやす（TENKY）
カバーデザイン：渡辺宏一（2725inc）
本文デザイン：TENKY

01

·現状における佐山中心人物相関図·

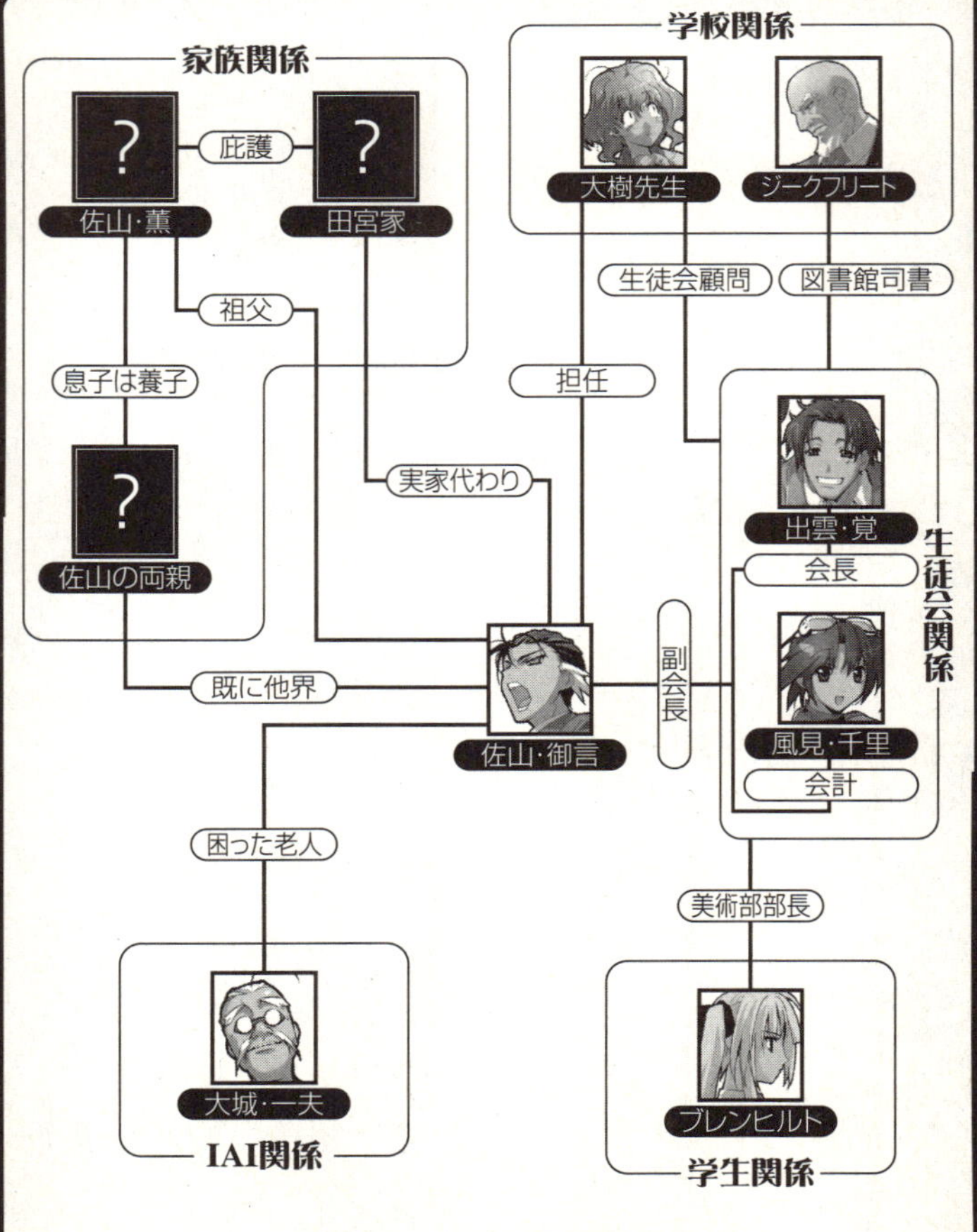

序章

『聖者の詩』

彼は呼びかけ
彼女は朗じる
響け終わりを見届けてきた詞達よ

00.

夜。

全天《ぜんてん》に渡る闇の下に、光を放つ土地がある。

街だ。

街の中央、線路の束の集《つど》う場所に大きな白い建築物がある。

それは地上八階建ての駅ビルだ。

北口の二階部分、広いテラスを持つ入り口には、立川《たちかわ》駅北口という青の表示がある。

向かいのビルの時計は午後十時。駅ビルは終業しているが、まだ終電には遠い時間だ。

だが、駅に人影はない。駅のテラスにも、駅前のロータリーにも。

ロータリー周辺、緑の葉を持つ並木通りの下には、車の列がある。だが、どの車も動いていない。バスも動いていない。駅から延びる線路の上、電車も動いていない。

全ては無人だ。

と、動きも何も無い世界に、わずかな音が生まれた。

上。

駅ビルの東側上部。七階のテナントの窓。その窓が内側から強く叩かれていた。

硝子《ガラス》窓に映るシルエットは女性のものだ。

ふと、彼女の動きが止まった。そして窓から離れる。背後へと走り去る。

次の瞬間、窓に新しい影が映った。

彼女と入れ替わるように映ったのは、身長二メートルを超える大きなシルエット。

それは窓に激突《げきとつ》する。

窓がたわみ、盛り上がり、耐え切れぬように砕けた。

硝子音が一つ。そして破片《はへん》の飛沫《しぶ》く音が空に展開。

宙に散った輝きを掻《か》くように、三重の銀弧《ぎんこ》が窓から走っていた。

爪だ。

光の弧はコンパクトな動きで宙に舞った硝子の欠片《かけら》を掻く。

爪の持ち主、巨大な影は腕の振りと共に背後へと振り向いた。一息の半分ほどの時間で、影は窓の枠の向こうに消える。先に逃げた女性を追って。

外の風が、それらの動きを追うように、駅ビルの中へと吹き込んでいく。

●

終業後の駅ビル内部、必要最低限《さいていげん》の明かりが灯《とも》るエスカレーターの踊り場。そこに一つの人影が荒い息と共に足を止めていた。小さな非常灯の下、髪を乱した姿はブレザーの少女だ。

大きめの黒いケースを抱えて立ち止まる彼女の足下、プリントされた表示階数は黄色で三階。

折り返して降りれば二階だ。だから、

「そこからテラス側へ……」

と言って、そこで彼女は咳込《せきこ》んだ。咳を二度、三度と続けながら、震える声で、

「嘘《うそ》でしょ……、これ。何よ？　何が襲ってきてるのよ……？」

言葉に続く空咳《からせき》が、肺の空気を枯渇《こかつ》させる。身体《からだ》を前に折りつつ、唇が言葉を音無《な》く作る。

御免《ごめん》なさい、すぐに帰らなかった私が馬鹿でした、と。

腕の中の黒いケース。それを抱きしめる力が強くなる。

ケースのトップ、メーカーロゴの横にあるマークは、笛のシンボルだ。サイドポケットには一つの紙が丸まっていた。彼女は紙を結ぶリボンの白を視界に入れ、

「全部ここからケチがついたんだわ。三年分のケチが。それでいつもの隠れ場所でイジケてたら、警備員のお爺《じい》さんの姿までなくなってて……、変な影が刃物《はもの》を振りかざして……」

その前に、何か、妙な声を聞いた気がした。頭に響《ひび》くような声。それで目覚めたのだ。

あれは何？　と首を捻《ひね》り、しかし、返す首を強く横に振った。

……早く追っ手から逃げないと。

息をつくと、応じるように頭上で音が響いた。

直上、天井の向こうを杭打《くいう》つように走る足音が近づいてくる。

「……！」

彼女はケースのストラップを手に摑《つか》み、エスカレーターへと身を躍《おど》らせた。

下へ行くことを選択。下へ、下へ、下へ、二階へ。追加要素は急げという一言だけだ。

彼女はアルミのステップを駆け下りて行く。足は革靴《かわぐつ》、強く踏めばステップは堅音《けんおん》を一奏《いっそう》。

走り降りる自分の足音。それと重なるように、上から足音が聞こえる。

だが、そこで全ては終わらない。

「……風？」

外だ。ビルの北面側、先ほど自分が叩いた窓のある方の壁。

そちらに、一つの音が近づいてきた。深く長く広く響く低い音。

何？　と身構えた直後。ビルが殴られたように横へ震動した。

「――っ!?」

それは大音。飛行機の通過音に似た、身体の感覚を失うほどの大気爆発だ。

全身が震えて総毛《そうけ》が立ち上がった。脚《あし》など一瞬で止まる。

身体に聞こえる轟音《ごうおん》は高速で東から西へ通過。そして後に響く抜けるような風音も同じように西へ、西の空へと突き抜けていく。

沈黙《ちんもく》。

あ、と気づけば、音から解放されていた。

身を一度震《ふる》わせ、踵《かかと》をステップ。脚に震動を、身に力を。意志は前に進むことを望む。

いけない、と駆け出した。息を吐き、下を見れば、エスカレーターはあと数段で終わり。

急げ、と感情が叫ぶ。が、視界から得た情報が感情を停めた。

視界にわずかな闇がかぶっていた。それは上から、エスカレーターの吹き抜けからの影。

耳の中、上で響《ひび》いていた足音が消えている。

……何かが――!

来る、と思ったときには動いていた。手の中、ストラップの握りに力を込め、

「――御免《ごめん》」

と、ゴルフスイングのような動きをもって、ケースを上に大旋回《だいせんかい》。

見上げた視界。振り抜く打撃の軌道上《きどうじょう》には黒い影が降下していた。

当たる。

影の横腹《よこっぱら》に、ケースの先端が直撃《ちょくげき》した。

吹っ飛べ。手に持ったストラップの先、そこに在るケースは中身も含めて重さ五キロを超える。重さに込もる恨《うら》みはこの追走劇の分と、楽器に込めた三年分だ。

肉を打つ音と共に、影がくの字に折れた。ケースが砕け、中の楽器が散らばる。

相手の身体《からだ》は右へと。

が、しかし、相手の手、そこにある冷たい光はこちらに振り下ろされていた。

そこに至って彼女は気づいた。今まで刃物《はもの》だと思っていたものが、巨大な爪であることを。

また、爪の持ち主が、やはり大きな体躯《たいく》の獣《けもの》であることを。

爪に焦点を結んだ視界の隅《すみ》。人間と同じ姿勢を取った巨大な獣の影が見える。

化け物！　と思い、身を背《そむ》けた瞬間だ。不意に眼前から爪が離れ、右へと去った。

そこから先の全ては刹那《せつな》。

空を振り抜かれた爪がエスカレーターのサイドフレームを砕いた。が、身体は倒れる動きを停められない。獣の巨軀《きよく》は隣《となり》のエスカレーターへと転び落ちた。

「――――！」

獣の叫びが響く。次いで衝撃《しようげき》の音も。

彼女はしかし抗議の咆哮《ほうこう》を聞かない。彼女が聞くのは、楽器が砕け散らばる音だ。

御免、と心が謝った。

次の瞬間、回避でバランスを崩していた身体が、エスカレーターを転がった。

もはや感傷よりも痛みが優先。身を背けた勢いで身体は後ろ向きに一回転だ。

背中にステップの角がぶつかり、息が詰まる。スカートだって乱れ全開だ。

が、手摺《てす》りを摑《つか》んで強引《ごういん》に立ち上がった。

下。獣の声がする。何が起きたのか解《わか》っていないような、怒りと憤《いきどお》りに満ちた声だ。

無視。

彼女はもはや手に何も持たず、走り出した。エスカレーターの下、二階フロアへと。

わずかな灯《あか》りを持つフロアの左右。そこにはブティックの列がある。どの店舗《てんぽ》も全て格子《こうし》ガレージが降りたままだ。たびたび警備員に連れられて見た光景。今日は走り抜ける風景だ。

視界の中、フロアの端、硝子《ガラス》扉がある。格子ガレージがそこだけは何故《なぜ》か降りていない。

あの扉を出れば、駅ビルの二階を南北に貫く立川《たちかわ》駅の広いエントランスだ。

扉を開けようと、施錠《せじょう》を外そうと、身を沈めた。硝子扉に肩から当たっていく。

鈍い衝撃《しょうげき》。だが、その痛みが、ゆっくりと向こう側に突き抜けた。

終業時間が過ぎた駅ビルの扉が、開いていた。

「どういう……、こと」

と、まろび、少女は外気に飛び出す。エントランスの床、タイルの上に手と膝《ひざ》をついた。

周囲、広く無人の空間がある。幅《はば》十五メートルほどの広い通路、立川駅のエントランス。

すると、不意に右手の甲に一つの感触《かんしょく》が来た。柔らかく湿ったものだ。

何かと思って見れば、猫だ。まだ幼さの残る茶色い猫がいる。

しかし、猫という存在があることに、彼女は背筋《せすじ》を震わせた。周囲、見れば人影など一つもない。今まで見たのは、襲ってきた影だけだ。上から見たロータリーも無人だった筈《はず》。

この猫も自分と同じなのかと、彼女は猫を抱き上げる。一瞬《いっしゅん》だけ合わせた視線の先、猫がこちらを見上げたが、身体《からだ》を持ち上げると目を細めた。だから決めた。連れて行く、と。

立ち上がる。

「とにかく北口のテラスへ……」

とつぶやき、右手側、テラスに繋《つな》がるエントランスの北口を見た。

そのときだ。テラスの向こう、ロータリー側に金属音を伴った風が落ちた。

見れば、ロータリーに立った風は、巨大な灰色の姿をしていた。

巨大な、灰色の人型の機械として。

●

テラスの高さからして、上半身を突き出す身長は十メートルを下らない。全身は灰色の、

「ロボ……、いや、——鎧《よろい》？」

彼女の疑問に答えるように、巨大なシルエットは身を起こす。そしてこちらに顔を向けた。

灰色の巨人の顔の中、目のあたりで青い光が一つ。

見られている感覚を彼女は得た。

鼓動《こどう》がすくみ、身がしぼむ。息が出来ず、そこで初めて怯《おび》えているのだと自覚する。

すると、震えた腕の中で、猫が身じろいだ。腕の締め付けをきついと言うように。

猫が鎧の視線など気にもせず、甘えるような鳴き声を挙げた。

場違いな声に、少女の口から、ふと、苦笑が漏れた。

少女は思う。自分の恐怖は猫には無関係だと。何も解《わか》らないこの猫は、怯《おび》えていないと。

「────」

浅い吐息を一つ。それを合図とするように、身に力が戻る。

いける、いける、と二度思う。

左。自分がいるエントランスとテラスの間、下へと降りる階段がある。あの巨人の大きさから言って、テラスの下に回り込むのは容易ではない筈《はず》だ。

階段までは距離十五メートル。全力なら三秒かからない。

だから決断即座《そくざ》に走る。一歩目から全力で。だが、

「あ」

と気づいたときには、右足を引っかけられたような動きで転んでいた。

「な、何!?」

痛みよりも驚きで身体《からだ》を跳ね起こす。見れば右足の先、革靴《かわぐつ》が転がっていた。靴の口からサイドソールまでが裂けている。先ほどエスカレーターで転倒したときに裂いていたのか。

しまった、と立ち上がろうとした右の足首。そこに痛みが来た。

立てない。膝《ひざ》から力が抜け、彼女は冷たいタイルの床に転がった。

く、と声が漏れ、倒れたまま背後を見た。テラスの向こう、巨人がこちらに右腕を掲げてい

る。その右腕の外側に何か筒のようなものがある。どう見ても、砲《ほう》だ。
狙われている。
「あ……」
と更に声が漏れ、続きそうになる音を飲み込む。すると涙が出た。
そして彼女は気づく。自分の抱いていた猫が、倒れた腰のあたりにいることに。
猫は倒れた彼女を気遣《きづか》うように、脚《あし》に首をなすりつけてくる。
もはや反射的な動きで彼女は猫を抱きかかえた。そのまま巨人を見上げ、睨《にら》む。
次の瞬間。巨人の右腕でこちら向きの力が炸裂《さくれつ》した。
まず初めに見えたのは炎。続く一瞬で白い煙が大気を走って来た。
疾走の先端から響《ひび》くのは風を貫く高い音。
砲撃《ほうげき》。
来る。そして危険だ。彼女は立ち上がろうとした。が、足首が痛み、腰が落ちる。
それでも彼女は再び立ち上がろうとする。
「……っ！」
喉《のど》から漏れるのは、悲鳴ではなく、自分への憤《いきどお》り。
だが、敵の放った力は一瞬《いっしゅん》で眼前に到達。
爆発した。

目を開けた。
周囲に風があることもだが、腕の中に猫がいることに彼女は気づいた。
「生きて――」
という自分の声が聞こえない。耳をやられている。
彼女は身体《からだ》のふらつきを視覚で感じながら、尻をついた姿勢で周囲を見渡す。
広い駅のエントランス。その床の上を、煙と風が走っている。
爆発が起きたのは間違いない。だけど自分は生きている。
「何が起きたの……?」
疑問がかすかに聞こえた。音が、耳に戻ってくる。
聞こえてくるのは風の音。そして、風が吹いてくるのはテラスの方角だ。
テラスやロータリーの外灯が作る逆光の中。
少女は一つの影を見た。
灰色の巨人を遮蔽《しゃへい》するように、背を向けて立つのは白と黒の衣装。
それは長髪《ちょうはつ》とロングスカートをなびかせた女性の影。
右手には巨大な杖のようなものを提《さ》げ、左手を前へ、テラスの方へと向けている。

わりのクロニクル

そのかざされた手より向こう、覗《のぞ》けるテラスの上には煙が巻き、床は大きくえぐれている。

風が走り、テラスにたなびいていた煙が飛んだ。

テラスの向こうにはやはり巨人がいる。

どういうこと、と全てに対して思う疑問を、高い声が停めた。眼前に立つ女性の声だ。

「佐山《さやま》君。こちら新庄《しんじょう》。——乱入《らんにゅう》者一名確認。接触」

その声に、応じる言葉があった。

「見ていたよ、新庄君」

それは男の声。しかも、すぐ近くから。

猫を抱いたまま振り仰げば、いつの間にか一人の青年が横に立っていた。

佐山と呼ばれた人だろう。彼は、白と黒の兵服に似た服を着ていた。サイドに白髪《しらが》が一筋入ったオールバックの髪の下。鋭い視線を持つ顔がある。

彼、佐山はこちらに歩み寄り、見下ろすのではなく、首を傾けて視線を合わせた。

ふむ、と風の中で彼は頷《うなず》き、こちらと、猫を見て告げた。

「乱入者とは珍しい」

手が伸び、頭を撫《な》でられた。堅《かた》い手指の感触《かんしょく》がある。

ふと、少女は思い出す。先ほど壊してしまった楽器のことを。

もし、今日、こうされていれば、壊すようなことはしなかっただろうか。

心で思った疑問に、佐山の言葉がかけられた。

「――よく頑張《がんば》った」

彼の言葉に、力が抜けた。

それは身体《からだ》が、床に沈んでしまうような感覚。

あ、いけない、と思ったときにはもう、少女は気を失いつつあった。

●

「さて……」

と、倒れた少女の背を手で支えた佐山は、その細い身体を床に横たえる。

見れば、猫が少女の横から離れない。まるで護衛役《ごえいやく》のようにして。

佐山は苦笑。新庄と名乗った女性の方に目を向けた。肘《ひじ》を立て、髪を掻《か》き上げ、

「現状はどうかね？」

「敵は人型《ひとがた》・十五、重《じゅうぶ》武神《しん》・三、こっちの主力はそれぞれ展開中。今までの中ではいい感じに久しぶりの大規模だね。暴れる直前に概念《がいねん》空間に捉《とら》え切れて良かったと思うよ、ボクは」

「先ほど、原川《はらかわ》とヒオ君が超《ちょう》低空で思い切り無茶《むちゃ》をしたようだが」

「追い立てられたのが、そこ、向こうにいるよ。他の二体は竜司《りゅうじ》君と美影《みかげ》さんが戦闘中。でもちょっと、北口は、ほら、吹っ飛んでるっぽいね」

新庄《しんじょう》の言葉を聞いた佐山《さやま》は、大げさに頭を振る。手を左右に広げ、

「原川《はらかわ》にはあれほど破壊するなと言ったのだが。崩壊率《ほうかいりつ》が上がったら将来の世界に申し訳が立たない。あのヤンキーは一度しっかりゴーモンにかけておくべきだと思わないかね？」

「きっとヒオが言うよ。ソフトにやって下さいね、って」

『勝手なこと言ってんじゃやねえー！』

とノイズ混じりの男の声が、佐山の首元から響《ひび》いた。

佐山は、首からかかった通信用のフォンマイクを見ると、首を傾《かし》げ、

「――勝手なことではない、原川。君のため、この世界のためを思ってのことだ。あとで担当者を紹介しよう。電圧次第《しだい》だが、大体《だいたい》五秒ほどで素直になれるそうだ」

『佐山、アンタのために昔から言いたかった大事な一言がある』

「何かね？　並の賞賛《しょうさん》では動じぬよ？」

『地獄《じごく》に堕《お》ちろ』

通信シャットダウンのノイズが聞こえた。佐山は額《ひたい》に手を当てると、

「全くもって困った男だ。世界にとって有害だね、ああいう自尊心《じそんしん》の強い人間は」

「……鏡《かがみ》見たことある？」

「あるとも、朝と夜に十分は確認する。それと原川に何の関係があると？」

「……いや、佐山君は佐山君で異常に素晴らしいよなぁ、って今また確認しただけ」

新庄が振り向かず、テラス向こうの巨人を見つつ言う。

「その子は？　どう？」

「大丈夫だ。負傷はあるが、負けはしていなかった」

そう、とそこで新庄が振り向いた。床に寝る少女を見て、目を細めた。

「良かった。さっきの一撃《いちげき》に対して、防御用概念《がいねん》の符《ふ》を全部使った甲斐《かい》があるね」

その一言が契機《けいき》だった。

巨人が動作した。

駆動《くどう》音を走らせて腰を落とす。震脚《しんきゃく》一つで響くのはアスファルトを砕く快音だ。

しかし、地面を割る音に対して動いたのは、新庄ではない。佐山だ。

彼はまず、額に当てていた手を胸のあたりに下ろし、そして顔の横に持ち上げると、横に切った。続く動きで彼は指を強く鳴らし、

「さて新庄君。Ｌｏｗ《ロウ》―Ｇ《ギア》に集《つど》った解答に背《そむ》く馬鹿を裁く前に、再度の現状確認《かくにん》を皆に」

新庄が前を見た。巨人の右腕、そこにある砲塔《ほうとう》は彼女をまっすぐ指している。

「こっちに防御の力がもう無いからって、やる気になっちゃってまあ……」

やれやれ、と新庄が左手を首元に当てた。

「こちら新庄、接触した乱入者を一名確保《かくほ》。現状、敵重武神《てきじゆうぶしん》と――」

言葉が終わるより早く、巨人、重武神と呼ばれた機械は射撃《しやげき》した。

それが全ての始まりだ。

飛来する威圧《いあつ》は鉄殻《てつかく》を持った大型砲弾《ほうだん》。

風を切って来る力に対し、新庄《しんじょう》が己《おのれ》の言葉の続きを告げた。

「――交戦中」

佐山《さやま》の眼前、新庄が右手の指運《しうん》一つで大杖《おおづえ》を縦に回した。

杖の腹を右の肩で受け止め水平に担い、金属音一つでその前部を左手ホールド。彼女の右手は杖の側面部に走る。右手指の行く先には硝子《ガラス》のような素材で出来た長板が一枚。

そこに彼女は指で文字を書いた。

「我、力を求めることを恐れ、しかし、力を使うことを恐れぬ者なり……！」

文字は青い光と共に透明板の上に生まれて消えた。

応じるように砲弾が来る。

しかし新庄の背後、佐山は砲弾を気にしない。

彼が見るのは眼前の新庄だ。顎《あご》に手を当てたまま、彼女の薄い背を見て、細い腰を見て、丸い尻を見て、目を細め、ふう、と吐息を一つ。

「――美しい。頑張《がんば》りたまえ」

苦笑を漏らして新庄が杖を操作。左手のホールド部分を前にスライドさせるとグリップが出た。摑《つか》んで前に押し込みコッキング。グリップにあるトリガーを握れば迎撃《げいげき》の力が出る。

出した。

空気を割る音。新庄の身体《からだ》の後退。杖の先端の放射口が裂け散り爆《は》ぜたこと。

それら全てと引き替えに白い光が前に射出《しゃしゅつ》。

白光は大気を貫き、飛来する砲弾を掻《か》き消した。

そこで光は緩まない。白の残像《ざんぞう》は軽い上向きの弧《こ》を描き、灰色の武神《ぶしん》に直撃《ちょくげき》する。

打撃音。

武神の胸部装甲板《そうこうばん》が破砕《はさい》。そこで炸裂《さくれつ》した光は威《い》として弾《はじ》けた。

「！」

快音が空に抜け、全高十メートル超過《ちょうか》の姿が、顎《あご》を仰《の》け反《ぞ》らせて吹き飛んだ。

後に続くのは鉄塊《てっかい》が倒れ伏す重低音。

熱を持った風がエントランスの中を走り抜け、まずは新庄を、次に佐山の横を抜けていく。

そして佐山は見る。

風の向こう、エントランスに上がってくる左右の階段から、影が現れたのを。

二足《にそく》歩行の狼《おおかみ》のような獣《けもの》の影。身長二メートル超過の数は左が六、右が四の合計十。

彼らが身を低く構え、突撃《とつげき》姿勢を取るのを見て、佐山は頷《うなず》いた。

「さあ、君達が襲った少女は最後まで悲鳴を挙げなかった。君達も頑張《がんば》ってくれたまえ」

吹いてくる風の中央を割るように、彼は歩き出す。足音を高らかに、微笑し、

「存分《ぞんぶん》に行こう。私は全ての者に等しく寛大《かんだい》だよ？　容赦《ようしゃ》はしないが」

佐山《さやま》の足音に、流れのある声が重なった。

歩く彼と並んだ新庄《しんじょう》だ。砕けた杖を抱くように担《にな》い、口を広げ、新庄が歌を朗《ろう》じる。

それは聖歌《せいか》。清しこの夜の一節。

Silent night Holy night／静かな夜よ　清し夜よ
Sheperds first see the sight／牧人たる者が初めにこの光景を目にする
Told by angelic Alleluja,／それは天使の歌声　礼賛《らいさん》によって語られる
Sounding everywhere, both near and far／近く　遠く　どこまでも響《ひび》く声で
"Christ the Savior is here"／「救い手たる神の子はここに在られる」
"Christ the Savior is here"／「救い手たる神の子はここに在られる――」

歌を聴きつつ、佐山は口を開いた。首元のフォンマイクに向かい、

「――諸君！」

右腕を振り上げ、敵を見据《みす》えたまま、

「今こそ言おう。……佐山の姓《かばね》は悪役を任ずると！」

隣《となり》、新庄が歌を口ずさみつつ微笑を見せた。佐山も同じ笑みを返し、

「私はここに命令する！　いいか？　彼らに失わさせるな。そして彼らを失うな。何故《なぜ》ならば、誰かが失われれば、その分、世界は寂しくなるのだから」

一息。顔を上げ、

「解《わか》るな!?　ならば進撃《アヘッド》せよ！　進撃《アヘッド》せよ！　進撃《ゴーアヘッド》せよ、だ！　馬鹿が馬鹿をする前に強く殴って言い聞かせろ！　そしてこちらに連れてこい！　――それが解ったら言うがいい！」

目の前に身構える敵を見つつ、佐山は勢いよく、右へと手を振り下ろした。兵服の右袖《そで》が張り、紙を打つような音が強く響《ひび》く。

すると、フォンマイクから、そして周囲の空間から声が返る。

「――契約《テスタメント》す！」

ようし、と佐山は頷《うなず》き、歩みを進めた。

彼の向かう先、身を縮《ちぢ》めた影はそれぞれ口元から唸《うな》りを挙げて爆発寸前《すんぜん》だ。

対する佐山は微笑のまま、左の腕を広げる。

先に広げた右の腕と共に、両の腕が敵を抱くように広がった。そして、彼は笑みのまま、

「さあ、……理解し合おうではないか！」

●

――話は二年前、二〇〇五年の春にまで戻る。

終わりのクロニクル

そのときだろう
今まで止まっていたものが
また再び動き出したのは

——私達にとって、自分探しや癒しなど幻想に過ぎない。

第一章

『佐山の始まり』

己を知る者の特権は
己を制限できるということ
もはや甘えも何もなく

青空の下、桜の蕾《つぼみ》がついた並木がある。

並木に挟まれた道路の行く先は、広い土地を囲むセメントの塀《へい》。その西側に空《あ》いた入り口には石の門柱《もんちゅう》があり、〝尊秋多学院《たかあきた》〟と彫り込まれてある。

春休み中、と休閑《きゅうかん》スケジュールの看板が掛けられた門は、通る者もないまま開いている。

門を中に抜ければ、やはり桜《さくら》並木の中央通りがある。

並木の蕾はここでもまだ揃《そろ》ったばかり。そこを前に進めば右手には面積半《はん》ヘクタールはある土の地面の総合グラウンド、左手にはホールにもなる白い武道館が見える。

正面の突き当たりにあるのは校舎ではなく、教員棟だ。

教員棟を中心に、四方へと校舎が並んでいる。一つの学校ではあるが、主となる普通校舎六つを除いては、専門系に分化した学舎だ。環境を考えてか樹木の列に囲まれたものもあれば、サイロを持つ研究プラントや、アスファルトの試走コースを持つ学舎もある。

それらの校舎を包むように林立するのは学生寮《りょう》だ。

一つの市の四分の三にも渡る敷地を利用して、この学校は存在する。内部には幾《いく》つかの商店街や農場、工場が存在しており、街の人々の多くもここで暮らしている。

そして施設には全て、一つのマークが必ずつけられている。

IAI、出雲《いずも》航空技研《ぎけん》を示すマーク。それがこの学園都市を支えるものだ。

しかし今、春休み中の学園内に人影は少ない。

西側、正門近くにある普通校舎でも、それは変わらない。

教員棟の北隣《どなり》、普通科の二年次校舎に見える人影は一つ。

二階の非常階段の踊り場。そこに立つ少年の影だ。

●

春休みだというのに、彼はブレザーの制服を着込み、シャツのボタンを襟《えり》まで掛けていた。

髪は固めたオールバックで両サイドには白髪《はくはつ》が一筋《ひとすじ》。その髪の下、鋭い目と顔つきがある。

目は空を見ている。

青空。そこに浮かぶのは、白い薄雲《うすぐも》と、大気を大きく旋回《せんかい》する飛行機の影だ。

「横田《よこた》の米軍も、私と同じで休み無し、か。好む場所が高いところなのも同じだな」

休みになっても家に戻らないところも同じだ、と彼は言う。

左腕を振り上げて袖《そで》を下げる。と、白く負傷の痕《あと》が残る左の拳《こぶし》、中指に女物の指輪がある。

そして露《あら》わになった左手首には銀の腕時計が一つ。アナログが差すのは午後二時半だ。

彼はその手で、懐《ふところ》から一枚の紙片《しへん》を取り出す。

『佐山《さやま》・御言《みこと》様——。貴祖父《きそふ》、故佐山・薫《かおる》氏より預かりました権利譲渡《じょうと》手続きのため、三月三十日午後六時に奥多摩《おくたま》IAI東京総合《そうごう》施設まで来られますようお願い申し上げます』」

それは招待状。簡単な一文《いちぶん》の後に、IAIの地図と、招待者の名がある。

「IAI局長、大城《おおしろ》・一夫《かずお》、か……」

……御老体《ごろうたい》か。

祖父が亡くなったとき、葬儀《そうぎ》には一番に駆けつけてきた初老《しょろう》の男性だ。長身白髪《はくはつ》で、IAIではいつも白衣姿《はくいすがた》。そこそこ言葉を交わす仲で、佐山《さやま》に己《おのれ》を御老体と呼ばせて楽しむ男だ。

しかし、と佐山は紙片《しへん》を見てつぶやく。

「総会屋《そうかいや》の祖父が、IAIにどのような権利を持っていたのか」

後ろへ振り向けば、非常扉と壁がある。アルミの扉は磨《みが》かれていたが、壁は砂埃《すなぼこり》に汚れていた。ふと、好奇心《こうきしん》で壁に近寄り触れると、砂がこぼれて跡がつく。

「ふむ……」

と指を払ったそのときだ。非常扉が小さく動いた。

開いた透き間から顔を出すのは私服姿の若い女性。茶色のショートカットの前髪《まえがみ》が揺れる下、青い目が先ほどまで佐山のいた位置を見て、あれ？　と首を傾《かし》げる。そこに佐山が、

「こちらだ、大樹《おおき》先生。春休みなのに学校にいるとは、暇なのかね？」

という言葉に、彼女、大樹は眉をひそめて振り向いた。

「暇って……、そっちもでしょー？　こんなとこで空眺《なが》めて青春こいて。ってーか、佐山君」

「何かね？　一体。疑問があるなら言ってみたまえ」

「じゃ、第一の質問。……先生に向かって相変わらずのその口のきき方はなあに？」

「芸風《げいふう》だ。疑問に思ったら負けだぞ、大樹先生。――さあ、他に質問はあるかね？」

「じゃ第二の質問。春休みに生徒ぶん殴ったら校内暴力だと思う？」

「バレなければ大丈夫だ。で、誰を殴るのかね？　大樹先生を怒らせるとは相当な者だな」

「最後の質問だけど、……鏡を見たことある？」

「毎日よく眺《なが》めているとも。貴女《あなた》はまた当然のことを問う人だね全く」

「君みたいなオリジナリティ溢《あふ》れる子に問うた先生が馬鹿でした。ってか大丈夫かその芸風」

呆《あき》れた言葉に対して、佐山は壁から手を離すと勢いよく払う。袖《そで》の生地《きじ》に音を張らせ、

「安心したまえ、万人に対してこのままだ。将来的にその道に行くつもりなのでね。我が儘《まま》だが、大人《おとな》になって急に偉ぶった男と言われたくはない。――大樹先生には苦労を掛けるね」

最後の言葉に、大樹が首から力を抜いて苦笑した。

「他の先生にもその一言を言った方がいいんじゃないですかねー？　ああ、あと、何でか知りませんけど君の次の担任も私ですから」

「優秀な生徒の引き抜きに勝ったのか。発言権の弱い新米《しんまい》教師なのに頑張《がんば》ったようだね」

「個性的で優秀な生徒を他から押しつけられた先生に、同情してくれる？」

佐山は大樹の肩に手を置いた。真剣な顔で頷《うなず》きながら、

「同情を求めたら人間終わりだぞ、大樹《おおき》先生。——既《すで》にリーチ掛かってるかもしれんが」

「御免《ごめん》ムカついてきたからそろそろやめて欲しいな先生は」

と大樹は半目《はんめ》で非常階段に出てきた。頭を掻《か》き、

「君と話してると疲れますねー、やっぱ」

何事も本気だから、と言う大樹に、佐山《さやま》は小さく笑う。

「本気？　私は——」

「そうじゃないんですかぁ？　学内選挙で副会長になって、成績も優秀で、違うの？」

ふむ、と佐山は頷《うなず》いた。腕を組み、わずかに考える。三秒の後に、

「本気になったことは、無いな。……どうにも、なりたくなくてね」

「……え？」

という大樹の疑問視を佐山は無視した。肩をすくめ、

「——まあ、それ以前に、学校ではそうなる前に終わってしまうものばかりだ。祖父に叱《しか》られたものだ。狭いところの大将《たいしょう》に収まったままでいるなよ、と」

ああ、と大樹は頷く。非常階段の踊り場の手摺《てす》りに体を預け、

「君のお爺《じい》さん、凄《すご》い人でしたもんね。それに比べるとさすがに」

「そう、日本の経済を影からぶん殴っていた祖父に比べれば、この学園都市内の副会長になった程度が、何だと言うのかね」

「お高く言う言う」

「だが実際、……自分を試すことにもなりはしない。あの副会長選挙、競争相手は最後の最後に追いつめられて、裸《はだか》踊りしてまで人気を取ろうとしたが、私の相手にはならなかった」

「……あのとき、全裸ダンスの尻にロケット花火を打ち込んだのは君？」

「いや、あれは会長選挙で圧勝中だった出雲《いずも》の仕業《しわざ》だ。命中精度《めいちゅう》を上げるためにしっかり鉄パイプを銃身《じゅうしん》代わりにして発射していた。次期三年とは思えぬ所行《しょぎょう》をする」

「じゃ、その後に起きたステージ爆破《ばくは》は誰がやったのか言及《げんきゅう》しないことにします……」

「それがいい。段々と処世術《しょせいじゅつ》を憶《おぼ》えてきたね？　大樹先生」

「へいへい。次期生徒会顧問《こもん》も私なんだけど、容易に不安になりますねー……」

でも、と大樹は眉を寄せつつ、吐息。

「ガッコ、そんなにつまらない？」

問いに、ふと、佐山は動きを止めた。

正面、こちらを見ている大樹の青い目と、視線を合わせた。

少しの間をおいてから、佐山は首を小さく横に振る。

「学校に文句はない。確かに生徒会選挙もテストも、本気にさせてくれず、狭い結果だ。が、だからといって、学校がつまらないというわけではない。学校の中では狭さを感じるというのは、当然のことだからね。学校には学校の面白さがある、と私は考えている」

「複雑な子ですねー……」

大樹《おおき》は少し言葉を詰めてから、手摺《てす》りに預けた背を仰《の》け反《ぞ》らせ、空を見た。

対する佐山《さやま》は時計を見た。二時五十分。

「大樹先生、私はそろそろ寮《りょう》に戻ろうと思うが」

「それから外出？」

「ああ、スーツに着替えた後は、祖父の遺言《ゆいごん》のようなものを受け取りに」

佐山は非常扉を開ける。大樹が慌《あわ》てて手摺りから離れ、開いたドアに飛び込む。佐山はドアを閉じる動きと共に、校舎の中へ。

●

大樹を横に置いて佐山は廊下を歩く。教室側の壁には昨年度最後《さいご》の校内新聞が貼《は》られている。第一広報部が発行した週報《しゅうほう》だ。ＩＡＩに赴《おもむ》いた取材記事が主で、ＩＡＩへの就職率の他、幾《いく》つかのニュースが載っている。

大樹が佐山より一つ低い視線で記事を見て、足を止める。

「太陽系外に居住可能確率《かくりつ》の高い星系《せいけい》反応を見つけた、……って、何か凄《すご》いですねー」

「発見した段階だがね。こちらの記事を見ると難しい問題だと解《わか》るが」

佐山は一つの記事を指さした。紙面上の写真には、広いアスファルトの地面の上、倒れ込んだ巨大な機械の山がある。

「全高八メートルの二足《にそく》歩行ロボットを作り、派手《はで》に失敗したそうだね。関節部の耐久度《たいきゅうど》が甘く、歩くだけで膝《ひざ》から砕けていったと。……何かを発見しても、使う技術が無ければ駄目《だめ》だ」

「ふうん。つまりはアレですね。イイ女見つけても声掛ける技術がないとダメという……」

「聡明《そうめい》で何よりだ。何かの言い訳に使った台詞《せりふ》かね？」

「いや去年のクリスマスに仲間内《うち》で――、って違いますよ」

と、言われた佐山は、大樹が自分の顔をじっと見上げていることに気づく。

凝視《ぎょうし》は何故《なぜ》か、と考え、

「――私が笑うのが珍しいかね？」

「いや、珍しいと言うより、面白いなあ、って」

大樹はまた歩き出す。佐山も歩き出す。問うたのは大樹だった。

「お爺《じい》さんのこと、聞いてもいいですか？」

ああ、と佐山は応じる。別に隠すことではない。

話す。いろいろと、歩きながら。

祖父が第二次大戦中、戦争から離れて何らかの研究活動に加わっていたことを。

「――それには当時、出雲《いずも》航空技研《ぎけん》と呼ばれていたＩＡＩが関わっていたらしくてね、戦後、祖父はそのときのツテや発見をベースに財界に乗り出し、総会屋《そうかいや》をやっていた」

「総会屋《そうかいや》、ね」

「相当に酷《ひど》いことをやっていたがね。……新聞などに名前が載るたび、こう言っていた」

大樹《おおき》は頷《うなず》き、

「佐山《さやま》の姓《かばね》は悪役を任ずる、でしょ？　——一度見たことありますよー、週刊誌」

「そう、根っから悪役だった、祖父はね。自分が敵や悪と決めた巨大な相手に対して、それを上回る悪として戦った。そして、……私が本気になりたくない原因も、それだ」

「原因？」

「未熟《みじゅく》、ということだよ。——佐山の姓は悪役を任ずる。私の能力は必要悪《あく》を行うために祖父から叩き込まれたものだ。だが、私はその方法を叩き込まれただけで祖父を失った」

「だから……、自分の行う悪が、本当に必要なものか解《わか》らない？」

「ああ。私は死にたくはない。だから本気を出すときがあるかもしれない。だが、自分が本当に必要だと判《はん》じられぬ本気を出すのは、恐ろしいことだろうね」

言いつつ、ふと、佐山は右の手を左の胸に当てた。

上着の懐《ふところ》に手を入れ、胸を押さえると同時に、こちらに振り向かぬ大樹が言う。

「君は君で、大変なのね」

うん、と頷き、

「……じゃあ、お父さんのこと、聞いても大丈夫？」

「何故《なぜ》かね？」

「担任やってた去年、聞けませんでしたから、やっぱり――」

眉尻《まゆじり》を下げて、

「教員の仕事だから、って思うんですけどね――……」

頷き、佐山は、軽く左の胸を押さえた。一息の後。

「心配することはない。簡単な話なのだから。それよりも大樹先生が持っている情報とはどの程度かね？　逆に聞いてみたいが」

問われ、大樹はちょっと上を向いた。腕を組み、

「佐山君のお父さんはお爺《じい》さんの養子《ようし》で、お母さんと一緒にＩＡＩに入社。だけどお父さんは九五年末の関西大震災《しんさい》で亡くなられて、お母さんは、その、ええと、君を連れて――」

大樹は口をつぐんだ。佐山は苦笑。

「気にすることはない、と言う前に、情報の訂正が必要のようだね。父が亡くなったのはＩＡＩの派遣した震災救助隊が二次災害に巻き込まれて壊滅《かいめつ》したからだ」

一息。佐山は空《あ》いている左の手を掲げた。傷のある左拳《こぶし》、中指にある女物の指輪は、真珠《しんじゅ》のあしらいを廊下の薄暗さの中で小さく光らせる。

前を歩きながらもそれが見えたのか、大樹が振り向いた。

だが、佐山は彼女ではなく、手の指輪を見て、

「大事な人が待っている場所へ行こう、か」

言葉を深めるとともに、左胸の中で、何かが動いたような感触《かんしょく》が生まれる。

苦痛だ。

それも、胸が軋《きし》むような。

来る。

そして佐山《さやま》は見た。こちらを見上げる大樹《おおき》の顔から血の気が失せたのを。

「佐山君。だ、大丈夫ですかー？」

ああ、と頷《うなず》くことも出来ず、佐山は自分の息が止まったことを悟る。体が前に折れたとき、
不意に胸を支えられたことに気づく。

大樹が下からこちらを抱き留めていた。

「あ……」

という大樹の言葉が聞こえたとき、全身の感覚が戻ってきた。

まず感じたのは体の脱力。次に息が吸えるようになり、背や脚《あし》に汗が噴《ふ》き出した。

膝《ひざ》に力を入れて体を起こすと、大樹がこちらに手を軽く伸ばした姿勢のまま。

「だ、大丈夫？」

「大丈夫だ」

「本当？　オーケー？　ユーアー、オーケーですかー？」

「オーケーだがその英語は間違っている」

もはや問われるまでもなく、身体《からだ》は正常に戻りつつある。佐山は、ああ、と頷き、

「大丈夫。安心したまえ。ストレス性の狭心症《きょうしんしょう》らしい。こういう話題に対する、ね」

「じゃ、どうして私に話を――」

「聞きたいのではなかったのかね？　それを忘れるとは、酷《ひど》い先生もいたものだねコレが」

「あー、それは、だって、その……」

慌《あわ》てて手を振って否定する大樹に、佐山はまた小さく笑う。

「何を否定しているのかね？　よく考えたまえ、喋《しゃべ》ったのは私の勝手だ。支えてくれたのは大樹先生、貴女《あなた》の勝手だ。貴女の方がいいことをしていると思うが、どうかね？」

ただ、一つ言っておこう、と佐山は右手を胸から離した。

「母はね、私によく言っていた。いつか、何かが出来るようになれるといいね、と。だが本人はどうだったのか。そして、そう言われて育った子供は、今、何が出来るか解《わか》らない有様《ありさま》だ。だから私は敢《あ》えて言いたい。どうしたものか、とね」

「確かにねえ……。何が出来るか解らない、か」

大樹は頷き、肩を落とすと、佐山と視線を合わせてしみじみとこう言った。

「ようやく先生にも佐山君がいつもエクストリーム入ってる理由が解りました」

「敢えて無視せず問うが一体誰《だれ》がエクストリームなのかね」

「あれ？　聞こえませんでした？　明言したのに。顔の横に付いてるのは鼻ですか……？」

真剣に問うてきた額《ひたい》に、佐山《さやま》は左手で電光石火《でんこうせっか》のデコピンを叩き込んだ。

い、という声を伸ばしてしゃがみ込む大樹《おおき》を前に、佐山は顎《あご》に手を当てる。

「——生徒に対して酷《ひど》いことを言う教師がいたものだね」

●

結局、佐山が寮《りょう》から出たのは四時過ぎになった。

祖父から譲《ゆず》り受けたスリーピースのスーツを着込み、記録用のメモリ式録音機や印鑑《いんかん》など用意しているだけで時間が掛かった。寮の受付で外出時間を書いて外に出る。

日はまだ空に。

普通校舎帯と寮の間、いつもは教員の駐車場となっている砂利《じゃり》の広場を歩き、正門へ。

近道となる二年次普通校舎の裏、木の上からは鳥の雛《ひな》の鳴く声が聞こえている。

そのときだ。佐山は、雛鳥のさえずりとは別の音を二つ聞いた。

一つは、校舎二階の音楽室から漏れ聞こえるオルガンの音だ。

「清しこの夜、……だな」

土日など、たびたび聞こえていた記憶《きおく》がある。だが、場所を特定して聞こえたのは初めてだ。

誰が弾《ひ》いているのか疑問に思ったが、乱れのない音に学生ではないと見当《けんとう》をつける。

そして、オルガンの音が響《ひび》く中、もう一つの音がこちらへと近づいてきていた。

それは単車の駆動音《くどうおん》。4ストの低音だ。正門の方から聞こえる音に、佐山は、

「出雲《いずも》と風見《かざみ》か」

とつぶやき、校舎の西側、アスファルトの道路へと出る。

教員棟と、広大なグラウンドに武道館が見え、教員棟の脇から二人乗りの単車《たんしゃ》が姿を見せた。

大排気量なのにスムーズな動きで道路を来る単車は、黒のツアラーだ。

乗っているのは薄手《うすで》の茶色いコートを着た体格の良い青年と、黒いザックを抱えたセミショートの少女。少女は白いノースリーブで剝《む》き出しになった背をこちらに向けている。

二人は走る単車の上、言葉を交わし合う。

と、不意に青年がこちらに気づいた。やや面長《おもなが》の顔の中、人なつこい笑みがこちらを見て、

「おう」

と彼は片手を上げた。そして佐山の横に、単車を足で止める。

身長百八十を超える広い肩幅の体軀《たいく》は、単車の重みをきっちりと脚《あし》で支えて停車。

緩い揺れに、少女が青年の背に身を預けた。

青年は彼女を背で受け止めたまま、口元に笑みを。そしてこちらを見上げると、

「よ、どこへ行くんだ馬鹿佐山。毒舌吐《は》きにか？」

佐山は額に手を当てて吐息。困ったものだという口調で、

「出雲《いずも》、私は君と違って脳が正常なのでね。毒舌など吐いたこともないよこの腐《くさ》れ外道《げどう》」

「へいへい、春休みだってのにその芸風《げいふう》を有《あ》り難《がと》う」

「礼を言われるまでもない。――だが生徒会トップが三人揃《そろ》ってこの会話。どうしたものか」

その言葉に、青年、出雲は苦笑。違いねぇ、と頷《うなず》いた。

と、彼の背後、背を預けていた少女がこちらに振り向いた。

「佐山《さやま》は確か……、IAIに行くのよね？」

「ああ、そうだ。出雲も風見《かざみ》も、君達は、どこへ？」

「どこへ、ってそりゃこれから寮《りょう》に戻って千里《ちさと》とイチャつき――、こ！」

言葉と共に、出雲の首が縦に回った。見れば風見と呼ばれた少女が、回った出雲の頭と顎《あご》を後ろから押さえている。出雲の首から微妙《びみょう》な関節音が響《ひび》き、その身体《からだ》がゆっくりと後ろへ。

「覚《かく》、違うでしょ。佐山が言ってるのは、どこに行って来たか、ってことよ」

問われるが、出雲はそのまま風見の腿《もも》に頭を載せ、動かない。

風見はそれを見て、よしよし、と。脇に置いていた黒いザックを掲げて見せた。笑顔で、

「私達は都内行ってたのよ。全連祭《ぜんれんさい》用の新譜《しんぷ》とか服とかいろいろ。やっぱ東京の端っこいると文明忘れるから」

「……成程《なるほど》な。しかし君達は結局、三年次も同室か」

佐山が言うと、少女、風見はやや考えてから、困ったように、

終わりの

「まあ、成り行き上ね。もう他の子達と混じろうとしても、向こうが気を遣《つか》うし、寮《りょう》の中でも姐《あね》さん役で定着してるし、この前なんかすれ違っただけで下級生に謝られたしなー……」

「……顔つきが何やらセメントになっていくようだが」

うつむきで顔を背《そむ》けていた風見《かざみ》は、ああ御免《ごめん》、と肩から力を抜く。腿《もも》の上の動かぬ出雲《いずも》を片手で無造作《むぞうさ》に叩いてみせ、

「アンタはこーいう馬鹿になっちゃ駄目《だめ》よ？　ＩＡＩ御曹司《おんぞうし》の権限《けんげん》悪用なんだからさー……」

「その悪用で随分《ずいぶん》と楽しんでいるようだが？」

「それが自分でも解《わか》るから腹が立つのよ。――生徒会の仕事くらいは真面目《まじめ》にしないとね」

風見は顔を上げ、視線を合わせてきた。

「そうだ、佐山《さやま》、二年次校舎の図書室、衣笠《きぬがさ》書庫で生徒会の今期初《はつ》仕事しようと思うんだけど、時間空《あ》いてる？　春の勧誘祭《かんゆうさい》や全連祭《ぜんれんさい》の対策《たいさく》会議を私達だけでやっておこうかと」

「今日はこれから……、何時になるか解らないのだが」

「じゃあ、私達は明日の午後にまた都内出るから――、明日の午前九時に衣笠書庫で」

それならば、と佐山は了解《りょうかい》。自分達の横にある校舎を見た。

「――衣笠書庫、か」

ここから見える二年次普通校舎の一階。その西側四《よん》教室分が、外へと大きく張り出している。張り出しの幅は一教室分。縦横《たてよこ》合計で八教室分の面積をもつスペースがそこにある。

窓から覗《のぞ》ける中には木板の箱の背が見える。分厚い木板が作るシルエットは、本棚だ。中は図書室。

八教室分の空間、そのほぼ全てを埋め尽くし、廊下側と地下にまで本の保管場所を求める大型図書室。それが衣笠書庫だ。

書庫の窓を見る佐山は、風見の声を聞いた。

「このガッコの創設者の作った図書室で初仕事ってのも、悪くないっしょ？　司書《ししょ》のジークフリート爺《じい》さんは無愛想《ぶあいそう》だけど、茶とか出してくれる有《あ》り難《がた》い人よ。選挙戦のとき、結構《けっこう》世話になったし、そのまま、あそこを基地にしようかな、って」

「今年の会計は言うことが違うな」

「会長も副会長も、相当に違うと思うけどね。でも、どう？　私達は、アンタの自尊心《じそんしん》に見合う先輩《せんぱい》かしら？」

「今の発言だけで、充分、自尊心の面では張り合えると思うがね。――だが、少なくとも君達以上の適任者はこの学校にいるまい。この秋川《あきがわ》市を支えるＩＡＩの御曹司、出雲・覚《かく》と、彼と同室で生活する風見・千里《ちさと》。筋金《すじがね》入りの問題児だ」

「…………」

「世間が君達をどう言っているか知らぬわけでもあるまい。それでいて、今のようにしていられる君達は尊敬《そんけい》に値する」

言われ、風見《かざみ》は小さく歯を見せた。脚《あし》の上の出雲《いずも》を見て、

「ま、どー言われてたって関係ないわよ。覚《かく》は、問題あるけど悪いヤツじゃないし……」

「君もだ、風見」

「じゃあアンタも、かしらね？　悪役の家系」

顔を上げつつ、風見は佐山《さやま》を見る。スーツ姿を下から上まで眺《なが》め、

「キマってるように見えるけどさ。ちょっと難しいわね、アンタって」

「何がかね？」

「隣《となり》に誰が立つのか、ちょっと想像出来ない。私にとっての覚みたいな、――アンタのその馬鹿のバランスをとってくれる人が、ちょっと想像出来ない」

「いるまいよ、そのような人間は。私と同等に渡り合える力を持った人間など」

「そうじゃないって」

風見は、困ったような顔で笑って言う。手を軽く前後に振りながら、

「バランスよ、バランス。同等じゃ秤《はかり》の同じ側にしか乗らないっしょ？　必要なのは、対等」

風見の言葉の意味を佐山は考える。そして、

「……そのような者は、私にとっての反対勢力か、足手《あしで》まといのどちらかだろう？」

「じゃあ、私は覚にとっての反対勢力で足手まとい？」

問いかけは、小さな笑みを含んでいる。佐山は肩から力を抜き、

「私の知り得ぬものだな、その問いの答えは。知っている君と論じることは出来んよ」

「あら素直」

「私は素直な人間だよ、風見。ただ、何故《なぜ》かたまにそれゆえのトラブルに巻き込まれるが。これはアレだね？　――正直者は馬鹿を見る、と。うむ、昔の人はいいこと言ったものだ」

「ああ、まあ、……アンタの脳内《のうない》宇宙ではそういうことにしておこうか」

言われた佐山は苦笑。風見と視線を合わせ、まあいい、と告げ、

「――君と出雲のような関係があることは認めるとも。だが、私にそれがあるかどうか。そして、私が、自分の横にそういう人間を置こうと思うかどうか、そこが問題だろうな」

「問題？」

「佐山の姓《かばね》は悪役を任ずる。悪の隣には、何がいていいのだろうか？」

問いに風見は答えない。ただ、肩を落として吐息を一つ。

「ホント、複雑なヤツだね、アンタ」

「大樹《おおき》先生にも言われたよ、先ほど」

「皆《みな》思ってるのよ。アンタが本気になるのって、どういうときだろうって」

「なったことがないから解《わか》らないな。……なろうとして、未熟《みじゅく》な私は己《おのれ》を怖がるだろうよ」

「……複雑だね、佐山」

「二度言う必要はない」

笑みとともに言って、佐山《さやま》は眠ったように動かない出雲《いずも》の背を軽く叩《たた》いた。

「起きているのだろう？　とっとと帰ってただれた日常に突入するといい」

え？　と風見《かざみ》が下を見ると。出雲が目を開けて、

「よう」

「よう、じゃないでしょ。気がついてたなら起きなさいよ」

「いや、千里《ちさと》、いい匂いするからさ」

赤くなる風見の脚《あし》の上で、出雲が嬉《うれ》しそうに目を弓にする。

佐山は、は、と短く笑い、風見の肩を一つ叩く。背を向け、歩き出す。

正門へと。

そのとき、目が新しい人影を認めた。

二年次普通校舎《こうしゃ》の一階階段、二階側から降りてくる姿がある。

それは長身の初老《しょろう》。黒のベストに黒いトルーザーに黒の手袋、禿頭《とくとう》に顎髭《あごひげ》というのは、

「司書《ししょ》のジークフリート・ゾーンブルクか」

生徒会の仕事で数度《すうど》言葉を交わしたことがある。必要最低限《さいていげん》の言動しかしない人間だった。

衣笠《きぬがさ》書庫から外に出るとは珍しいことだ、と佐山はつぶやき、前へ。

改めて周囲を見渡せば、目に入るのは春の盛りが近い学校の風景だ。

「静かなものだな……」

背後、肉を連打する音と、出雲の断続する悲鳴が聞こえてくる。

●

西日が、夕日になりつつある。

夕日の下。山に囲まれた森でさえも、この時間は風のように光を通す。

杉を中心とした森。その中、一本の木の前に、一つの影が落ちていた。

人影、座り込む姿だ。

日を横から受けて座り込むのは中年の男。短く刈《か》り込んだ髪が、何かに濡《ぬ》れて日に反射している。彼の髪を濡らしたものは、そのまま彼の額《ひたい》を下り、左の半顔《はんがん》を黒く染めていた。

着込んだ衣服は白と黒の兵服に似たものだ。が、その左肩と左脚《あし》も割られており、荒い息と共に黒く見えるものを流していた。

左手が伸び、地面を掻《か》いた。血に濡れた視界《しかい》は無いも同然だ。左の手が地面の上を泳ぐ。

ややあってから、落ち葉と石の間から、彼は一つのものを拾い上げた。

鉄で出来た長銃《ちようじゆう》だ。側面に独逸語《ドイツ》の彫り込みを受けたもの。

それを力強く抱きしめて、彼は一息。右腰、そこにあるパウチの中に指を入れ、

「こちら通臨《つうりん》第一、現在位置は奥多摩《おくたま》・白丸《しろまる》間ポイント3付近山中《さんちゆう》。敵《てき》一体の逃走阻止《そし》に成功。自弦《じげん》振動の読み込みも成功、送付した。現状は——、一人残して全滅《ぜんめつ》。急いでくれ」

言葉に、喉《のど》のあたりでノイズ混じりの声が応《こた》える。女の声で、

『――Tes《テスタメント》.、そちらには特課《とっか》が急行中。救護《きゅうご》も送ります、撤退《てったい》を』

「Tes《テ》.《ス》、と言いたいところだが無理だ。脚《あし》をやられた。治療用の器具も術式も一緒に砕かれた。得意の武器だけが頼りだ。……急げと言ったのは、その特課さ、救助じゃない」

彼は息を吸って、汗をこぼした後に、

「敵は1st―G《ギア》の革命軍の一派。そう、二番手の〝王城《おうじょう》〟派の人狼《じんろう》だ。和平《わへい》派との交渉に来たんだろうさ。1st―G式の賢石《けんせき》を持っているのか、この現実世界で狼《おおかみ》化しやがった」

『喋《しゃべ》らないように。――五分後には概念《がいねん》空間を展開して駆けつけます』

「はは、銀の弾丸《だんがん》が通用するようにしておけよ。あと、――お嬢《じょう》ちゃん、いや、お姉さんかな？　アンタ、悪いとか思っていないだろうな？　俺達に」

無言が来た。彼は目を伏せ、

「いいさ。行くと決めた俺達がマズった。選択権あるんだもんな、俺達通常課《つうじょうか》は。……な？」

やはり、返答は無言だ。だが彼は、

「アンタらどこの部隊だ？　特課の中でも女がいる部隊は少ないはずだ。最近、組まれたのがあったな、確か、UCAT子飼《こが》いの変な少女や美人の入った部隊、確かIAIの――」

言葉を止めた。目を開ける、そして背後の木を支えに彼は立ち上がる。

「なあ、帰ったら花を持って出迎えてくれ。凱旋《がいせん》だ。今は、何が盛りだい？」

『――Tes《テスタメント》.、今は雪割草《ゆきわりそう》などが』

「違う。そこで言うもんだ。私が、って」

は、と笑って彼は右手をパウチから抜いた。左に抱いていた長銃《ちようじゆう》を右に持ち替えた。ストラップを口で噛《か》み、ストックと右手グリップで三点支持を作り、前を見た。

前方、風音がする。

森に差す西日の中、何か巨大な影が、身を左右に振りながら近づいてきている。

合図も何もない。風の音に従うように、彼は引き金を絞《しぼ》り上げた。

銃声が西日と同じように森の中を渡る。

●

奥多摩《おくたま》に向けて山間を走る電車の中で、佐山《さやま》は目を開けた。

うたた寝をしていた。原因は座った背に浴びる西日のせいだ。そして目覚めた理由は、

「――電車が停まった、か」

佐山は車内を見渡す。いる客は自分の他、やや離れた席に座る二人だけだ。

一人が黒いスーツ姿の白髪《はくはつ》の男。もう一人は彼の隣《となり》に座る、これも黒服に白髪の少女。親子なのか、二人は肩を並べて向かいの窓から外を見ている。

つられるように、佐山も外を見た。

奥多摩《おくたま》の山がある。どれも丸く形作られたものばかり、薄い小山《こやま》など無い。

「ここは白丸《しろまる》のあたり、二つ目のトンネルの間か。あと一駅で奥多摩というところで……」

土地勘《かん》はある。似たような山の影を見て、

「あの山の方など、飛場《ひば》先生に無理矢理《むりやり》走らされたからな」

……土地を憶《おぼ》えねば春になってから発見されるところだった。

頷《うなず》き、佐山《さやま》は左手を見た。拳《こぶし》の骨のあるあたり、何かが飛び散ったような形で皮膚《ひふ》が白くなっている。目は、傷《きず》残る拳の中指にある指輪を見て、

「あのとき、母に連れられて車から降りたのも、このあたりだったか……」

つぶやき、時計を見れば午後五時半。IAIに招集されたのは午後六時だ。

時間を計算すれば心は固まる。立ち上がり、スーツの襟《えり》を持ち上げて弾《はじ》くように直すと、離れた席に座る二人に近づく。すると白髪《はくはつ》の男性が顔を上げた。サングラスを掛けているが、奥の視線がこちらを見ているのは解《わか》る。佐山は軽く会釈《えしゃく》して、

「申し訳ない。この電車は、何故《なぜ》、こうしているのかね?」

「——停止信号だ。解除《かいじょ》の後、白丸に戻るそうだ」

やや楽しみを含めた口調と声に、佐山は彼が見た目よりも若いことに気づく。一見は初老《しょろう》かと思ったが、よく見れば中年の入り際《ぎわ》と言ったところ。

隣《となり》の少女も、黒のワンピースに白のエプロンという侍女《じじょ》の姿だ。彼の娘ではない。

……このあたりは、昔からの山主《やまぬし》が多いが。

見れば少女は一本の杖を持っていた。手首で固定できる歩行補助の鉄杖《てつづえ》だ。彼女が使うには長すぎるもの。だが佐山は、ここで彼らについて詮索《せんさく》するのをやめた。今、知るべきことは、

「何故、この電車は戻るのかね？」

「事故でもあったんだろう？」

成程《なるほど》、と頷《うなず》いた佐山は、彼も詳細は知らないのだと思う。

そのときだ。ふと、彼の横に座っていた少女が、こちらを見た。眉をフラットにした無表情の中、紫《むらさき》色に近い黒の瞳が、佐山の目の奥を覗《のぞ》き込む。

一呼吸、その後に彼女は口を開き、やや大人びた低い声で告げる。

「――失礼いたしました」

佐山は、お構《かま》いなく、と一言を告げると、踵《かかと》を回して二人に背を向けた。

向かいの席の窓を開け放つ。と、背後から先ほどと同じ口調で声が聞こえる。

「降りるのか？」

「戻るわけにはいかない。そして待ち人がいる」

「早計《そうけい》だ。ひょっとしたらすぐに前に進むかもしれないが？　後悔先《さき》に立たずと言うぞ？」

「貴方《あなた》がどこの忠告の神か知らないが言っておこう。後悔と同様に、喜悦《きえつ》も先に立たぬものだ。――気遣《きづか》いは有《あ》り難《がた》いが、私はこの土地に慣れている。大体、危険がこの世にあるか？」

「確かに。……ああ、確かに、この世に危険は無いな」

それを言うと、サングラスの下の口が笑みのまま閉じた。

彼が座席から脚《あし》を遠くへ投げ出すのを合図に、佐山《さやま》は窓から足を出し、外へ。

線路を支える砂利《じゃり》の上に着地し、外気へ、夕日の浴びれる山野へと出る。

「――――」

もはや佐山は斜面の上の電車に振り向かない。眼下に広がる森の中に進んだ。

下草《したぐさ》を垂直に踏み、降りていく。

数《すう》呼吸で体は森の生む影に沈んだ。西日のため、横から来る光と影が自分の体に陰影《いんえい》の格子《こうし》模《も》様《よう》を描く。憶《おぼ》えのある光と空気だ。

「もう、二年か、この奥多摩《おくたま》に通わなくなって。飛場《ひば》道場は……、健在《けんざい》だろうな」

つぶやいたとき、背後で鉄の音が聞こえた。

警笛《けいてき》を響《ひび》かせ、電車が動き出す。音の行く方向は、上り、白丸《しろまる》の方だ。佐山は去りゆく車輪の音に自分の選択が正しかったことを確認。

よし、と佐山は頷《うなず》き、下りの脚を速めた。

●

白丸の駅は無人駅だ。

細長いホームに電車が停まると、少ない乗客は手持ち無沙汰《ぶさた》にホームに出始めた。

所在なげにする人々と離れた場所に、先ほど佐山が状況を聞いた二人の姿がある。

ホームの外、民家の陰にあるカード専用電話の横、杖を片手に白髪《はくはつ》の男が立っている。

そして彼の前、緑電話の受話器を握っているのは、侍女姿《じじょすがた》の少女だ。

少女はエプロンの懐《ふところ》からテレホンカードの束をトランプのように取り出した。

彼女は緑電話の前に速い動きでカードを並べながら、男の方へと顔を向け、

「至《いたる》様。何故《なぜ》、携帯電話をお持ちにならないのでしょうか？」

「俺は小心者《しょうしん》だ、Sf《エスエフ》、憶《おぼ》えておくといい。電話のベルで心臓麻痺《まひ》が起きそうになる」

「私が代わりに持つというのは如何《いかが》でしょうか？」

「駄目《だめ》だ。お前は居留守《いるす》を使う技術を習得していない。俺がいるときでも常にいないと返答出来ねば、お前が携帯を持っている意味がない。解《わか》るか？」

「Tes《テスト》.、根本的に持っている意味がないと理解しました」

Sfと呼ばれた少女は、彼の方を見ながらカードを並べる手を止めた。使い古しのカードの並びは使用度数順《じゅん》。使用度数のパンチ穴が同じものは、全くのズレなく重ねられている。

その中の一枚、残りの少ないものを、Sfは無造作《むぞうさ》に取り上げ、緑電話に入れた。

右の五指を使って瞬間的なダイヤルプッシュ。数秒の後、

「Sfです。登録番号96098812B。内線0013番を」

と、Ｓｆ《エスエフ》は隣《となり》の男に受話器を渡した。彼は受話器を受け取り、

「大城《おおしろ》・至《いたる》だ。全竜交渉部隊《チームレヴァイアサン》は出たか？　シビュレ。――そうか。こっちは先ほど、面白い馬鹿に会った。下らないことが起きるぞ。下らない、偽善《ぎぜん》と偽悪《ぎあく》の世界が展開するんだ。――解《わか》らない？　だろうな、目覚めていなかったお前やＳｆには」

言葉と同時にＳｆが新しいカードを緑《みどり》電話に入れた。受話器から、三分経過を知らせる小さな接続音が響《ひび》き、至はＳｆに頷《うなず》く。Ｓｆが小さく返礼をするのを見つつ、至は言う。

「Ｓｆがその馬鹿の自弦《じげん》振動を確認した。Ｓｆに言わせるから、そっちの概念《がいねん》空間の自弦振動に馬鹿の振動を付加しろ。いつもの通常型だから加工は楽だし外部は見えるんだろ？　現実からそのまま引きずり込め。――はン、その馬鹿は誰か、だと？　じきに解る」

彼の言葉に、Ｓｆが問うた。

「――至様、宜《よろ》しいのですか？　こちらから、彼を巻き込んで」

「何も知らずにこの世の安全を決めつけたガキに、百聞《ひやくぶん》は一見《いつけん》にしかずということを教えてやる。これからきっと、ヤツは覆《くつがえ》され続けていくだろうよ。これから先は、全ての物事が存在するが故《ゆえ》に全ての物事が否定されるようになる。喜悦《きえつ》を知るからこそ喜悦を否定するように、な。それが……、ああ、世界が満足するまで続くんだ」

至は小さく笑った。Ｓｆに受話器を渡し、

「言ってやれ、Ｓｆ、ヤツの自弦振動を。そして、現実ってものを教えてやるんだ」

第二章

『二人の出会い』

出会いの導きは拒絶の悲鳴
果たしてどちらが求めたのか

下の道路に出た佐山《さやま》は、歩道の上で一人、首を傾《かし》げていた。

手に持っている携帯電話に電源が入らない。

バッテリーは寮《りょう》を出るとき確認した。だが今、液晶《えきしょう》は暗いままだ。軽く振ってみても状態は変わらない。電波の関係かと思い、二車線道路《どうろ》を渡って谷側の歩道に行っても、何も変化はない。IAI小型製品《せいひん》共通の汎用《はんよう》型バッテリーを取り外し、着け直しても反応はない。

「どうしたことだ……?」

つぶやき、ふと思う。先ほど妙な声が聞こえたことを。

斜面を降りているときだった。一つの声が聞こえたのだ。

・——貴金属《ききんぞく》は力を持つ。

拡声器で響《ひび》く音とは違う。まるでヘッドホンから聞こえてきたようなささやき声だった。しかし、見渡したところで、そのような音を生む設備も何も見えなかった。

そして今、携帯電話が動作しない。

首を傾げ携帯を懐《ふところ》に収めた。記憶《きおく》通りならば、少し歩けば道路沿いに幾《いく》つもの食堂がある。

そこで電話を使えばいいだろう、と決める。今は何時だろうか。腕時計を見れば、

「停まっている……」

腕時計が停止していた。長針も短針も、秒針も動いていない。

眉をひそめ、懐に手を入れた。ＩＡＩのマークが入ったメモリ式の録音機を取り出す。スティック型のトップにはスタートの赤いボタンがある。

押した。

だが、録音機は反応しなかった。こちらの汎用バッテリーも完全に充電した記憶がある。

どうしたことか。そう思い、佐山は気づく。周囲を見渡し、森の木々を見上げ、

「気配が無くなっている……？」

元々、車の数は少ない道路だ。だが、ここに降りてから一台も通り過ぎる様子がない。その上、木々の間には鳥の姿も何も無い。

ふと、電車が白丸《しろまる》へと戻ったことを佐山は思い出す。何かが起きているのだ、と。

すると、遠く、何かを打つような音が聞こえた。

眼下、道路の下を流れる川の方へと落ちていく木々の斜面。音はそこから飛んできた。

「木が倒れる音……」

見れば、斜面を覆《おお》う木々の群れの奥、遠くの一本が、傾き出している。杉だ。緑の葉に包まれた尖塔《せんとう》のようなシルエットが、付近の木々に寄りかかり、倒れていく。

佐山《さやま》は、そちらを見てから、しかし視線を西へ、日が落ちていく奥多摩《おくたま》へと顔を向けた。

自分の行くべき場所はそこだと、そう思い、頷《うなず》いた。

だがそのときだった。今度は、木の軋《きし》みとは違う音が聞こえた。

悲鳴だ。

●

「――――」

佐山は反射的に顔を上げていた。

耳は確かに響《ひび》く高い声を聞いた。一瞬《いっしゅん》、体に力を込め、しかし、そこで停めた。

息を吐き、眉を詰め、考える。

思案《しあん》の時間は短い。過去を思い出せばそれで充分だ。かつての記憶《きおく》。母親の車に乗って、このあたりの山の中へと連れられて来たときの記憶。

「誰かに会おうという約束は、私だけ果たされず……、か」

一息。左の胸に手を当てる。わずかな過去の疼《うず》きがあるが、呼吸で抑え込む。

目を開けた。

視界《しかい》には朱色に染まっていく空がある。その色を見て頷くなり、佐山は動き出していた。

「よし」

眼下、谷側の森に振り向きつつ、右手でネクタイを緩め、左腕は一瞬で上着の肩を抜く。右の肩を抜く頃には足が谷側の歩道にあるガードレールを踏んでいた。

一歩。

足音軽《かる》く、佐山はガードレールを踏み台にして宙に。右腕の上着を振り回して肩に担《にな》えば、上着の布地は快音をたてて背を叩く。音と同時に足が斜面の下草《したぐさ》を踏んだ。

歩き出す。

先ほど道路に降りるときよりも、歩みは速い。腰を落とし、滑るように斜面を下っていく。

天上、木々に隠れていく空の西裾《にしすそ》で、既《すで》に日は沈みかけている。

暗くなれば森の中は危険だ。

急ぐ。腰を更に落として、斜面を斜めに駆け下りた。

森の中に入り、木々の間を走り出す。目標は、先ほど折られた木だ。

佐山は、枯れ枝を踏む足音と共に、そちらへと一直線に走っていく。

息は荒れない。毎晩、走ることだけはやっている。

悪い足場を走ることと、淡い緊張《きんちょう》感から、体温が上がるのが感じられる。しかし、五体の中で一つだけ熱を感じられぬ部位があった。

左の拳《こぶし》。そこだけは冷たく感じられる。

は、と呼吸とも笑みともとれぬ音を佐山は吐く。

目標の地点まで残り十数メートル。森の向こうから川の流れる音が聞こえてきた。

地面には元々《もともと》小川だった窪地《くぼち》が幾《いく》つかある。それを飛び越えつつ走り、顔を上げる。

佐山《さやま》は、木々の間に見える夕日が奥多摩《おくたま》の山系《さんけい》に掛かったのを見た。あと十分もせずに夕闇《ゆうやみ》の時刻となる。森の中は、さぞ暗い空間となるだろう。

急げ、と佐山は自分に言い聞かせる。

と、視界が小さな光を捉《とら》えた。目指していた木の近く。地面に小さな光が散らばっている。

……ハイカーが捨てたゴミだろうか？

と佐山は思い、否定する。ゴミを捨てるならば、こんな森の中にまで足を運ばず、もっと道路か川に近い位置で済ませる筈《はず》だ。

警戒心《けいかいしん》。ステップ踏んで足を停め、地面に落ちる光を見た。それは、

「金属……？」

見れば、一本の太い木の周囲、南側を中心に黒い金属片が散らばっている。

そしてここから南、五本ほど向こうの木が、先ほど上から見た倒木《とうぼく》だ。一抱《ひとかか》えほどもある杉の幹が倒れ、こちらに折れ目を見せている。

その折れ目、聞こえてきた軋《きし》みの場所を見た佐山は、

「――あれは」

と眉をひそめ、言葉を詰めた。

木は、地上一メートルほどの高さで切断されていた。

切断面は鋭利な斜め割り。根元に木片《もくへん》も木屑《きくず》もなく、幹の直径の五分の四が一発で断たれていた。残り五分の一が、折れるときに軋みを挙げたに違いない。

かすかに妙な匂《にお》いがした。何か焦《こ》げるような、鼻につく匂い。見れば、切断面にはわずかに黒く焦げたような痕《あと》がある。

佐山は切断面の確認のため、そちらに一歩を進もうとした。

と、右足が硬いものを踏む。

？　と視線を落とし、右の足を持ち上げた。

そこから出てきたものを、佐山は知っている。周囲に散らばっていた金属片と同じ素材で出来た、短い筒のようなもの。

「銃身《じゅうしん》だ」

……世話になっている田宮《たみや》家で見たものより長いな。短銃《たんじゅう》用ではないのか。

思いつつ、佐山は足下を再確認。

地面の上に新しい情報が見えた。

それは足跡《あしあと》だ。しかも、三種ある。

一つはやや古く、登山靴《ぐつ》のようなパターンを持った大きめのもの。

もう一つは似たパターンを持った小さめのもの。

そして、最後の一つはそれら二つの上から打ち付けられた妙な足跡《あしあと》だ。大きさは軽く三十センチを超えており、足指があるべきところには釘《くぎ》で穿《うが》ったような穴がある。

情報は、そこで終わっていない。南の方から、こちらへと、地面に転々と黒い湿りがある。

その湿りは、佐山《さやま》が背後に置いた木へと向かっている。

背後に振り向かず、息を収めた佐山の左肩に、小さな感触《かんしょく》が落ちた。

指で触れられたような感覚に、佐山は左の肩を見た。

夕日でわずかな薄朱《うすあか》に染まる生地《きじ》の上、黒に近い一点があった。

それは何か。

応《こた》えるように、もう一度、左肩にそれが落ちた。

上から。

次の瞬間《しゅんかん》、

「――！」

佐山は躊躇《ちゅうちょ》無く前へ、南へ、川の音が聞こえる方へと走り出した。

●

上を確認などしない。上には何があるかなど解《わか》っているのだから。

もし上を向けば足下は不確かになり、身動きがとれなくなる。危険が生まれる瞬間だ。

今まで、危険はなかった。だからこそ、佐山は走り出していた。

……何かが木の上にいる！

確信した瞬間、遠ざかる背後に音が落ちた。二足《にそく》の足が地を踏む音。大物だ。着地の足が土の地面に落ち、沈み込む響《ひび》きまでが伝わってくる。

直後。そちらから響いた声が佐山を追い抜き森を走る。獣《けもの》の咆哮《ほうこう》。吠《ほ》え声だ。

……熊か？

否定。それは、一度仕留《しと》めた獲物を木上に運び、死体に気づかせた上で襲いかかろうとした。

最初の足跡は木上に運ばれた犠牲《ぎせい》者、次の足跡はそれに引っかかったはず。

自分は三人目だが、この策略《さくりゃく》に掛けられる者としては二度目だ。

……そのような策略を利用するのは、獣ではなく人だ。

響く咆哮は獣のものだが、それでも、

「人の知能があれば、扱いは人で考えていい」

地に落としたつぶやきを欲するように、後ろから足音が追い掛けてくる。

速い。

バスドラムのように低い足音が、こちらが五歩かかる距離を一歩で渡って追いついてくる。

が、佐山は振り向かず、ペースを落とさぬことを考えて走る。

振り向かない。必要なのは好奇心《こうきしん》ではなく前に進むことだけだ。

前方より、川の音が強く聞こえてきた。

光がある。地面は急角度で下に。その先にはまだ薄い夕闇《ゆうやみ》の川原が広がっていた。

そこへ辿り着けば、相手の姿を確認できる。また、人の姿もあるかもしれない。

救けを呼べるだろうか、と考えたときだ。佐山《さやま》は走る眼前に異常があることに気づいた。

佐山が気づいたのは前方に広がる大気の動きと、わずかな光の霞《かすみ》。

川に降りる斜面の上、森の縁《ふち》を覆《おお》うようにひとつの障害がある。それは、

「壁……!?」

正面、確かに風が停滞《ていたい》している。そして夕闇の光がわずかに霞んでいる。

足はあと三歩で壁があると思われる位置に辿り着く。

背後、大きな足音が接近してくる。

壁に当たっていくべきかどうか。否、それよりも本当に壁が存在しているのかどうか。

確かめる方法は?

佐山は一つの思考《しこう》を作る。そしてわざと足を緩めた。

そして彼は壁があると思われる位置に立ち背後に振り向いた。まるで自分が追いつかれたことを確かめるように。

見れば、突っ込んでくる影があった。

その影は、人に似ていた。大きな、身長二メートルを超える姿だ。全身は黒の獣毛《じゅうもう》に覆《おお》わ

れているが、腰や胸のあたりに破れた黒い布地がある。

分厚い胸の上に、顔が見えた。

その顔は、犬に似ていた。突き立つ耳の下、金色の両眼に、裂けたような赤い口がある。

……人狼《じんろう》、というべきか？

自分の発想をおかしいと思うが、それも瞬時《しゅんじ》だ。事実は目の前にある。

ならばもはや動け。佐山は薄闇《うすやみ》の照明の中、両手を下ろして腰を引いた。相手からみれば身をすくめたように見えるだろう。だが、佐山は上着に隠《かく》した右手で後ろを探った。

何もない筈《はず》の、その空間が、向こう側から抵抗した。

壁がある。上着を通して伝わる感触《かんしょく》はざらついた卵の殻《から》のような触感《しょっかん》。上着が壁の面に沿って潰《つぶ》れて形状を変えることから、隙間《すきま》はないと確認できる。

直後、敵が来た。

佐山は身を仰《の》け反《ぞ》らせるようにして、喉《のど》を見せた。

右の爪が振りかぶられる。すれ違い様《ざま》に首を刈《か》る動き。相手は口を開き、牙《きば》を剥《む》き、

「――――！」

と叫びを挙げた。だが、

「静かにしたまえ」

と言う言葉と共に、佐山が壁に沿って腰を落とす。

人狼《じんろう》の爪が空《くう》を掻《か》いた。

直後。その巨大な五体は顔面から見えない壁に激突《げきとつ》した。

直撃音《ちょくげきおん》。

聞こえるのは肉を打つというより、車が破砕《はさい》したような音。目に見えるのは人狼の全身が反発力で吹き飛ぶ光景だ。宙を舞った体は一回転して地面に地響《じひび》き。そして転がる。か、という獣《けもの》の息が、土の上を回る音と共に聞こえる。

地面にほとんど寝そべる形になっていた佐山《さやま》は、ベストの胸が裂かれていることに一息。

「貴重なものを」

と立ち上がり、大気を肺に入れる。

見れば、人狼は気を失ってすらいない。ただ、何が起きたのか解《わか》らぬといった体《てい》で、伏せたまま、大きく体を上下させてあえいでいる。向こうにとっても、この壁は予想外だったか、……その位置を知らなかったか、だ。

佐山は、また走り出す。人狼が我に返る前に倒す方法を見つけねばならない。なるべく人狼から死角《しかく》になるように、見えぬ壁際《かべぎわ》の位置を走っていく。西へと。そちらは左に見える川原にとって上流。緩い斜面を幾《いく》つか走れば、人狼の姿は見えなくなった。

「もはや、待ち合わせの時刻は過ぎているだろうな」

と、つぶやいた佐山は腕の時計を見る。

銀の時計は先ほどと同様に動いていない。

どういうことだろうか、と思ったときだ。

佐山は、壁の向こうに、かすかな光を認めた。

●

それは、車の光だった。

川原の上、春休みの行楽《こうらく》か、二十メートルほど先に一台の赤いＲＶ車が停まっている。周囲にはパラソルやレジャー用のテーブルを畳む家族連れの人影も見える。中年夫婦にまだ幼い男女の姉弟という家族。車のライトが川原の斜面で傾き、上にいる佐山の方を差している。

「おい！　そんなところにいると――」

危険だ、と言おうとした言葉が途切れた。

何かがおかしい。

見れば声を飛ばした先、家族連れはこちらを気にせず帰り支度《じたく》を実行中。

……今の叫びが届いていない？

「――おい!!」

と彼らから見える位置、ライトの中央で手を振り、声を放つ。が、向こうは気づかない。

……こちらが見えも聞こえもしていないのか？

佐山《さやま》は息を吸い、吐いた。目の前の見えない壁に手を着き、妙なことになったようだ、と改めてつぶやく。そして佐山の見る前で、ＲＶ車に家族連れの人影は乗り込んでいく。

ややあってから、車は川原を走り出す。行く先は、

「この斜面の上か……」

佐山は走った。記憶《きおく》によれば、上の道路は、下の川とつながる山道を幾《いく》つか持っている。今、佐山の左にある見えない壁が山道まで延びていたら、ＲＶ車は壁に外から激突《げきとつ》する。

どうなるだろうか。

斜面の上に昇ると、道は確かに存在した。

山道。頭上を木々の群れに押さえつけられた自然のトンネルのようなものだ。幅《はば》三メートルほどの土の道路。その中央、轍《わだち》の作った盛り上がりの上に佐山は立つ。

額《ひたい》の汗を拭《ふ》いている内に、向こうからライトの並びが来た。

佐山はライトの中央で一歩を下がる。

が、向こうはこちらに気づいた様子《ようす》はない。速度をそのままに近づいてくる。

……壁が——。

抜けられた。しかし、ＲＶ車の姿が変わっていた。

薄い影。

ＲＶ車は向こうを容易《たやす》くすかせる薄青い影に変わっていた。中に乗る者達も同様に。

「……!?」

山道の中央に立つ佐山を、ＲＶ車の薄い影が通り抜けた。わずかに翳《かげ》りを感じただけで、あとは風も音も何もない。

振り向くこともせず、佐山は息を吐いた。

「どういうことだ……?」

……きっとあの車は、上の道路に出て、また見えない壁をくぐって外に出るだろう。

その先は当然、壁の向こうに存在する日常の世界だ。

この空間だけが、ズレている。そんな確信があった。

ふと、佐山はしゃがみ込んだ。手近な地面を見ると、一つの石があった。

持ち上げる。

そして佐山は見た。持ち上げた石が元々あった場所。そこに、持ち上げた石と同じ形をした淡い影が残っていることに。

それは目を凝《こ》らさねば見えないような翳り。だが、佐山は石を戻し、つぶやく、

「この空間にあるものは、……実像《じつぞう》なのか？　影なのか？」

解《わか》りはしない。

佐山は首を軽く横に振って頭の中の議論を止めた。今は優先すべきことが他にある。

一息ついた。そのとき、佐山は身動きを停めた。

耳が音を捉《とら》えていた。遠く響《ひび》く大きな足音と、小さな叫びを。

叫びは、先ほど聞いた悲鳴の声と同じだった。

「——生きていたのか」

つぶやき、佐山《さやま》は眼前を見た。斜面がある。敵と離れるために昇ってきたものだ。

だが、息を深く吸い込むなり、佐山はその斜面を駆け下りた。

夕闇《ゆうやみ》が、もはや夜へと移行しつつある。

●

夜は、人の少ない学校をも覆《おお》いつつあった。

尊秋多《たかあきた》学院、二年次普通校舎。

夕刻の戸締まりを担当するのは大樹《おおき》だ。彼女がいるのは一階の廊下の西端。非常扉の前だ。

衣笠《きぬがさ》書庫のある一階。その廊下は、およそ四教室分に渡って物置きになっている。

「無法《むほう》地帯ですかー」

四教室分の長さを持った大型図書室、衣笠書庫。その廊下ですらも本の力を免《まぬが》れることは出来ない。廊下の壁にすら本棚や戸棚が並び、それらさえも本の塔《とう》に埋もれている。大樹が歩いてここまで来た道も、廊下に積まれた本を避《よ》けたり飛び越えたりで、もはや一種の迷宮《めいきゅう》だ。

一応、奥の非常扉のあたりは本や棚もない。ここから本や棚を搬入《はんにゅう》することが多いからだ。

大樹は非常口の鍵《かぎ》を回して閉める。一瞬《いっしゅん》だけ非常扉の窓から西の方を見た。西の空、山の輪《りん》郭《かく》を浮き立たせるように朱の色があるが、その天上は全て紫《むらさき》から黒へのグラデーションだ。

「大丈夫かなあ……」

大樹はつぶやき、窓に背を向ける。人気《ひとけ》のない本の迷宮にはあまり長居《ながい》をしたいものではない。幾《いく》つかの本を蹴《け》飛《と》ばしながら、大樹は中央ロビーへ、四教室分の距離を詰めていく。

こんなとき、タイトスカートは歩きにくいな、と思う。

廊下の蛍光灯《けいこうとう》が白く感じられるのは、棚の間に見える北側の窓の向こうが浅い夜闇《よるやみ》で黒いからだ。窓に映る自分の顔、額《ひたい》には絆創膏《ばんそうこう》が一つ。佐山のデコピンを食らった痕《あと》だ。

「あの子、遠慮《えんりょ》がないからなー。……それだけ慕《した》われていると考えるが吉ですか」

とつぶやいたとき。不意《ふい》打《う》ちに横手の扉が開いた。

！　と息を飲んで振り向いた。その踵《かかと》が床に積まれた本に引っかかって後ろに転ぶ。

「……あ！」

足を振り上げて頭から床に落ちる。その筈《はず》だった。だが、いきなり、

低く落ち着いた男の声とともに、倒れる背に黒《くろ》手袋つきの手が当てられた。

「これは失礼」

支えられる、と思った瞬間。視界が縦《たて》に一回転した。

両足から床に、自分で立つ。

「…………」

何が起きたのか、大樹《おおき》にはよく解《わか》らなかった。一回転？　という言葉が頭に浮かぶだけ。

えーと、とつぶやき、大樹は、ウエストを支える手の持ち主を見上げた。

「ジークフリート、さん？」

「大丈夫か？」

疑問詞で応《こた》えるのは、長身の老人だ。肩幅のある体格は、白のシャツに黒のベストにトルーザーで包まれている。禿頭《とくとう》と白髭《しろひげ》の顔から、青い目がこちらを見下ろしている。

ジークフリートは無言でこちらの腰から右手を離すと、左手に掴《つか》んでいたままの白いカップを口に当てる。そこから漂う香りはコーヒーだ。

大樹は匂《にお》いに気を取られそうになりながら、頭を下げる。

「ど、どうも有《あ》り難《がと》う御座《ござ》いました。今さっきの、クルって回ったのは――」

「日本で言う合気《あいき》のようなものだ。それよりも、無事で何よりだ。戸締まりか？」

と問うたジークフリートの目が、大樹の額《ひたい》にとまる。そして、

「重ねて問うて申し訳ないが、その絆創膏《ばんそうこう》は、何か？」

「ああ、さっき、生徒にちょっと」

「校内暴力か。それはいかん。あとで私が先祖《せんぞ》伝来《でんらい》の制裁《せいさい》の仕方を教えよう。どんなしぶとい輩《やから》も一発で自分が汚《けが》れた魔女《まじょ》だと告白する」

どーして私の周囲はこんなのばっかかなー、と口の中でつぶやき、大樹《おおき》は手を横に振る。

「いえいえ、本人も、昔に空手《からて》だか何だかで結構《けっこう》上のとこまで行った子なんで、つい手が出てしまうんだと思います」

それにまあ、と頭を掻《か》き、

「教師と生徒の相互理解の上でのことですから。私も好きでやってますし」

「そうか、ではロを出す権利はないな。……結局は、個人の趣味か」

「えー、あー……、語弊《ごへい》がありますけどまあいいです。ジークフリートさんはこれから？」

ジークフリートは胸のポケットから一枚の紙片《しへん》を取り出す。カップを一度口《くち》に当てた後、

「少し、資料の助けを必要としている者達がいてな。私の仕事でもあるのだよ、代理の情報検《けん》索《さく》は。手伝っていくかな？　この廊下の中から〝初めてのプルトニウム〟という本を——」

「いえいえいえいえいえいえいえ」

と、大樹は一歩を下がる。お疲れさまです、と一言を告げて一礼し、名ばかりの狭い中央ロビーに出る。これから階段を昇って二階と三階と屋上の戸締まりだ。

中央ロビーから見ると、蛍光灯《けいこうとう》があっても校舎内は暗いと解《わか》る。元々、日中のみ使用することを前提とされている建物だ。

こわー、と大樹は吐息。階段の蛍光灯をつける。

薄い緑で塗られた階段が照らされ、明るくなる。が、白い光で冷たくなった気もする。

と、ジークフリートの声が、

「二階の鍵《かぎ》は先ほど閉めた。信用可能なら好きにしたまえ」

「信用してますー」

既《すで》に壁の陰で見えない彼に手を合わせ、大樹は上に。

六つの普通校舎と教員棟は戦前に造られたものだというのは知っている。

「図書室をあぁいう風にした衣笠《きぬがさ》・天恭《てんきょう》って人の創設で」

当時造られつつあった出雲《いずも》航空技《ぎ》研《けん》東京総合《そうごう》施設の研究資料庫《しりょうこ》として、ここは用いられるはずだった。が、人材育成が将来のためになるとして、尊秋《たかあき》多学院が生まれた。

大樹が今踏《ふ》んでいる階段は、

「もう七十年以上も前に出来てたものですね……」

足音高く、二階に出る。中央ロビーに出て廊下を見る。

暗黒。その闇の向こうは、一応、西側が音楽室で東側が非常口だ。が、

「信用してます……」

と尻から階段に戻ってくる。

肩を落とす吐息と共に、大樹は三階への階段の明かりをつけた。早足で駆け上る。

そして昇った三階は、やはり暗かった。

大樹は、中央ロビーから闇に顔を突っ込むようにして西側の美術室を見ると、続いて東側の

非常口を見た。東、非常口のランプが遠くに光っている。

うーん、と唸《うな》りを挙げながら大樹《おおき》は廊下の明かりをつけた。蛍光灯《けいこうとう》が連続して灯《とも》り、明るくはなる。が、逆に窓や、教室のドアについた硝子《ガラス》の向こうが黒くなる。

大樹はとりあえず廊下の中央に立ち、頭を掻《か》く。

「ま、しょーがないですよねー……」

肩を落とし、首を落とし、吐息。

東に向かって、意味もなく抜き足差し足で歩き出した。

そのとき。大樹は背後からの音に身を跳ねさせた。

猫の鳴き声。それが一つ、西側の美術室から響《ひび》いたのだ。

●

「にゃ……?」

と泣きそうな疑問顔《がお》で大樹は美術室に振り向いた。引けた腰で、身構える。

眉に無理矢理《むりやり》力を込め、宙にゆっくりとしたジャブを二発とストレートにアッパー。

「よ、よーし、来なさーい」

そのまま数秒。息も止めた沈黙《ちんもく》の後、大樹は構えたまま、小さな声で、

「来たくないなら来なくていいですよー……」

応じるのは、無音。ややあってから、大樹は腕を下ろし、その両手で膝《ひざ》を押さえる。いつの間にか起きていた震えは、そこで停まるでもなく、しかし緩やかになる。

「そ、外に猫《かし》がいるんですかねえ」


と首を傾げてつぶやき、美術室を見た。

同時。美術室の扉に着いた磨《す》りガラス。真っ暗な闇を見せるそれを、光が横切った。それも二度。地上からの車のライトなどの反射ではなく、光は左右に横切り、消えた。

「――――！」

大樹は体を抱いてしゃがみ込んだ。ややあってから反射的に両の耳を手で押さえて摑《つか》み、

「だ、大丈夫、大丈夫ですよー。た、単なる怪奇《かいき》現象です」

自分で言った意味に気づき、うわあ、と声を挙げて大樹は身を小さくした。

とりあえず階段の方に戻ろうと思う。距離は約四メートル。耳から手を離し、手と膝で床を這《は》うように歩く。なるべく美術室の方を見ないように、視線を下げ、一歩、二歩と。

膝と手で床を進んでいると、まるで自分の方が猫のようだと思った。震えはあるが、職場でこんなことしてる自分に呆《あき》れて目を伏せる。前足代《が》わりの右手を前に出しつつ、つい、

「にゃー」

と言ったらいきなり返事が来た。それも後ろから猫の声で。

「――――！」

慌《あわ》てて前へ飛びすさった。

身を捻《ひね》り、床の上を尻で掃除。全開となった警戒心《けいかいしん》が、膝《ひざ》を立てて防壁とさせる。

と、それが見えた。声の正体が。

黒猫だ。一瞬《いっしゅん》前まで自分がいた場所に一匹の黒猫が座り込み、後ろ足で頭を掻《か》いている。

対する大樹《おおき》は、手を背後の床についたまま、息も荒く猫を見る。

くつろいだ動きをしている黒猫だが、先ほどまで、確かに廊下にはいなかった筈《はず》だ。

いつの間に、と言おうとして、声が言葉にならず息となって口からこぼれた。ふと、目尻《めじり》に涙が浮かんでいることに気づく。そして、

「大丈夫ですか？　先生」

と、今度は背後、美術室の方から声が聞こえた。少女の声だ。

大樹は、息を詰め、背の方へと振り向いた。ゆっくりと、振り仰ぐように。

そこに一人の少女が立っていた。

学校の指定制服を見本のように着込んだ少女。灰色に近いプラチナブロンドの髪はまとめられて背の方から脚《あし》まで流れている。

鋭い視線、紫《むらさき》色の瞳がこちらを見下ろしていた。小さな口が開き、無表情に、

「申し訳ありません。見回りですね？　集中して作業していたものですから、夜になったことに気づきませんでした。防音も良かったもので」

「貴女《あなた》は——」

「ブレンヒルト・シルト。次期三年生、総合美術部の次期部長となります」

美術、という言葉に大樹は息を止めた。ゆっくりと、振り仰いだ視線を西に向ける。

美術室。

その扉は開いていた。

開いた空間の向こうに闇があることを大樹は確認。と、いきなり両の肩を摑《つか》まれた。

後ろに回ったブレンヒルトだ。

彼女が身をかがめ、その動きでこちらを抑えるようにして来る。

肩越しに小作りな顔が近づき、言葉が聞こえた。

「見て行かれますか？　私の作品を」

「作品？」

ええ、とブレンヒルトは答えた。その口調に、わずかな揺れを大樹は認める。そして、揺れを含んだ言い方のまま、ブレンヒルトは言った。

「森の絵です。暗い、黒い、奥底知れぬけど、豊かな森の」

●

夜の森の中、佐山《さやま》は走っていた。走りは地面に足裏を刺すような歩法。足は宙で前に出し、地を踏むときは障害物ごと踏み込む。それが暗い山を走る鉄則《てっそく》だ。

「まさか、飛場《ひば》道場のスパルタがこんなところで役に立つとはね……！」

走りの向く先、前方、木々のざわめきと、枝を踏み走る音が聞こえている。

誰かが追われている。あの人狼《じんろう》に。

急げ、と佐山《さやま》は思う。

誰だか解《わか》らない悲鳴の主よ。私は君のために来たのだから、と。

急げ。大きな足音には近づきつつある。相手の一歩に対してこちらは五歩かかる。だが、相手は直線的にしか走ることが出来ない。こちらは木々の間を縫《ぬ》うことを意識して、心持ち一歩でも多く踏めばいい。

佐山は考える。今、人狼に追い掛けられている誰かが、この状況を脱する手筈《てはず》も知っているだろう、と。切断された杉の断面の鋭利さは、人狼の爪で作れるものではない。その誰かが持つ何らかの武装によるものだ。

「武装？」

と問うて佐山は苦笑。

ここは日本だ、あのような破壊力《はかいりょく》を持った武装がどこに許されるのか。だが、

「――だが現実だ。ようこそ目の前の事実を信じる世界に、というわけか」

視界、足音が見えた。大きな背。それが木々の向こうを走っている。

佐山は、先行する足音と背を敵として再確認。

急げ。木の間を、幹に体が当たるすれすれの位置で縫《ぬ》い、敵の方へと。途中、石を左右の手に二つずつ拾っておく。そして佐山は右手に提《さ》げた上着を広げる。

「このスーツとも、今日でお別れか……」

言う視界は、人狼と、その前を走る誰かの姿を捉《とら》えた。

……女？

それは、一人の少女だった。

歳《とし》は自分と同じくらいか。柔らかみをもった黒のロングヘアが疾走に踊《おど》っている。身は白と黒の、ドレスにも似た服をまとい、右手には、

「蛍光灯《けいこうとう》？」

杖のような長さ二メートル近い白の棒。その上部側面には、蛍光灯にしか見えない長い円筒《えんとう》が設置されている。それはわずかに青白い残光《ざんこう》を持って彼女を照らす。

人狼が走りながら手を前に伸ばすと、彼女は残光を当てるように杖を振る。

すると、水飛沫《みずしぶき》のような音が立ち、人狼の腕が弾《はじ》かれた。

どういう理屈《りくつ》かは解らない。

だが間違いなく、彼女が持つ杖は佐山が思考《しこう》した武装だ。

ふと、走りながら佐山はつぶやく、

「——いかん」


このあたりは先ほど走った憶《おぼ》えのある場所だ。

下には元々《もともと》小川だった窪地《くぼち》が、幾《いく》つもの編み目として残っているはず。

佐山《さやま》は足に力を込めて前に出た。

同時。走っていた彼女が下を見た。


「……！」


声にならない小さく詰まった息と共に、細身《ほそみ》の体が弾《はじ》かれたように跳ねた。

転んだわけではない、自ら跳躍《ちょうやく》した動き。

しかし敵はそれを見逃さない。空中でバランスを失した標的《ひょうてき》に向かって、すくい上げるような左の一撃《いちげき》を見舞った。

少女が杖を振って残光《ざんこう》をかざす。

遅い。

布を引き裂く音と共に、少女の体が吹き飛ぶ。

その動きと共に風が巻き起こり、森がざわめいた。

第三章

『彼女の詩』

一つ二つ三つと紡がれるのは詞
それは歌い手の詞
聞く者がいて初めて詩となる大事な詞

森の絵を、大樹《おおき》は見ていた。

美術室の中央に空《あ》けられたスペース。そこに立つイーゼルの上、絵画用油《テレビン》の匂《にお》いが湧《わ》き立つ大型キャンバスがある。キャンバスに描かれているのは森林の絵だが、

「何度も描き直してるんですかあ？」

問いに、美術室の窓際《まどぎわ》にある流し台でブレンヒルトが振り返る。彼女は筆を洗いながら、

「描き加えて、また何度も塗ってるんです。直すまでもなく、未完成です」

「絵って……、一度塗《ぬ》って終わりじゃないんですか？」

「使用する画材と、選ぶ手法により違うんです。そして、選ぶ完成形によっても」

ふうん、と頷《うなず》き、暗闇《くらやみ》の中で四角く区切られた森を見る。製作途中《とちゅう》で塗りの甘いところはあるが、奥底の黒い森がキャンバスの向こうに広がっている。

一瞬《いっしゅん》、その中に吸い込まれるような錯覚《さっかく》を得て、大樹は慌《あわ》てて体を起こした。

「近づくと塗料が着きます」

ブレンヒルトは手や筆を黒く染まったタオルで拭《ぬぐ》っている。その背中に大樹は問う。

「他の部員は？」

「春休みに学校に残っていて、なおかつ美術室で絵を描こうというのは私だけです。ここは防

音も効いてるから、一人で利用してるんです」

ふうん、と頷《うなず》いた大樹の視線の先、ブレンヒルトはスカートのポケットから小さな丸いケースを取り出した。

ハンドクリームだ。

手指にクリームを絡めていく背を見て、大樹は一息。

視線を落とすと、足下、黒猫が絵を見上げている。

猫にも解《わか》るものなのだろうかと、大樹は黒猫の視線の先を見た。広く深く森が描いてある一角。一カ所だけ手つかずのところがある。色が入っていない、キャンバスの生地《きじ》が見える。

「この空白の部分は——、何が入るの？」

「小屋を」

ブレンヒルトが背を向けたまま、ええ、と自分に頷き、

「森が木々の群れではなく森たる所以《ゆえん》は、人が至る場所だからです。人がいるから木は群れではなく数えられ、憶《おぼ》えられる。森とは、この——」

わずかに言葉を詰め、

「この国で、一番初めに知った漢字ですが、良い表現だと思います」

「成程《なるほど》、自然派なんですねー……。私も緑は結構《けっこう》好きですよー。セロリとか」

最後の一言にブレンヒルトの手指の動きが止まるが、大樹はその意味を解《わか》りもせずにキャン

バスの空《あ》き地をよく確認。見れば、木炭《もくたん》で小さな小屋が描かれており、そこには四人の人の姿が当たりをとられている。見えるのは三人。小屋の中で本を読む老人、小屋の前で一羽の鳥と遊ぶ少女と女性だ。

そしてもう一人は男性だと思うが、よく見えない。ラフの線が荒く掻《か》き消されている。だが、女性と少女を見る位置、そこに誰かが座っているのは確かだ。

「ブレンヒルトさん？　この小屋には、誰が？」

「森には人が至りますが、そこに住まう人々は隠者《いんじゃ》と呼ばれる者と、その弟子《でし》や、庇護《ひご》を求めて来た者達です。――隠者とは賢者《けんじゃ》のこと。世界を憂《うれ》う者がそこに住みます」

成程《なるほど》、と大樹《おおき》は絵から視線を外さず体を起こし、考える。小さな声で、

「設定マニアなんですね……」

「今、何か？」

「いえいえ何でもないですよっ」

と、ブレンヒルトを見ると、向こうもこちらを見ていた。

彼女の目が何かを見つめるように細くなり、

「先生。先ほどから気になっていましたが、額《ひたい》のものは？」

「ああ、これ？　ちょっと生徒に」

「校内暴力ですか？　それはいけないですね。あとで私が姉直伝《じきでん》の粛正《しゅくせい》作法を教えましょう。

どんな馬鹿も一撃《いちげき》で素直な自分を取り戻します」

どーしてホントにこのガッコはこんなのばっかかなー、と大樹は心の中でつぶやく。

「いえいえ、結構《けっこう》素直なもんですから。大体、彼が本気になったらこんなもんじゃ」

「そんなに凶暴《きょうぼう》な生徒が、この学校に?」

「凶暴?　いえ、——凶暴じゃないですよー、その子は」

大樹は言う。口元に小さな笑みを浮かべ、

「中学二年時、学生空手《からて》の無差別級にて決勝まで進出するも、拳《こぶし》を砕いて敗北。その後、祖父に総会屋《そうかいや》としてのあらゆる知識を叩き込まれ、現在、この学校内では常に成績はトップをキープ。問題があるとすれば——」

一息。

「その能力を知るが故に、自分の姿勢の偏《かたよ》りを知るが故に、本気になることができない。これは……、凶暴と言うよりも、行き場を失った力の固まりですよ、ね?」

●

人狼《じんろう》は宙を舞った獲物に二発目の力をぶつけようとした。

空中、くの字に体を曲げて吹っ飛ぶ少女に向かって人狼は強い踏み込みを一歩。

瞬間《しゅんかん》。少女と自分の間に、人影が飛び出してきた。

人狼《じんろう》は憶《おぼ》えている。先ほど、日が暮れる前に追い掛けた獲物だ。壁に激突《げきとつ》し、無様《ぶざま》に転がった後で見失った獲物。それが、少女の姿を隠すように空《から》の両腕を広げた。ベストを着ていても、白のシャツの袖《そで》が暗い森の中ではよく目立つ。

人狼は少女のために構えた右手を使おうとする。走り込みながら目の前の少年の腹をぶち抜き、振り捨てればそれで済む。白いシャツは赤いもので染まるし、その色彩は地味《じみ》な森にいい彩《いろど》りを与えるだろう。

判断は一瞬《いっしゅん》。だが、彼の判断よりもわずかに速く、別の動きが来た。

眼下。

下から壁にも似たものが顔に向かって飛んできた。

「――!?」

上着、と判別した。

どこに？　と思う。少年は両腕を広げていたが、手は空《あ》いていた。ならば答えは一つ。足。そこしかない。飛び込んできたとき、腕を広げたシャツの白に目を奪われた。足先に上着を乗せ、下から蹴《け》り出されれば反応は遅れる。

遅れた。

顔に上着が掛かる。とがった鼻は少年の服に染みた妙な花の香りを吸い込み、とまどう。顔を振り、上着を落とそうとしたが、上着は抱きしめるように顔に巻き付いていた。

何故《なぜ》、と思ったとき。走る脛《すね》に衝撃《しょうげき》を受けた。

体が宙に浮いた。

●

佐山《さやま》は、足を払った人狼が頭からの転倒を始めるのを見た。むやみに振り回される腕が、こちらの左腕をかする。

痛みがあった。だが、佐山はそれを確認もせず、背後へと振り向いた。

大事なのは獣《けもの》ではなく少女だ。それを心に思い、佐山は転んでいく人狼と並走《へいそう》を開始。

……顔に巻き付いた上着は簡単にほどけるものではない。

個別に縛《しば》った両袖と裾《すそ》のポケットには石を入れてある。後は広げたところに何かが飛び込めば、石の重みで袖は獲物を抱きしめる。投網《とあみ》の原理の応用だ。

……だが、時間稼《かせ》ぎだ。

そのことは良く解《わか》っている。

頷《うなず》く目が見るのは虚空《こくう》。放物線軌道《きどう》の落下に入った少女の姿だ。

左、人狼の足がところどころにある窪地《くぼち》にはまった。転ぶ動きが一気に加速する。巨大な体《たい》躯《く》が地面を打つのを、佐山は無視。

彼は前に手を伸ばす。落ちていく少女へと。

届かない。このまま落とせば、勢いある動きの中だ。少女は無事では済まない。

地面を蹴《け》った。手を伸ばし、指を伸ばし、彼女のスカートを掴《つか》んだ。

「……っ！」

吐息一つで強引《ごういん》に引き寄せる。

構えた腕の中、力を失った身体《からだ》がまるで飛び込むように落ちてきた。

確かに受け止めた。

見れば彼女は右手に長い杖を持ったまま。佐山《さやま》は故意《こい》に足を滑らせ急制動を掛ける。そして
彼女の肩を掴む右腕で、細い体を強く揺さぶった。

「——無事か」

土をえぐって足を止める中の問いに、彼女は、返答ではなく、動きで返した。

まぶたを薄く開き、視線を佐山に寄せたのだ。

汗の浮いた顔、乱れた髪の中、わずかに涙の浮いた瞳がこちらを見る。そして、

「え……？」

目が開かれる。

●

彼女の視線に、佐山は身を回して状況を見せる。背後、人狼《じんろう》が顔に掛かった上着を破り捨て、

立ち上がろうとしている光景を。彼女は敵を確認した上で改めて佐山を見上げ、

「き、君は——」

と言いかけ、不意に自分の体を見た。抱き上げられていることに気づき、

「……きゃ」

と声を挙げる。佐山が見れば、彼女の服、白と黒の素材で出来たボディスーツのような胴体《どうたい》部分が縦に切り裂かれている。そこから大きく覗《のぞ》ける体は、胸から臍下《へそした》まで露《あら》わの一字だ。汗の浮いた丸い胸と臍が、荒れた呼吸で上下し、慌《あわ》てた動きの手で隠される。

佐山は、不安定な姿勢で身をすくめた彼女を見て、

……いかん、先に確認しておくべきであった。

うむ、と頷《うなず》き、しかし佐山は問う。今、必要なことを、

「あの敵を倒す方法は？」

「え？　あ、あの、君は、何？」

「哲学的な問答をここでする気はない。問いは一つ、答えは一つだ。あの敵を倒す方法は？」

彼女が息を飲む。だが、人狼が体を起こすにおいて、口を開いた。

「——貴金属《ききんぞく》。それに関する武器じゃないと効果的な力にならないんだ」

言葉の意味に対して疑問はあった。が、佐山はその疑問を捨てた。

信じよう、と思う。彼女はこの状況を解《わか》っている。理由はそれで充分だ。

信じた。

だから佐山《さやま》は彼女を地面に下ろす。足を着かせ、ふらつく背を支えつつ、敵を見た。

「君の名は？」

「……新庄《しんじょう》」

ためらいがちに告げられた姓《かばね》を、佐山は口の中で転がす。

見れば人狼《じんろう》は立ち上がり、こちらに向かって体を倒しつつあった。前傾姿勢《ぜんけい》は疾走の前振《まえふ》りだ。一瞬《いっしゅん》の後には、力がこちらにぶつけられて来る。

それを確認した瞬間《しゅんかん》。佐山は前に出ていた。後ろから新庄の声が、

「ちょ、……ちょっと、待って！　ボクの仲間が来るまで待ってよ！」

佐山は返答の代わりに、左腕を軽く振った。手先から地面に向かって赤い流れが一気に落ちる。それを見たのか、背後、新庄と名乗った少女が息を飲んだ。

彼女の緊張《きんちょう》に、佐山は自分自身の制限時間の短さを改めて悟る。

先ほどかすった一撃《いちげき》が、意外に重い。

しかし彼は迷うことなく、左腕の重みを感じながら、前に一歩。

血に濡《ぬ》れた左の袖《そで》を直し、ボタンを留め直すと、血のついた右手を一度軽く持ち上げた。

その指を鳴らし、血を飛沫《しぶ》かせ、

「聞け」

視線で、ベストの胸ポケットを見る。二本のボールペンがそこにある。

「スイス製、先端部は銀、貴金属《ききんぞく》だ。――これから痛い目を見せよう」

言うなり、佐山は地面を蹴《け》って走り出した。

真っ正面。

敵が走り出す前に距離を詰めなければならない。理由は体重差だ。敵が走り出したら停めるまでもなく、こちらが潰《つぶ》される。そしてこちらの背後には新庄という少女がいる。

彼女が戦えるかどうか疑問はある。あの手持ちの杖が木を切断した武装であることは間違いない。だが、それを、彼女は一度しか使わなかった。木を切断し、そこで終わりだ。

使えない理由が、機械の側にあるのか、それとも、彼女の方にあるのか。

佐山は、新庄を抱き上げたときの瞳を思い出した。涙が薄くにじんだ黒い瞳を。

……後者だ。

判断する。彼女はおそらく甘い人間だ、と。だから彼女を攻撃の計算から外す。

考えるべきは、貴金属という言葉だけだ。

人狼との距離は約三メートル。まだこちらの攻撃が届く距離ではない。

だが、人狼の方は前傾姿勢を取りつつ、左腕を振り上げた。こちらを薙《な》ぎ払って、そして新庄の方へと突っ込む覚悟《かくご》を決めたらしい。

ふん、と走る佐山は鼻を鳴らして右手をベストの胸ポケットに。そこにあるのは先ほど見せ

た二本のボールペン。そのうち一本を佐山《さやま》は引き抜き、

「……っ！」

投じた。

わずか二メートル足らずの距離から放たれた投擲《とうてき》は高速。

狙《ねら》いは人狼《じんろう》の眉間《みけん》だ。が、人狼は振りかぶった左手を使い、ボールペンを横摑《よこづか》みにした。その掌《てのひら》からいきなり青白い炎《ほのお》が噴《ふ》き出し、煙が出る。

人狼が左腕を振り、ボールペンを払い捨てた。

左の脇ががら空《あ》きになる。

そこに、佐山は飛び込んだ。右袖《そで》のボタンを右手で器用に外した上で、もう一本のボールペンをベストから引き抜く。そして全身でぶつかるように、人狼の胸にペンを突っ込む。

瞬間《しゅんかん》。

不意に、人狼が今までの流れとは違う動きを取った。

走るための前傾《ぜんけい》姿勢をやめて立ち上がったのだ。

「――!?」

フェイントだ。走ると見せかけ、こちらを誘う。

人狼の体が起き上がったため、佐山の狙いがずれた。

右腕が虚空《こくう》を突いた。

だが、人狼の左腕は振り払われたまま、右腕も起き上がりの動きのまま、構えられていない。

こちらの攻撃がかわされたのと同様に、向こうも攻撃を放つタイミングを得ていない。

条件はどちらも同じ。その筈《はず》だった。佐山の相手が人間ならば。

佐山は見た。人狼が両腕に頼らぬ第三の攻撃を選択したのを。

牙《きば》。

人狼が口を開く。

目の前に、夜目にも赤い口内《こうない》と、薄《うす》黄色い牙の乱立が広がった。

全ては一瞬。

佐山の右腕が振り上げ切られて宙を突くなり、人狼は開いた顎《あご》を落としてきた。

●

その瞬間、人狼は一つのものを見た。

ペンを握った獲物の右腕が、下に戻って構え直されようとしているのを。

無駄《むだ》だ、と人狼は思う。手に握られたペンが再び届くより速く、牙は顔面を食いちぎる。

が、妙なものが視界にはあった。

握られたペンと、自分の顎の間。黒く濡《ぬ》れた石のようなものが飛んでいる。

それは、獲物の振り上げた右腕の袖口《そでぐち》からこぼれ、飛んできていた。

何であるか。

判別するより先に、口の中にそれが飛び込んで来た。

血の味がした。人の血の味だ。

懐《なつ》かしい味だ、と思ったとき、人狼《じんろう》は自分の口の中に何が飛び込んできたのか悟った。

腕時計。少年が左腕に着けていたものだ。

「——!?」

何故《なぜ》そんなものが、という問いに、記憶《きおく》が答えた。

あの時計が、銀のあしらいを施《ほどこ》されていたことを。そして目の前の獲物は、こちらに飛び込んでくる直前、血に濡《ぬ》れた左袖《そで》を右の手で直していたことを。

右袖に仕込むとしたらそのときだ。そしてペンで突く動きをもって、投じた。

全ては牙《きば》の一撃《いちげき》を見越した行為。

人狼は、牙の間に銀の爆弾《ばくだん》ともいえる時計を噛《か》み、前を見た。

視界が少年の動きを捕捉《ほそく》。

彼が振り上げた右腕を曲げ、構えを取っているのが見えた。

既《すで》に彼の右膝《ひざ》が持ち上げられていた。

左の足が地面に踏み込み跳躍《ちょうやく》。

その勢いを持って右足が真上へ、こちらの顎《あご》へとかち上げられてくる。

回避できない。

激突《げきとつ》。

口の中で痛みと熱が炸裂《さくれつ》し、視界が青白い炎に包まれた。

「！」

声を挙げたと同時、胸にペンによる鋭い痛みが突き立てられ、身体《からだ》が更なる火に包まれた。

少年の問いが聞こえる。

「痛い目を、見ているかね？」

●

少女、新庄《しんじょう》は目の前で起きた出来事に一つの言葉を発していた。

「嘘《うそ》……。あの敵を……」

とつぶやき、だが、彼女はすぐに杖を握り直した。先端ではなく、蛍光灯《けいこうとう》のついた側面を弓のように相手に向けた。

目の前、着地からたたらを踏んで後ろに下がる少年の向こう。顔と胸を炎に包まれた人狼がいる。少年はしっかり立ち上がろうとして、だが、力を失った膝を地面に落とした。

対する人狼はまだ動く。

「――！」

空に向かって叫びを挙げながら、青白い松明《たいまつ》のようになった獣《けもの》がこちらに一歩。

少年が身体《からだ》を捻《ひね》るようにして、無理《むり》に立ち上がった。だが、彼の左腕は下がったまま、背は丸く、息が荒いのが解《わか》る。

新庄《しんじょう》は杖を持つ手に力を込めた。急がなければ。でなければ少年が失われるかもしれない。

グリップ中央部。そこに空《あ》いた穴からアンカー付きの細い鎖《くさり》がたれている。

アンカーを摑《つか》んで引けば、内部にあるダイナモが蛍光灯《けいこうとう》に力を供給する。この空間は貴金属《ききんぞく》が力を持つように概念《がいねん》が条件付けされている。だから、ダイナモの中身は聖別《せいべつ》された銀板と金のコイルで作られている。そこから力を受ける蛍光灯の光とは、

「水銀《すいぎん》による聖なる光」

貴金属の力としてはやや弱いが、反射板にて収束された光は有効焦点《しょうてん》距離上において刃物《はもの》のような力を持つ。

素早い動きでアンカーを摑み、新庄は前を見た。

少年が身構え、人狼《じんろう》が右腕を振り上げた。その光景に新庄は反射的に叫んでいた。

「駄目《だめ》だよ……っ!!」

声を放った新庄は、人狼を見た。

そして新庄は、感情を見る。

人狼の顔に浮いた感情を。

佐山《さやま》は人狼《じんろう》の動きを見ていた。

……まだ動くか！

という思考《しこう》を、恐怖でも驚きでもなく、感嘆《かんたん》と捉《とら》えた自分に苦笑する。

そうか、と佐山は思う。荒れた息で、しかし思考は走る。

まだいける。まだいけるだろう。

何が？　という疑問に答える言葉は、既《すで》に自分の中にある。

本気になるということ。

まだ、そこに達してはいない。簡単なフェイントと負傷を交換し合っただけだ。

ここから。ここからだと思う。

本気を出して、答えを出す瞬《しゅん》間《かん》だ。目の前の敵をぶちのめし、最後まで立っていればいい。

いかなる方法をとってもいい。目の前のものは、敵なのだから。

本気で潰《つぶ》せ。それが、悪役として祖父に叩き込まれてきたことだ。

動こうとした。自分の悪を果たすため、人狼の胸に突き立てたボールペンを瞬《しゅん》時《じ》に確認。

それを蹴《け》り上げるなりなんなりして、次の行動に移る。

そのつもりだった。

まず聞こえたのは杖を構える金属音。そして続くのは新庄《しんじょう》の声だ。

「駄目《だめ》だよ……っ!!」

静止の言葉と同時。佐山は一つの感情を見た。

こちらの頭上越《ご》しに新庄の方を見た人狼の顔が、確かに歪《ゆが》んだのだ。

抗議。憤《いきどお》り。諦《あきら》め。嘆《なげ》き。怒り。そして哀《あわ》れみ。

それらのどれでもあり、どれでもない表情が、獣《けもの》の顔に浮いて歪みとなった。

その表情を見た佐山は、わずかに己《おのれ》の動きを止めていた。

……この獣の感情を打ちのめすことが、必要だろうか。

思いが来る。私の悪は、正しいのだろうかという思いが。

未熟《みじゆく》だ。

だが、佐山は奥歯《おくば》を噛《か》み、動いた。

●

新庄も、人狼の表情を見ていた。

彼の表情を作ったのは自分と、手にした武器だと悟ったとき、

「……あ」

と声を漏らし、新庄は、ふと、アンカーを引く手を止めていた。

見れば、少年が動いている。右の蹴《け》りを放とうとしてる。

が、遅い。間にあうかどうか。

今、人狼《じんろう》が全力で動けば、少年は己《おのれ》の攻撃ごと潰《つぶ》される。

今、自分がアンカーを引かねば少年は失われるかもしれない。

撃《う》つしかない。

だが、迷った。

迷いの意味は解《わか》らない。今までもずっと、心の中にあったためらいだと、それだけが解る。

何か、いい方法はないだろうか。戦うために動こうとする彼とは違う方法だ。

どちらも失わずに済む方法。

思い浮かばない。自分の無能を悟る視界の中、遅れつつも動きを放つ少年が見えた。

新庄《しんじょう》は彼の動きを見て、自分を比較する。

……彼は違う。

思った。そのときだ。人狼がかすかに体を震わせた。動作の起こりだ。それが右腕を振り下ろすための初動《しょどう》か、それとも別の動作の初動か、判断は出来なかった。

「だ、駄目《だめ》……！」

新庄は叫びつつも、アンカーを引くことが出来なかった。見れば、アンカーに掛けられた指が震えていた。どうしようもなく、鎖《くさり》を揺らし、鳴らしてしまうほどに。

「――っ！」

声にならない息と共に、新庄はアンカーを引こうとした。

直後。指がアンカーから外れた。

力を失った鎖が鳴る。

あ……、という声と共に、見開いた目から涙がこぼれた。

直後。人狼の身体《からだ》を、いきなり、白い光が真横から貫いた。

●

新庄は見た。人狼胴体《どうたい》中央、幅十センチほどの白い光が左から右に抜けたのを。

狙撃《そげき》。

空に、肉を叩くような軽い音が響《ひび》き、人狼が動きを止めた。

ややあってから、その身体が後ろに傾いた。

そして、人狼が空を見上げる。黒い森の夜空を。

「――――」

叫びが、開いた顎《あご》、牙《きば》の間から空に突き抜けた。抗議とも、感情ともとれる響《ひび》く叫びが。

そして人狼は動いた。鋭い爪。右の手を自分の首元に掲げ、一振《ひとふ》りする。

肉を削《けず》る音は繊維質《せんいしつ》を断つ音。

血のこぼれる音は泡を生む音。

その二つの音と、噴《ふ》き出す血の流れを影に、人狼《じんろう》は倒れていく。

遠慮《えんりょ》なく、肉が地面を打つ音がした。

青白い炎をまとったまま、巨大な体躯《たいく》が地面に大の字に倒れた。

見れば、少年が蹴《け》りのために振り上げた右足を途中で止めていた。

●

奥多摩《おくたま》行きの電車は動き出していた。

既《すで》に窓の外は暗く、車内を反射して写す窓の向こう、山陰《やまかげ》の黒と夜空の青が見えている。

車内に人は少ない。窓に映るのは二つの人影だ。黒いスーツを着込んだ白髪《はくはつ》の男性と、侍女《じじょ》服《ふく》姿の白髪の少女。

少女は鉄杖《てつづえ》を膝《ひざ》の上で握りしめ、至《いたる》と呼ばれた男と、Ｓｆ《エスエフ》と呼ばれた少女だ。

「状況が終了した頃でしょうか」

「そうだろうな。親父は１ｓｔ―Ｇ《ギア》との事前交渉《こうしょう》を明後日《あさって》行うと言っていたが……」

「死者が多く出ました」

「出たな。どう思う？」

「交渉材料になります」

至は苦笑。

「彼らの死を無駄《むだ》にはしない、って言うんだ馬鹿。憶《おぼ》えておけ、対外的にはそう言うと」

「Ｔｅｓ《テス》．、ですが意訳《いやく》にしては解《わか》りにくい表現と判断します」

「解りにくいからいいんだそうだ。俺も昔、そうだった」

「では、至様には率直《そっちょく》に申します。それが御要求と判断しましたので」

「……お前は本当に優れたやつだよ、Ｓｆ」

至は言う。窓の外を眺《なが》め、

「ほら、奥多摩だ。杖を寄越《よこ》せ。——俺の御要求通りにな」

●

佐山《さやま》が新庄《しんじょう》と一息つく場所に選んだのは、彼女に切断された木の根本だった。

佐山は、新庄に身体《からだ》を右から支えてもらってそこに辿り着く。

「さっきの一撃《いちげき》は、ボクの仲間の狙撃《そげき》だと思う……。多分、すぐに救助が来るよ」

その一言《ひとこと》以来、彼女はうなだれている。が、木の幹に身体を預けて座り込めば、佐山にはするべきことが出てくる。まずは左腕の止血《しけつ》だ。

新庄が持つ蛍光灯《けいこうとう》の残光《ざんこう》を頼りに、佐山は動く。

シャツの左肩の生地《きじ》に強く噛《か》みつき、裂く。破いた袖《そで》を地面に置くと、左腕を持ち上げた。

肘《ひじ》から先の感覚が無く、肩が重い。よく見れば肘の上のあたりと、下のあたりの二カ所から血があふれ出している。

佐山《さやま》は急ぎ地面に置いた袖《そで》を摑《つか》む。片方の裾《すそ》を歯で嚙《か》み、もう片方を脇から肩に一巻《ひとま》き。嚙んでいた裾を離し、動脈の位置で結びを作ると、結び目の下に指を入れて絞《しぼ》り上げる。

気づくと新庄《しんじょう》がこちらを見ていた。口をわずかに開けた顔に、

「驚くことかね？」

「あ、いや、手慣れてるな、って」

「昔、飛場《ひば》道場という……、このちょっと上に行ったあたりにある道場に通っていてね。そこで、実践《じっせん》という形で習ったことだ」

ふうん、と頷《うなず》いた新庄を見て佐山は気づく。彼女が己《おのれ》の身体《からだ》を抱き、わずかに震えていることに。

新庄はっと視線を逸《そ》らした。小さな声で、

「御免《ごめん》」

膝《ひざ》を抱える。ボディスーツ型の衣服は、防護《ぼうご》効果のあるスカートやショルダーを各部のハードポイントに接続する構造で、現代式の鎧《よろい》のようなものだ。抱えた膝、見える太股《ふともも》を覆《おお》う濃い色のストッキングには、何やら図形と文字がプリントされているのが見えた。

膝を深く抱く新庄の姿は、露《あら》わになっている身体を隠すと言うより自分自身を小さくするよ

うに見える。爪先《つまさき》を立てて膝を身体に寄せ、彼女は言った。

「撃《う》つべきだったよね」

問いかけを半ば含《なか》む口調に対して、佐山は頭を幹に預けて上を見た。森の影が夜を更に黒くしているだけ。星など見えもしない。そして応《こた》えた。

「君はそう思っているのかね？」

すると、新庄はこちらを向いた。眉尻《まゆじり》を下げた顔で、

「君はああいうとき、……やっぱり最後には撃つことを選ぶの？」

「仮定ではあるが、確かに撃つことを選ぶとは思う。……君は何故《なぜ》、撃たなかったのかね？」

「撃たなかったんじゃないよ。撃てなかったんだ」

「撃てなかった？」

うん、と新庄は頷いた。

「君は最終的に動いたよね。……でも、ボクは、敵の表情を見て、解《わか》らなくなったんだよ。何か、いい解決があるんじゃないかって、そう思った」

「私の選択とは違う選択をしようとして、か」

それが思い至らず、時間の経過を選んでしまったのかと、佐山は思う。

結果、敵は狙撃《そげき》され、自害《じがい》した。

佐山は心の中で吐息をした。

甘い話だ。だから最悪の結果を生んだのだ、と。

だが、自分には出来ない考え方だな、と彼は思う。悪役の自分には出来ない考え方ならば、

「実際は、やはり私が間違っていて、君の方が正しかったのだろうな」

「ボクが、正しい？　だって、ボクは、ひょっとしたら君を危険な目に――」

佐山《さやま》は新庄《しんじょう》に顔を向けた。視線を合わせ、新庄の言葉を停めると、

「いいかね？　――君は、私と敵の命の天秤《てんびん》を迷った。これは正しいことだよ」

「そ、そんなことはないよ。何が大事か判断できずに動けなくなっただけじゃないか」

「人の命を判断できるのは、間違っている人間だけだ」

苦笑。

「君は正しいことをした。御免《ごめん》などと謝るのはやめたまえ。代償《だいしょう》を要求することになる」

「で、でも、ボクは気にするよ。ボクは……」

佐山は目を細めた。視界の中、彼女の表情を見て、

「どうしてそう、不安な顔ばかりするのかね？　実際、君のような人間は生き残っていくのが困難だが、たとえどうあれ、生き延びられた今は自分の正しさに自信を持つといい」

こちらの言葉に、新庄が何かを言おうとして口を開いた。

佐山は思う。彼女の口から出る言葉は、自分の否定に違いないと。

だから、彼女が何か言うより早く、彼は言葉を作った。

「少し、膝《ひざ》を貸してくれるかね？　代償は、それで充分だ」

え？　と驚きの声を挙げた新庄は、ややあってから、膝を抱えていた腕をほどいた。その腕で胸を隠し、膝をおそるおそる前に出す。脚《あし》は崩れた正座の姿勢で、

「い、いいよ……？」

問いかけの許可に、佐山は半《なか》ば幹からずり落ちるように体を動かした。

頭を、彼女の並んだ腿《もも》の上に置くと、新庄の身体《からだ》が小さく震えた。見上げると、新庄が不安そうな顔でこちらを見ていた。

「……大丈夫？　気持ちよくなかったら、言って、ね？　他に何かすること、ある？」

と、新庄が片手を胸から離し、こちらの前髪《まえがみ》を掻《か》き挙げた。佐山は彼女の顔を見上げて、

「そうだな、では、サービスとして子守《こもり》歌でも一つ頼む。……さすがに疲れた」

「眠ったように死んだら嫌だよ、ボク」

「そんなのは映画の中だけだ」

苦笑すると、新庄も苦笑した。視線を逸《そ》らし、

「えー、と」

と前置きしてから、こちらの髪をまた掻き上げ、口を開く。

歌が紡《つむ》がれた。初めは小さな震えるような口調で、そしてゆっくりと落ち着いた声で。

佐山も知っている歌だ。聖歌《せいか》の、清しこの夜。

Silent night Holy night／静かな夜よ　清し夜よ
All's asleep, one sole light,／全てが澄み　安らかなる中
Just the faithful and holy pair,／誠実なる二人の聖者《せいじゃ》が
Lovely boy-child with curly hair,／巻き髪を頂く美しき男の子を見守る
Sleep in heavenly peace／眠り給《たも》う　ゆめ安く
Sleep in heavenly peace／眠り給う　ゆめ安く——

聞こえる肉声《にくせい》に、見れば、顔の横に彼女の腕で隠し切れぬ肌がある。腹、形のいい臍《へそ》が歌のリズムと呼吸に浅く上下している。

その動きと、腿《もも》を通じて彼女の吐息と鼓動《こどう》が解《わか》り、佐山《さやま》は妙な安堵《あんど》を得る。

ふと、学校での出雲《いずも》と風見《かざみ》の会話を思い出した。

確かに、いい匂《にお》いがする。

その匂いに誘われるように、佐山は顔を傾けて、彼女の汗ばんだ胸下に頬《ほお》と耳を当てた。

あ、という声と共に膝《ひざ》がすくめられたが、耳には呼吸と鼓動が聞こえてきた。柔らかな音。

自分の息を合わせてしまう響《ひび》きだ。佐山は心の中で小さく笑い、

……君は正しいことをした。

と、もう一度言おうと思う。自分と彼女の息と鼓動を失わずに済んだように、彼女は、自分と、敵のそれを失わせたくなかったのだから。

だが、言葉は出なかった。もはや体を動かす余力《よりょく》は切れつつあった。

薄れる意識の中、新庄の身体《からだ》の温かみとリズムから得られる安堵の正体は何かと、佐山は考える。懐《なつ》かしく、思い出せないもの。それは何だったろうかと。

●

少年が目を伏せたとき、新庄はわずかに焦《あせ》りを得た。

が、その焦りが身を震わせたとき、彼の眉がわずかに歪んだことに気づく。

生きている。眠っているだけだ。そう思い、何て物騒《ぶっそう》なことを考えていたのかと淡い自戒《じかい》を心に抱く。こちらの身体に耳と頬を当てて眠る彼、その前髪《まえがみ》を手で梳《す》く。

彼の表情が変わる。それが安堵に感じられ、

「自惚《うぬぼ》れてるかな……」

と、新庄は胸を隠していた片手を解《と》く。両の手を彼の頭と奥の肩に当て、軽く抱きしめる。

触れてみて気づくが、彼の身体は冷えていた。

大丈夫、と自分に言い聞かせ、新庄は彼の左腕を見た。脇で右手の締め上げがあるためか、止血《しけつ》はかなり強い。血は止まりつつある。

新庄《しんじょう》は彼の左手に目をとめた。血で濡《ぬ》れた左の中指に、女物の指輪が一つはまっている。

「……え？」

疑問と共に新庄は、彼の肩を抱く自分の右手を見た。グラブを外すと、中指に男物の指輪がある。まるでお揃《そろ》いのファッションのようだと思い、新庄は小さく笑む。戦いを望んだ彼と、それを避けようとした自分と、全く逆なのにこんなところが似ている、と。

そんな考えから生まれた笑みと共に、新庄は一つの事実に今更《いまさら》気づいた。彼の名前を聞いていないことに。

「君は……」

と、安堵《あんど》の寝顔を見たときだ。不意に、土を踏む足音が背後に二つ立った。

「――――」

新庄は彼の身体《からだ》を隠すように覆《おお》いかぶさった。警戒《けいかい》の動きをもって、首で背後に振り向く。

わずか数歩の距離のところに、闇の中、二つの人影が立っている。

長い槍のようなものを携《たずさ》えた細身《ほそみ》の影と、長広い板のようなものを携えた大きな影だ。

大きい方が、こちらに向かって告げた。男の声で、

「どうしたそんな顔して。負傷者がいるんだろう？　早く連れて行こうぜ」

一息。

「死んでなければ何とかなるんだ。――この世界では、な」

第四章

『不思議の深淵』

はいどうぞと言われても
それを飲み込める筈もなく
ただただ事実は染みこんでくる

　意識は、闇から光に浮き上がることによって目覚める。

　佐山《さやま》は今、その軽い上昇感を得ていた。ぼやけていた自分が、急速に一塊《ひとかたまり》に戻ってくる感覚だ。全身の重さが感じられるようになり、

「……く」

　という自分の声に気づき、目を開けた。

　ぼやけた視界に入る色彩は明るさだけだ。身体《からだ》は寝ている。上半身《じょうはんしん》は裸になっており、背には硬いシーツの感触《かんしょく》がある。

　視界が整ってきた。見えているのは白の天井と蛍光灯《けいこうとう》。

「ここは――」

　言葉は女性の声に停められた。

「医務室《いむ》ってヤツだあね。だからちょっとじっとしてな」

　と、いきなり視界に右から入ってきた人差し指に、額《ひたい》を押さえられた。それだけで身体を動かすことが出来なくなる。だから佐山は目を動かし、右、指の持ち主を見る。

　女性。背の低い中国系の女性だ。後ろにひっつめた髪を頂く顔は若く鋭さを持っている。着込んだ白衣《はくい》の下、簡素《かんそ》な黒シャツと黒ズボンが隙無《すきな》く彼女を包んでいた。

彼女は佐山が動かぬことを確認すると、指を離し、横を見た。

「二順《にじゅん》、新庄《しんじょう》を呼んで来な」

「Te《テ》s《ス》.」

と声がする方を見れば、白衣姿《すがた》の老人が背を向けたところだった。女性の隣《となり》にいたらしい。

彼は足音も立てずに部屋を横切っていく。

彼を追う視界は、ここが医務室だと改めて教えてくれる。

ベッドは二つあり、他は机と椅子《いす》に、壁を埋める棚があるだけ。壁の時計は現在が午後八時半だと教えてくれる。

……あれから二時間ほどしか経《た》っていない、か。

二順と呼ばれた老人が、長い白髪《はくはつ》をわずかになびかせながら医務室のドアを開けた。

そして、外から一人の少女が入ってきた。

新庄だ。

彼女は、ブラウンのワンピースに白いロングTシャツという軽装《けいそう》。二順に一礼して、急ぎ医務室に入ってくるとこちらを見た。そして、ふと表情を明るくしてから、

「あ」

と顔を赤くして両手で覆《おお》う。

そして佐山は思い出す。今、上半身が裸なのだと。

顔を背《そむ》けつつも視線を送ってくる彼女に、白衣《はくい》の女性が振り向きもせず言う。

「ほら新庄《しんじょう》、椅子《いす》の上に置いてあるシャツを持ってきておくれ」

「でも、趙《ちょう》先生……」

「いいから早く。トロい子はメリハリつくまで殴るよ」

言って、白衣の女性、趙はこちらに向けた右手の指を軽く上に曲げて見せた。

起き上がっていいと言うことか、と佐山《さやま》は体を起こす。

と、左の腕から肩に向かって、強く摑《つか》み込まれたような痛みが来た。左腕、上腕《じょうわん》と下腕《かわん》が、肘《ひじ》の上下あたりで包帯《ほうたい》に巻かれ、薄い固定束帯《そくたい》によって固められている。肘は動くが、重い。

趙がこちらを見下ろし、

「腕をL字に曲げたときに食らったようだね。上腕と下腕共《とも》に斜めに裂かれてた」

「何針《なんはり》ほどかね？　あまり傷物になるのは避けたいのだが」

「馬鹿だねえ。縫《ぬ》うものかい、この趙先生の治療だよ。ただ……、しばらくの間《あいだ》動かすんじゃないよ。今、きっちり留め合わせているけど、変に力を出されると合わせが乱れるからね」

そして新庄が傍《かたわ》らに立った。シャツを手にしている。それを差し出そうとする彼女の尻を趙が平手で叩いた。わ、と声を挙げた新庄に、眉をひそめた趙が、

「そうじゃなくて、お前が着せてやらないと駄目《だめ》だろう？」

「……Ｔ《テ》ｅｓ《ス》．」

と新庄は寝台の上に腰を下ろす。そしてこちらを見て、

「あっち向いてくれる？」

佐山は背を向けた。背後、シャツを広げる音がして、趙の声がおごそかに、

「新庄、言え、言うんだ。お背中《せなか》お流ししますー、って」

「ここは一体どういうサービスの医務室《いむ》かね」

「——はン、ここはＵＣＡＴって組織内部の医務室。私は医療《いりよう》関係の長である趙・晴《せい》さ」

「先生!?」

新庄の声と共に、背に触れたシャツが去っていった。趙は笑いの口調のまま、

「隠して意味があることかい。どうせＵＣＡＴには来た筈《はず》さ。……なあ？　佐山・御言《みこと》」

「……私はＩＡＩに呼ばれていたはずだが？」

「そのＩＡＩの裏の顔さ、この日本ＵＣＡＴは。ＩＡＩの別区画にある奥の土地、そして更にはメイン部分は地下。——ＩＡＩの一般職員にも知られぬ特殊区画さ」

趙の言葉に、ふと、左の胸の奥が痛んだ。

佐山は息を飲んで痛みを身体《からだ》の奥に消す。と、肩にシャツが掛けられた。

振り向くと、新庄がわずかに眉を下げてこちらを見ていた。小さな声で、

「ホントはね、問われても答えちゃいけないんだ」

「成程《なるほど》。あのババアは型破《かたやぶ》りと言うことか」

うん、と頷《うなず》き、そして、わずかな間をおいてから新庄《しんじょう》は目を見開く。驚き顔で、

「ど、どうして解《わか》るんだよ!?　趙《ちょう》先生がババアだって!」

「口調の積み重ねと言うものだ。いかなる方法で若作《わかづく》りをしていても言葉の年期は隠せぬものだからね。学食にいる昭和十二年製造のトメ婆《ばあ》さんによく似たババア口調だ、あれは」

「そっか、凄《すご》いなあ。ババアって見破った人、初めて見たよ、ボク……」

「うむ。トメ婆さんの口調は特徴的だからね。たまに注文《ちゅうもん》間違えたり、電源落《お》ちたように立ち止まることがあって、そのあたりのハラハラドジっ子婆さんぶりも皆の人気の秘密なのだ」

「——お前ら次に負傷したときは傷に塩すり込んでやるからな」

趙の言葉に、新庄がそちらに慌《あわ》てて振り向き、

「え?　あ!　ボ、ボク、保身《ほしん》のために言うけど先生のことババアだなんて思ってないよっ。今、相互理解のための共通言語としてババア言ってみただけで、ほら、その、ねえ?」

ふむ、と佐山《さやま》は頷《うなず》いた。新庄の顔に振り向き、

「私ごときの耳には、随分《ずいぶん》エキサイティングに言っているように聞こえるのだが」

「え?　え?　そ、……そうかなあ?」

問いに対して、いつの間にか新庄の横に立っていた趙が言う。微笑で、

「新庄。——ここだと怪我《けが》してもすぐに治せるけど、どうするね?」

新庄は慌てて佐山の肩のシャツを掛け直し始めた。

医務室《いむ》を追い出された新庄は、佐山と一緒に医務室前の廊下にあるソファに座る。

そして一息。佐山に顔を向け、

「大城《おおしろ》さんはすぐに来るって。……ＩＡＩに用があったんだよね？」

わずかに彼から目をそらし、

「ええと、佐山……、君？」

と、名を問うてから、新庄は自分の顔に困ったような笑みが浮かぶのを感じる。

「よく考えると呼ぶの初めてだよね」

「先ほどの年齢《ねんれい》高めの女性も私の名を知っていたが、どこから？」

「んー……、ボクは趙先生から聞いたんだけど、趙先生は前から知ってたみたいだったよ」

でも、と新庄は言う。眉尻《まゆじり》を下げ、佐山の左腕を見ると、

「傷、残っちゃうね」

うむ、と頷いたあとで、ややあってから、佐山が問いかけてきた。言葉を選びつつ、

「君――、いや、あの獣《けもの》は何かね？　このＵＣＡＴの者達は、いつもあのような仕事を？」

「それは……、ちょっと、うん」

「許可無しでは答えられないか。ならばいい。だが、このような怪我は、君も被《こう》る可能性があ

るのだろう？　今、私の傷を心配するようならば、何故《なぜ》、君はあんなことをしている？」

「知りたいことがあるんだ。そのために」

反射的に答えを返してから、新庄《しんじょう》は、自分の言った台詞《せりふ》の意味に気づいた。

それを言って大丈夫だろうか。でも、言わねばこの問題は宙ぶらりだ。

沈黙《ちんもく》が数秒続き、新庄は少し考えた。言っていいこと悪いこと。ええと、と前置きして、

「いつもいる部署から、新しい班、っていうのかな、そこに選ばれて。前は後衛援護《こうえいえんご》だったんだけど、新しい班は少数精鋭《せいえい》で、ちょっと違うんだ」

「その班は、一体？」

「それは、ボク達にもまだよく解《わか》らないんだ……。まだ、人員が完全に揃《そろ》ってないんだって。先に編成されてた人達は少しばかり詳細《しょうさい》知ってるみたいだけど、ボクは今日が初《はつ》」

「その班とやらに入ると、君の知りたいことは解るのかね？」

どうだろう、と新庄は首を捻《ひね》った。本当に、それは解らない。

「でも、推薦《すいせん》してくれた人は、その部隊——、じゃない、班に入れば、この世界の過去に関われるって言ってた。そしてボクは」

椅子《いす》の背に身体《からだ》を預ける。

「……母さんや父さんのこと、何も知らなくて、ね。六歳《さい》から前の記憶《きおく》が無いんだ、ボクは」

「親のことなど、知って面白いことがあるのかね？」

「そ、それは知っていることが当然の人の台詞だよ」

新庄は彼を見る。少し不機嫌《ふきげん》になった、と自分でも思う。

何かを言っておくべきか、新庄は口を開いて彼を見た。

すると、視界の中、佐山《さやま》が右の手を左の胸に当てているのが見えた。

ふと、彼の姿勢が、何か身構えているように感じた。

理由はよく解らない。が、新庄はこう感じた。いけない、と。

自分の言葉を止めた。代わりに別の話題を作ろうと思う。少なくとも両親とは別のもの。

視線を落とすと彼の左手が見えた。そして、そこに新しい話題があることに新庄は気づく。

「あ、あのさ」

新庄は、自分の右手を上げて見せた。中指、男物の指輪がある。

「……これ、知ってる？」

「いや、私のと似ているが……。見たことがない。何故？」

「うん、ボクの唯一《ゆいいつ》の持ち物なんだって。ボクが名前の他に持つのはこの指輪と、歌だけ。佐山君に聞かせたよね？　清しこの夜。あれ、何故か憶《おぼ》えてたんだ、ボク。それとこの指輪がボクの持つもの。君もボクと同じようにつけてるから、何か、共通なのかなあ、って」

「共通だとしたら面白いが、その確率《かくりつ》は低いだろうね。大体、今のご時世、ファッションで指輪をしている人間は数多くいるぞ。済まないが……」

佐山《さやま》はわずかに顔を背《そむ》け、醒《さ》めた顔で、

「……君は、外に出たことはあるかね？」

「あ、あるよう。奥多摩《おくたま》の街ならどこだって知ってるもの。青梅《おうめ》まで行ったことあるよ。大きな街なんだから、電車なんか十二分に一本くるんだよ！　一時間に五本！」

「いろいろな体面《たいめん》を考えて詳細《しょうさい》なコメントは控えるが君はもっと外に出た方がいい」

「そ、そうかなあ……」

新庄《しんじょう》は困る。そのときだ。右手側の廊下、奥に人影を認めた。

あ、と声を挙げたときには立ち上がっている。

視線の先、薄い白髪《はくはつ》を後ろへと流した初老《しょろう》の男性がいた。

細い身は白衣《はくい》に包まれており、足下はサンダルだ。顔、眼鏡《めがね》の奥で目が弓なりになっている。

片手が上がり、口髭《くちひげ》の下から通る声がこう言った。

「や、お久しぶりだなあ、新庄君、御言《みこと》君。……憶《おぼ》えておるかな？　この大城《おおしろ》・一夫《かずお》を」

●

佐山は大城の後を着いていくようにしてUCATの通路を歩くこととなった。

隣《となり》にいる新庄は、大城のことを上役と捉《とら》えているのか、腰の前で手を組んで言葉少ない。

幾《いく》つかの部屋の前を通り過ぎて、人とすれ違う。白衣姿《すがた》が四人と、新庄が森の中で着ていたような白と黒の衣服を着た男が一人。

大城が時折《ときおり》振り返りながら声を掛けてくる。

祖父のことや、葬式《そうしき》のときのこと、そして学校のことなどが話題になる。

しかし数分歩いた後、大城が不意にこちらを向いて足を止めた。

彼の背後は行き止まり、閉じた大きな扉がある。

扉の上、壁に貼《は》られたプラカードは、中央通路、とある。

「本当に貴重な話は、この奥で行こうかな」

という言葉に、新庄が一歩出る。

「ボ、ボクも一緒でいいの？」

「構わんとも。君にとっても大事な話だからな」

「あ、はい、じゃあ……、Ｔｅｓ．《テスタメント》」

さっきも医務《いむ》室で聞いた言葉だ。佐山は新庄に問う。

「契約《テスタメント》が、――何だと？」

「ああ、ＵＣＡＴ特有の符号《ふごう》みたいなものでな。過去に面白がって決めたらしく、一部の言葉は聖書《せいしょ》関係となっておる。Ｔｅｓ．《テスタメント》もしくはＴｅｓ．《テス》とは、了解《りょうかい》とか、相づちの意味だ。本来は契約とか、聖書という意味でもある」

成程《なるほど》、と佐山は頷《うなず》いた。すると、大城が白衣のポケットから一つのものを取り出した。

腕時計だ。黒をベースに、針だけが夜光《やこう》塗料の薄緑《うすみどり》に光っている。

「随分《ずいぶん》と悪趣味な趣向《しゅこう》だな」

「ボクもそれ、つけてるよ……。ほら、左腕」

新庄《しんじょう》が言葉とともに左手を見せる。そこに佐山《さやま》は黒い腕時計を認め、

「――さて、私は自分の非《ひ》を認めると前言撤回《てっかい》する主義だが、今それを行っていいかね？」

「何が、さて、だよっ。根本的に即断《そくだん》傾向を反省するべきじゃないのかなあ……」

新庄の呆《あき》れ口調に大城《おおしろ》が苦笑する。

「記念に差し上げよう。君のは戦闘で壊されとったからなあ……」

佐山は受け取り、腕に巻く。見れば大城も同じものを身に着けている。

佐山が左手に時計のベルトを締め終えるのを見た大城が、背後の扉を開けた。

向こうへと開かれた鉄の扉。

開いた空白から見える奥は、左右をシャッターで閉じられた通路だった。

「ＵＣＡＴの中枢《ちゅうすう》を通過する通路だよ。だが今は――」

と大城が先に通路に入る。佐山も新庄と共に扉の前に立った。通路の方へと足を運ぶ。

そのときだった。ふと、声が聞こえた。

・――地に足が着いている。

「？」

佐山は首を傾《かし》げた。初めに聞こえた声の他に、幾《いく》つかの声が聞こえた気がする。が、それらはよく判別出来なかった。聞いたという憶《おぼ》えがある程度。

しかし佐山は思う。この声には聞き覚えがあった、と。

夕刻、森に入るときに聞いた声と同じだ。だが、告げられた意味は判らない。

……この声が聞こえたからと言って、どうなるのか。

思った直後、左腕に小さな振動が来た。

震源《しんげん》はもらった腕時計だ。それが震えた。そんな気がした。

確認すると、時計の文字盤《ばん》に、一瞬《いっしゅん》だけ赤い字のようなものが流れているのが見えた。

読みとる暇《ひま》もなく、それは消えた。

「仕掛け時計、か？」

時刻は九時十分前。時報ではない。そして流れた文字が何なのか、佐山には解《わか》らない。

疑問が連なる中、ふと、気になって背後に手を伸ばしてみた。

が、見えない壁など存在しない。腕時計を再び見ても秒針《びょうしん》はしっかりと動いている。

「大丈夫か……」

「ん？　どうしたの？」

と新庄が振り向き問うてくる。

佐山《さやま》は何でもないと頷《うなず》き、新庄《しんじょう》と並ぶ。

前を見れば大城《おおしろ》が通路の中央に立ってこちらを見ている。彼は笑顔で、

「随分《ずいぶん》と気になっておるのかな？　今の声が」

「夕刻、あの声を合図とするように世界がイカれたのでね。……だがまあ、今はそれよりもまず、祖父の件から話をしたい。貴方《あなた》から送られてきた書類には、こうあったはずだがね。祖父の遺《のこ》した権利を譲渡《じょうと》したいと。その権利とは、何かね？」

「そっちから話した方が早いかな。御言《みこと》君。――君のお爺《じい》さん、佐山翁《おう》が、戦争中、一体何をしていたか知っておるかな？」

問われ、ふと、左胸の奥が疼《うず》いた。しかし佐山は一息の後、

「このＩＡＩ……、出雲《いずも》航空技研《ぎけん》にて、何らかの研究開発をしていたと聞いた」

「ふむ。では御言君、佐山翁は一体何《なに》と戦っておったのか、知っておるかな？」

「米国ではないのかね？」

ふむ、と大城がまた頷《うなず》いた。

「当時、米国と戦うために兵器を作っていた大型企業は今も強く存在しておるな。いすゞ、三菱《みつびし》、日鉄《にってつ》などと同様に出雲社も発展したさ。ただ、出雲社だけは戦後、ＧＨＱの介入《かいにゅう》を受けなかった。そしてまた、発展は本来の航空《こうくう》産業だけではなく、科化学《かかがく》や電子工学など、多岐《たき》に渡った。何故《なぜ》だと思う？」

「——出雲社には当時の宮内省《くない》が関わっていたという噂《うわさ》がある。天皇制《てんのう》など、その扱いを決めかねたGHQは手が出せなかったのではないか？　そうしている間に、当時の各《かく》企業における主《しゅ》開発者達が安全地帯と思い逃げ込んできて、今の発展の基礎を作った。違うか？」

「随分と詳しいなあ。いい感じだよ御言君」

大城は嬉《うれ》しそうに笑い、右の親指を上げてみせた。

佐山は横の新庄に、自分の右手の親指を上げて、

「このセンス、どう思うかね？」

「え？　そ、それは——」

「正直に言いたまえ」

「だ、駄目《だめ》だよっ。一応あれでもボクの上の上にいる人なんだからっ。言えないよ」

「……素晴らしい答えだ。奥ゆかしい」

佐山が大城に振り向くと、大城は微笑のまま、右手の親指を下に向けていた。それに気づいた新庄の肘《ひじ》が、こちらの脇を突つき、

「あれ、どういう意味？」

「——俺の足を見ろ、だ。臭い足を自慢したいのだろう」

大城の表情の変化など、全て無視して、佐山は大城に言う。

「こちらから脱線してすまないが、——本論《ほんろん》はまだかね？」

「せっかちなところが佐山翁《さやまおう》そのままだな。だが、御言《みこと》君の推論《すいろん》には穴があるなあ」

彼の言葉に、佐山は眉をひそめて腕を組もうとして、左腕が上がらぬことに気づいた。手持ち無沙汰《ぶさた》に、右肘《ひじ》を鋭く持ち上げてから、髪を掻《か》き上げる。そして、

「穴？」

そうだよ、と大城《おおしろ》は言って、軽く両腕を広げた。

「君はIAIの歴史についてはよく知っておるな。だけど、UCATについてはどうであろう？　何故《なぜ》、このUCATという施設が、隠れて存在しておるのか解《わか》るかな？」

そして、

「夕刻、君が戦闘したあの化け物は、……何だろうなあ？」

「解るものか。UCATも化け物も共に初見《しょけん》。推測に至るための情報を得たいところだがね」

反射的に答え、佐山はふと、左胸のうずきが強くなったことを悟った。

そのうずきを後押しするように、大城が目を細めた。

対する佐山は、髪に触れていた右手を下ろし、問うた。

「……こんな組織が、いつから存在した？　祖父は関わっていたのか？」

「まず初めの質問に答えようかな？　――日本UCATが成立したのは一九四五年の九月。終戦直後のここ、旧出雲《きゅういずも》東京支社だよ。そして次の質問だが」

頷《うなず》き、

「君のお爺《じい》さん、佐山翁は、日本UCATの前身となる出雲社護国《ごこく》課の中枢《ちゅうすう》メンバーとして日本UCATに入った」

佐山の胸の中で鼓動《こどう》が低く鳴った。佐山は、大城の言葉を受け止めるように半歩下がる。

額《ひたい》に汗が浮く。が、佐山は大城に問うた。

「一体、祖父は何と戦っていた？　あの化け物のようなものと、かね？」

問いに、少し考えてから大城は首を横に振った。一歩を近づき、

「御言君。佐山翁達《たち》が戦っていたのは化け物ではないんだな。彼らが戦っていたのは、この世界と並ぶ十個の異世界。それらとこの世界は滅ぼし合ったのさ」

●

大城の言葉に、佐山はまず考えることから始めた。彼の言葉の内容を吟味《ぎんみ》し、

「御老体《ごろうたい》」

「何かな？」

大城の顔を、佐山は下から斜めに見上げ、

「祖父の葬式《そうしき》以来久《ひさ》しぶりですまんがね、今日は言わしてもらおう。——貴方《あなた》そんな怪しいインチキ話で人を騙《だま》せると思ってるのかね？　いい年して、人としてどうかと思うが？」

「うわ葬式以来久しぶりに腹が立つナイス反応だな！」

右の親指上げて半《なか》ば喜び叫ぶ大城《おおしろ》に、佐山《さやま》は首を捻《ひね》り、

「……反省の色が見えないのはどうしてかね？　その色が心の色彩に無いのかね？」

「いや、だってな、本当のことだから仕方なかろ」

「飛躍《ひやく》が激し過ぎるのではないかね？　異世界など……」

「いや、でもなあ……。って、今、わし、説教《せっきょう》されとる？」

佐山の視界の中、新庄《しんじょう》が、怪訝《けげん》顔のこちらと、その前で頭を掻《か》いてうなだれる大城を見て、

「されてる」

その台詞《せりふ》を聞くと、大城がやれやれと頭を上げた。

「でも、それが結論なんだよなあ。……理由は後から説明しよう。結論と、そこに至る部分を聞いてくれるかな？」

佐山は、大城の問いに眉をひそめた。

妙な現象《げんしょう》があり、妙な獣《けもの》と出会った。が、それとこれは別だ。異世界などというものは、個で存在する現象や獣とは意味が違う。

怪奇《かいき》現象や、化け物は、その存在を何らかの理屈《りくつ》で説明出来たり、トリックや特殊造形《ぞうけい》などで仮の実在を作ることも出来る。

だが、異世界となると、それは出来ない。スケールが違い過ぎるからだ。しかし、

……飛躍であっても、これを聞いてしまわないと話が先に進まないようだな。

佐山は思う。どういうつもりか解《わか》らないが、虚言《きょげん》と判断出来ればそこで潰《つぶ》せばいい、と。

そんな話につき合わされることに、どういう意味があるのか、そちらの方が逆に知りたい。

面倒《めんどう》なことだ、と、そんな意味を込めて彼は話を促《うなが》す。

「聞こう、戯言《ざれごと》を。十の異世界とやらがあって、……何故《なぜ》、それが争った？」

こちらの頷《うなず》きに、大城は吐息《といき》。

疑念《ぎねん》はありありと通じている。

大城は肩をすくめて両の手を白衣《はくい》のポケットに。

まるで、用意してあった台詞を暗唱《あんしょう》するような言い方で、彼は言葉を連ねた。

「十の異世界と我々のこの世界は、並行に存在していたわけではなくてな。一定周期《しゅうき》をもって交差し、影響《えいきょう》を与え合っておった。が、全ての世界が周期上で重なるときが判明した。そうなった場合、最も強力な力を持った世界が生き残り、他は衝突《しょうとつ》の衝撃《しょうげき》で砕かれる、と」

「それはいつだ？　明日かね？」

「――予測によれば、その衝突、崩壊《ほうかい》時刻はこの世界で言う一九九九年のことだとされた」

佐山は眉をひそめる。

「しかし、実際には、そんなことは起きなかったが？」

「先に言ったであろう？　君のお爺《じい》さん達が、既《すで》にその十の異世界を滅ぼしたと」

大城は苦笑した。

「そう、とうの昔に衝突《しょうとつ》する筈《はず》の異世界は滅《ほろ》ぼされ、この世界だけが残っておるのだな。君のお爺《じい》さんは、異世界を滅ぼすのに荷担《かたん》しておったんだよ。その戦争を——」

一息。

「——概念《がいねん》戦争と私達は呼んでいる」

●

新庄《しんじょう》は大城《おおしろ》の言葉を聞きながら、横の佐山《さやま》を見ていた。大城の言うことは、UCATに所属する者ならば誰でも初めに知らされることだ。

元からそう言う知識があってUCATに加わる者は別として、佐山のように何らかの理由で戦闘に巻き込まれた者達には、こういった説明が必要になる。

そして、大体の場合、彼らの反応は同じだ。

否定する。そんな馬鹿なことがあるか、と。

新庄は思う。この人はどうだろう、と。

佐山は黙っていた。新庄が数呼吸《すう》を待っても、右の手を左胸に当てたまま、じっとしている。

彼はうつむき、そしてじっくりと時間を掛けた後、口を開いた。

呆《あき》れたような吐息と、落とした肩がついていたが、しかし彼はこういった。

「——馬鹿げた話だがね、条件次第《しだい》で信じてもいい」

「え？」

と思わず新庄は声を挙げてしまう。

佐山と大城の視線がこちらに向いてきた。対する新庄は慌《あわ》てて手を振り、

「あ、な、何でもない。何でもないよっ」

「……まさか君は、この私が安易に否定をするとか思っていたのではないかね？」

「さっきしたってば……。人としてどうかとか、飛躍がどーのこーのとか……」

佐山は大城の方を見て、首を傾《かし》げ、

「さて……、御老体《ごろうたい》、私はそんなことを言ったかね？」

「そうだなあ……。まあ、丁度《ちょうど》興味を持ってくれとるようだし、それを萎《な》えさせてもいかんからこう答えよう。——言ってないよ。いけないなあ、新庄君、嘘《うそ》ついたら」

「お、大人って卑怯《ひきょう》だあっ！」

「それが政治というものだよ」

ふむ、と頷《うなず》き、佐山が右腕を構え、顎《あご》に手を当てた。新庄は安堵《あんど》の吐息。そして、

「どうして信じる気になるの？　どう考えても戯言《ざれごと》だよ」

「ふむ。……確かにそこにいる御老体は私のような一般人と違って多々おかしいところがある。不意に何か我慢《がまん》出来なくなって異常な言動《げんどう》に及んでも仕方ないと言えよう」

「言えないって。って言うか一般人の定義って、何？」

「気にせず行こう。――だが、哀《あわ》れな老人の電波トークとは別で、事実があるのは確かなことだ。反論には感情ではなく証拠《しょうこ》が必要でね。現状、私の中の反対派は、証拠というものを持っていない。それに――」

「それに？」

「難しいことに、賛成派は、間接的に信じるに足る証拠を持っている。新庄《しんじょう》君、君だ」

「ボ、ボクが？」

「そうだ。白丸《しろまる》付近の森にて、私は妙な声を聞いた。貴金属《ききんぞく》は力を持つ、というイカれた内容だったね。その声を聞いた後、私は君の悲鳴と、木が倒れる光景を見聞きした」

新庄は唇に右の指先を当てる。

「佐山《さやま》君は、もしかして、ボクの悲鳴を聞いて……」

「想像は君に任せよう。私が入った森は、妙な壁に包まれていた。中には熊の変種か、妙な化け物がいた。同じように君もいた。そして君は言った。ここでは貴金属が力を持つと」

新庄は頷《うなず》く。確かにそう言った。

佐山はこちらの頷きを見ると、会釈《えしゃく》を返して、

「君の武器がどうであろうと関係ない。――だが、私の持っていたボールペンも時計も、貴金属としての力を持っていた。もしトリックがあるとしたならば、相当に秀逸《しゅういつ》だ。あの化け物の側に火薬《かやく》か薬品を仕込んでおかねばならないのだから。だが」

「だが？」

問いかけに、佐山は顎《あご》に当てていた右手を握り、真剣な顔で、

「新庄君。君の表情は本物だった。あの恐怖と緊張《きんちょう》は、打ち合わせなどによる演技ではない」

「そう？　ひょっとしたら、あのときの恐がり方も、今も、ずっと演技中かもしれないよ？」

「失礼だが、君は自分の意志で肌に汗を浮かせたり、鼓動《こどう》を乱れさせることが出来るほどの演技派かね？　運動とはまた別の冷たい汗だ。そして哀《かな》しみではなく恐怖を堪《た》えることによる薄い涙も、意志で自由に作ることが出来るのかね？」

「そ、それは……」

新庄は頬《ほお》を赤く、自分の身体《からだ》を浅く抱く。彼には見られているのだ。

こちらの思いを知ってか知らずか、佐山は目を伏せて深く頷き、

「そう、あのとき、露《あら》わになった君の胸や腹に浮いた汗は本物だった……」

「え？」

「最後に君に身体を預けたとき、形のいい臍《へそ》がわずかに乱れた呼吸に上下しているところなどは演技で出来るものではない。特に、特に隠し切れぬ腕の隙間《すきま》から垣間見《かいまみ》えた胸は緊張で――！　ああ！　ああ!!」

「語るなよっ!!」

反射的に膝《ひざ》を入れると佐山は身を引き、

「——な、何をする。いきなりな人だね君は」

「それはこっちの台詞《せりふ》だよっ。いきなり何を言い出すかと思ったら……」

「君が演技かもしれないというので反論《はんろん》証明をしていたつもりだが」

「ほほう。二人ともそこまでの仲になっておったか。これは話が早いな」

「ほら、新庄《しんじょう》君、言いたまえ。Tes.《テスタメント》と」

「どこから正していけばいいものかなあ……」

こちらの言葉を無視して、佐山《さやま》は大城《おおしろ》に身体《からだ》を向ける。

「ともあれ、既《すで》に一度事実は体験している。怪奇《かいき》現象《げんしょう》、妙な化け物、どちらもトリックか何かであればそのまま反論に持ち込めるが、現状、本物の方に判別《はんべつ》は傾く。しかし」

佐山は身構えて右腕を伸ばした。袖《そで》の生地《きじ》に音立てさせて手を前に、大城を指さし、

「妙な現象が起きたことは認めよう。だが、それだからと言って貴方《あなた》の言葉を認めることは出来ない。いいかね？　怪奇現象も化け物も、直接的に異世界の存在とは結びつかない。メイドイン異世界と彫り込まれていても、ね。世界は存在《そんざい》するから存在証明出来るのだ。……十の異世界の存在証明は、出来るのかね？」

と、大城は言った。

「厳密《げんみつ》に言えば、出来んなあ。既に無いし、異世界」

「ただ、君には解《わか》るはずだな。どんな現象も、ある一線を越えたときから、トリックではない

と考えた方が自然になるということが。異世界という言葉も同じでな。ある一線を越えたときから、この世界とは別になる。……それを見せよう」

大城の言葉と共に、通路の左右を閉じていたシャッターが持ち上がっていく。音はしない。静音《せいおん》式のシャッターが上がっていく向こう、右は事務フロアで、左は三階分を吹き抜けとした広い整備格納庫《かくのうこ》だ。

新庄は佐山が左右に広がる光景に目を向けたのを見る。

どうだろう、と彼女は思った。彼は、どう判断するだろうか、この世界を。

●

佐山が見たのは、天地の区別がない世界だった。

右の事務フロアも、左の大型格納庫も、床面に机や器材《きざい》が置かれ、人が仕事をしている。だが、それだけではなく、

「天井や壁にも……」

人がいて、設備があり、仕事をしていた。

右も左も、本来の床だけではなく、天井すら床になっていた。

まるで床側の鏡《かがみ》写《うつ》しのように、机が並んでいて、ときたま観葉樹《かんようじゅ》まである。

異質なところがあるとすれば、天井と床面、どちらも通路の中央にカバーリングされた照明

があり、お互いを照らしていることだ。天井からは床を、床からは天井を、と。

そんな天井の中、事務服姿《すがた》が机の上の画面に向かってキーボードを叩いていたり、書類を手にして行き来し、資料のカートを押している。

佐山《さやま》は天井の人々を見る。

が、天井に立つ事務服姿のどれも、髪を床に向けて逆立てていることもなければ、足を床に貼《は》り付けていることもない。

ふと、天井で資料を運んでいた一人の女性が机の角に腰をぶつけた。

あ、という顔と共に幾枚《いくまい》もの資料の束が空中に散る。それらは天井へと広がり、舞った。

彼女は慌《あわ》てて拾い出し、彼女の真下の床にいる男性が大丈夫かと声を掛ける。

そんな光景が見える。

佐山が無言のままでいると、不意に大城《おおしろ》が事務フロア側の窓に近寄って一枚を開け放った。

すると、床と天井にいる皆がこちらを見た。大城さんだ、という声が飛び、大城は頷《うなず》く。

「元気でやっておるかな?」

「Tes.《テスタメント》!」

と返答が来て、大城は窓から離れる。皆が作業に戻り、そこで佐山はようやく口を開いた。

「どういうことだ?」

「見たままなんだなあ。——左を見るといい」

親指を上げる大城《おおしろ》を無視して佐山《さやま》は言われるがままに左手を見た。

三階分吹き抜けの大型整備格納庫《かくのうこ》。この通路があるのは二階分にあたる高度で、上下《じょうげ》一階分の高さをもって格納庫が広がっている。

コンクリートに囲まれた広大なフロア。そこでは、天井だけではなく、壁も利用して人々が作業をしていた。四方の壁と床や天井は、その隅《すみ》と通路において、格子《こうし》に護《まも》られた大型照明があり、やはり全方位《ぜんほうい》を照らしていた。

今、天井の中心には巨大な影が一つある。身長八メートルほどの、鎧《よろい》のような人型《ひとがた》機械。

それが、こともあろうか両手を軽く上げて右足で爪先立《つまさきだ》ち、旋回《せんかい》していた。

大城が窓を開け、飛び込んでくる機械音の中で、

「おお、やっとるやっとる。バランサー実験か」

回転は十五回転で停まり、人型機械は目が回ったのか片膝《かたひざ》を着いた。周囲の作業員が駆け寄って来て、人型機械の顔のあたりを覗《のぞ》き込むのが見えた。

そんな光景を見て、佐山は言葉にするまでもなく思う。

おかしい。

頷《うなず》き、自分の中で確信してから、不意に彼は目の前の窓を開けた。

機械の駆動音《くどうおん》、溶接《ようせつ》の焦《こ》げる匂《にお》い、そして高い位置からの照明の光。

開いた窓の上縁《うわべり》に小さな影があった。見れば、向こう側の床に落ちているスパナだ。柄《え》のほ

とんどが窓の方へと出ているそれは、佐山から見ると重力を無視して壁に貼《は》り付いているようにしか見えない。

「どうなっている……？」

佐山は窓枠《まどわく》に手を掛け、足を掛け、向こうへと飛び出そうとする。するといきなりベルトを後ろから摑《つか》まれた。

「だ、駄目《だめ》だよ佐山君！　落ちたら死ぬよ！」

佐山は窓から首を出して向こうを見る。

顔を生《は》やして覗《のぞ》く壁面、そこでも人や機械が垂直に立ち、作業中だった。

佐山は壁に立って歩く作業服姿《すがた》を見た上で、背後の新庄《しんじょう》に、

「すまない、行かせてくれ」

「だ、駄目だって、早まったら！」

「これは決めたことだ。私は向こうに行かねばならなくなった……！」

「だから駄目だよ！　まだ早いよ！　思い直して！」

「投身《とうしん》自殺の研修《けんしゅう》場かなここは。二階分だけど、落ちると怪我《けが》をするかもしれんぞ」

大城が言った言葉を、佐山は疑問に思う。動きを止め、

「何故《なぜ》落ちると思う？　この向こうは床になっているのだから――」

という言葉を留めた。

垂直の床面を、左手の方から巨大なトレーラーが走って来た。

狭いのにいい速度が出ている。

一瞬《いっしゅん》で轟音《ごうおん》と風、そして影がすくめた佐山《さやま》の頭上を通過。

窓縁《まどべり》の向こうにあったスパナが振動で揺れてこちらに落ちてきた。顔をかすめて背後に落ちていくスパナを見て、佐山は慌《あわ》てて窓から身を戻す。

窓枠《まどわく》から通路に降りると、窓の向こうからトレーラーの風が来た。風の中に排気ガスの臭いはなく、わずかに柑橘系《かんきつけい》の香りがした。

佐山は一息。窓の向こうでふらつきながら立ち上がる人型《ひとがた》機械を見た。

「あれは……」

思い出す。学校の中に貼《は》ってあった校内新聞を。

「まともに歩けぬものではなかったのか？　まさか、実際はあのレベルにあるものを」

「ＩＡＩの技術力を知られぬよう、わざと甘いメカを出して壊してみせた、と？　そんなパフォーマンスをする理由があるものかな？　御言《みこと》君、君の学校の取材に対して使ったのは、あれと同じ機構《きこう》をもった武神《ぶしん》だよ。ただ、遠隔操縦《えんかくそうじゅう》だったがな」

「歩くことさえ出来ずに自壊《じかい》した機械が、どうして今、あのような動きを出来ると？　金属の耐久度《たいきゅうど》や、重力が変わったようではないか」

「いいことに気づいておるなあ。……もし、重力制御《せいぎょ》が出来たのだとしたら？」

　佐山は眉をひそめた。馬鹿げた話だが、それと思える現象《げんしょう》が目の前にある。天井や壁に人が貼《は》り付き、仕事をしている。彼らと自分を見て、しかし佐山は違和感《いわかん》を得た。

「おかしい。……先ほど私が窓枠に足を掛けたとき君達は、落ちる、と言った。重力制御が出来ているならば、窓枠から向こうに出た瞬間《しゅんかん》、私は落ちず、壁面に立つはずだ」

「私達の勘違《かんちが》いだとしたならば？」

「では言おう。あれは何だ？」

　佐山は、事務フロア側の窓を示す。佐山が開けた格納庫《かくのうこ》側の向かいとなる窓、そこに、一つのものが貼り付いていた。

　スパナだ。

　それは、まるで窓が床であるかのように貼り付いている。

　佐山は事務フロア側の窓に近づき、触れた。窓の向こうで働いていた者が幾人《いくにん》かこちらに気づくが、佐山は構わず言葉を作る。

「私達はこの窓には引力を感じていない。だが、あのスパナは違う。……重力制御はスパナ一つにおいても個別で行われているのか？　それも、効果範囲《はんい》を抜けてまで」

　佐山はスパナに近づき、手で触れた。

　即座《そくざ》。いきなりスパナが床に落ちた。今まで窓のある方へと落ちていたスパナが、己《おのれ》の落ち行く先を変えたのだ。佐山が触れた瞬間に。

佐山《さやま》は床に落ちたスパナを見た。

「これは、――重力制御《せいぎょ》ではない」

考える、先ほど窓から出ようとしたとき、新庄《しんじょう》が止めた理由と、大城《おおしろ》が言った言葉の内容を。

そして、この通路に入る前に聞こえた言葉の意味を。

「地に足が着いている、と言ったな」

言いながら、佐山は目の前にある事務フロアの窓に左足を上げた。窓に靴裏を着ける。

わずかに迷ってから一息。

直後。佐山は右足で床を蹴《け》った。

右足を左足の隣《となり》へと上げていく一方で、身体《からだ》は窓に対して垂直に倒していく。

このまま行けば、後頭部から勢いよく床に激突《げきとつ》する。

その筈《はず》だった。だが、

「こういうことだ」

佐山は右足の裏を、窓に着いた。事務フロアの窓、先に着いていた左足の横に。

立つ。

あたりを見回せば、左手の壁、床の上に、垂直に新庄と大城が立っていた。

佐山は今、窓の上に立っている。

第五章

『無知のお報せ』

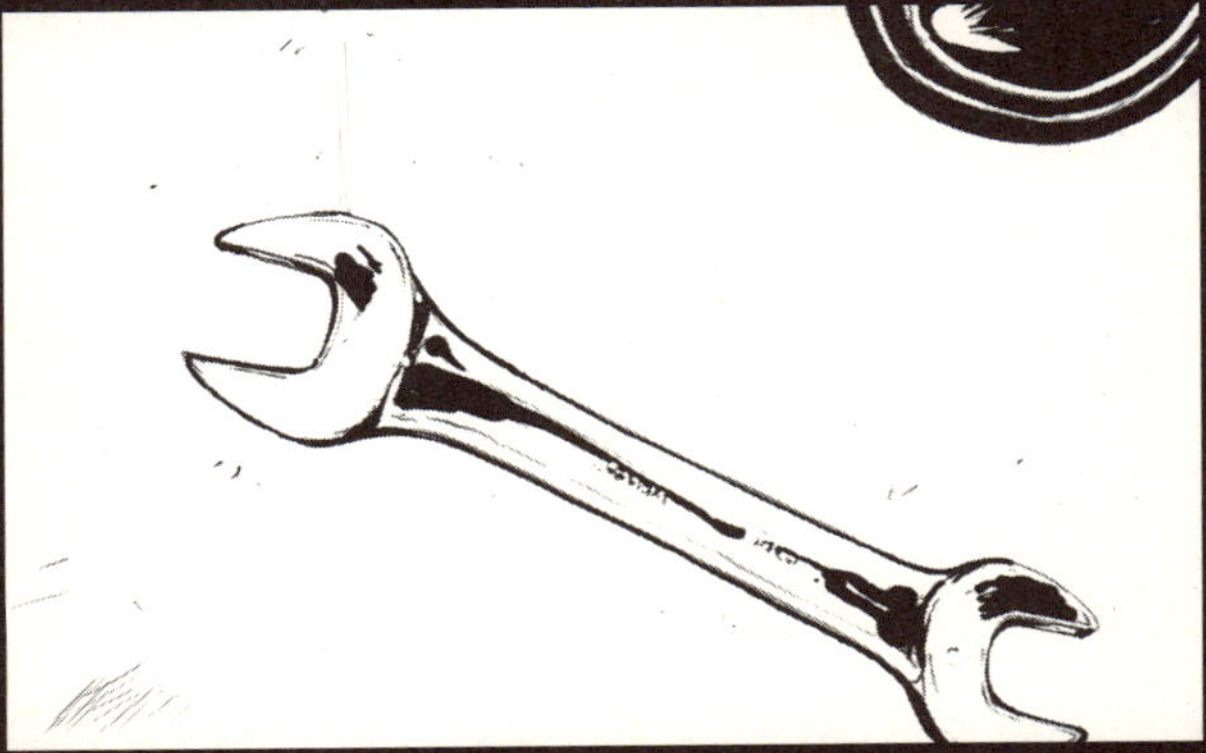

一体何が敵なのか
歴史か人か常識か
それともその全てだろうか

全身の感覚は、足の下方向、事務フロアの窓側が地面だと告げている。動かせば痛みのある左腕さえもが、先ほどと同じように自然に下へ、窓側へと下げられている。また、右手で触れてみた衣服の裾《すそ》も、全て足下の方へと落ちている。

「どういうことだ？」

と佐山《さやま》は問うた。

「実際に重力制御《せいぎょ》などという技があるかどうかも知らないが、これはおかしい。何故《なぜ》、私の触れているものだけが、私と同様に、足の着いた方向を地面だと認識《にんしき》する？」

頭上になった格納庫《かくのうこ》を見上げれば、壁と天井の接合《せつごう》するあたりに幾《いく》カ所か斜めのスロープが設けられていた。大型の器物やトレーラーが自由に移動出来るようにという配慮《はいりょ》だろう。

佐山は視線を下げた。自分の視線と同じ高さに、垂直になった新庄《しんじょう》の視線がある。

「新庄君、すまないが、ちょっと確かめさせてもらいたい」

え？　と一歩を近づいた新庄に、佐山は一つ頷《うなず》いた。そのまま、彼は新庄の手を取る。

が、新庄は佐山にとっては壁となる床に立ったままだ。

「こちらに落ちてくるわけではないのか」

「あ、危ないこと試そうとしないでよ」

「受け止めるつもりだった。安心したまえ」

「安心していいのかなあ……」

大城《おおしろ》が苦笑する。

「人は宙に跳んでおるのでもない限り、常時《じょうじ》地面の設定を更新《こうしん》しとるからな。——つまりこの空間の中、世界は足裏を下にしておる。引力に関する概念《がいねん》を変更されてね」

成程《なるほど》、と佐山は新庄の手を離す。大城を見て、言う。

「この力は……、何だ？」

「逆に問おうか、御言《みこと》君。この力は、どう説明出来るかな？　世界各地にいる学者や識者《しきしゃ》と呼ばれる者達に聞いてみたいものだなあ。こんな風に都合《つごう》良く世界を変える力とは何か、と」

「トリックだ、と言うだろう」

「その通り。だけど、事実だ。そしてもう一つ問おうかな。……彼らが、この事実をトリックと判断する根拠《こんきょ》は何かな？」

「考えるまでもない。物理法則に反しているからだ」

「うんうん、確かにそうだな。この力の前では、重力でねじ曲がる筈《はず》の光すら、地面と設定された方向にしか曲がらなくなる。たとえ本当の地面が別にあっても、な。だけど、御言君、君が言う物理法則とは、どこの世界の物理法則かな？」

「この世界の物理法則だ」

「では問おうかな。もし異世界があったとしたら、それを〝異〟とする基準は何だろう？　地形？　大気？　生物？　それとも文明だろうか？」

　問われ、佐山《さやま》は気づいた。全ての答えに。ややあってから、

「……こう言いたいのかね？　──物理法則が根本から違う世界があったと。そして、今、私が見ている力とは、その世界の法則なのだと！」

「その通り。──この世界の物理法則とは、この世界でなければ適用出来んものだ。物理法則の違う世界では、当然、この世界の物理法則は根本から覆《くつがえ》るんだよ」

「しかし、絶対的なものがあるだろう？　光の運動など」

「違う違う。それすらも、この世界の物理法則によるものだよ。光は発されると広がり、飛んでいく。が、何故《なぜ》、そうなるのかな？　そうならない光があってもいいのでは？」

「それは──」

「この世界では、光というものが〝そういうものだから〟だな？　しかし」

　と、大城《おおしろ》は、こちらに一歩近づいた。垂直に視線を合わせ、

「光が〝そういうもの〟になってる方が珍しいとしたら、どうであろうかな？」

「──」

「わしらはこの世界しか知らんな。この世界が絶対だと思っておるな。だが、実際は他にたくさんの世界があり、この世界のルールは実のところ、他の世界に比べてかなり例外なのだとし

たらどうであろう？」

「……それでも私達は他を知らないから、他があっても自分達と同じだと思うだろう」

佐山の答えを聞いた大城は苦笑。そうだなあ、と言い、

「でも、他は他、だよな？　根本的に違うんだ。わしらの〝そういうものだから〟と、他の世界の〝そういうものだから〟は、根本的に違う」

「たとえば……」

佐山は足下を見る。

「重力が〝こういうもの〟として設定されている世界があった、と？」

頷《うなず》き、大城も向かいの窓に足を運び、立った。こちらを見上げ、

「十の世界と、この世界は一つ一つの歯車として捉《とら》えられ、G《ギア》と呼ばれている。1st《ファースト》から10th《テンス》－《の》G《ギア》はそれぞれ特徴を持っておったんだな。このような——、〝そういうものだから〟どうしようもない、と、そんな力を何と呼ぶか、知っておるかな？」

答えを待たずに大城は言った。

「概念《がいねん》だよ。概念！　物理法則すら支配する力、全ての理由の究極《きゅうきょく》。それが概念だ！」

●

大城の言葉に、佐山は息を飲み、足下と周囲を見渡した。

「つまりここでは、〝地に足は着く〟という概念《がいねん》で、地下という狭い空間を有効利用しているのか？　……ここに入るときに聞こえた声、あれが概念なのかね？」

「あれは抽出《ちゅうしゅつ》したり、劣化《れっか》複製した概念を固めて作った概念条文《じょうぶん》というものだ。概念の一つ一つは微弱《びじゃく》なものでな。概念条文のレベルになって初めて声として聞こえるようになる。——実際、ここにはもっと微弱な概念も多く付加されておるよ。声として聞こえんが」

そして、

「このように、概念を付加された異相《いそう》空間を概念空間と呼んでおる。で、我々は、概念の正体とは可変《かへん》一定周期《しゅうき》の振動波、自弦《じげん》振動だと考えている」

「話が難しくなってきたな。自弦振動か……」

佐山《さやま》は考える。

大城《おおしろ》は、異世界とは概念の違う世界だと言った。ということは、

「つまり、異世界とは……、自弦振動の振動数がそれぞれ異なった世界ということか」

「そう、そして各世界の中にある全てのものは、世界の自弦振動の他に、そのもの固有《こゆう》の自弦振動を持っているんだな。その世界の母体《ぼたい》自弦振動と、個別の子体《こたい》自弦振動の二つを」

佐山は頷《うなず》き、

「分母と分子のようなものか。分母側《がわ》がそのG《ギア》に所属《しょぞく》する証《あかし》で、分子側がその者の個性」

「そう。分子側が違えば、それは個性が違う存在。分母側が違えば、同じ存在でも別世界にい

るものとなる。異世界とは並行ではなく多重異相《たじゅういそう》なんだよ。記録によれば、お互いのGを行き来するには、自分が持つ母体自弦振動を変更する〝門〟が必要になったという」

　佐山は思い出す。森を囲んでいた透明な壁を。

「夕刻のあれは……、母体の自弦振動が完全にズレた空間だったのか？」

「少し違うかな。母体の自弦振動を全てズラしたら、この世界からその空間が掻《か》き消える」

　だが、と言って、大城は人差し指を立てた。

「母体自弦振動の、一部をズラしたらどうなるかな？」

「その場合、ズラされたものは二つに分化して存在することとなる。現実側と、異世界側に、同時に重なって。つまり、……現実側から消えることはない」

　憶《おぼ》えている。森の中で持ち上げた石が、その跡に薄い影を遺《のこ》したことを。

「あの森は……、現実と異世界に二重化していたのだな？　おそらく、自弦振動の量は後者の方が少ないから、振動の密度差によって外には出れなかった。そういうことか」

「そう、聡明《そうめい》だな。あれが概念空間だ。自弦振動の一部を間借りし疑似《ぎじ》異世界にしているだけだから現実側と連結《れんけつ》しているし、作ることも戻すことも比較的簡単《かんたん》だ」

　言って、大城は左腕の時計を見せた。

「今、この概念空間に入る際はこれを用いた。私達が着けている時計は自弦時計でね。概念空間の壁を察知《さっち》すると、所持者の母体自弦振動を変調させる。小型の〝門〟だよ」

「しかし、この時計を持たない私が森の中の概念空間《がいねんくうかん》に入れたのは何故《なぜ》だ？」

「御言《みこと》君の子体自弦《こたいじげん》振動を密かに読みとった者がいてね。森を概念空間とするとき、君の自弦振動が中に入れるよう登録しておいた。概念空間を作る場合はそういうことも出来る」

そして、すまないな、と大城《おおしろ》は言った。

彼は佐山《さやま》の左腕を見て、

「ちょっと早まったようだなあ。御言君にいきなり体験入学してもらうつもりが、ちょっと部隊の動きが不慣れで怪我《けが》をさせてしまった」

「だがそれゆえ、新庄《しんじょう》君と出会い、ここまでの話が出来ている」

その言葉に、新庄が垂直にこちらを見て、困ったような顔をする。

佐山は苦笑。

大城が、下に降りてくれ、と言った。

佐山は頷《うなず》き、新庄のいる通路側《がわ》に降りる。

大城も元の通路に戻り、そして、天井を見て、

「この通路内だけ戻してくれんか」

と言うなり、左腕の時計が震えた。

直後。周囲の風景が変わった。左右のフロアが無人の空白となる。

事務フロアの机の並びや格納庫《かくのうこ》の整備《せいび》施設はおろか、壁や天井の構成物《こうせいぶつ》も消えた。

明かりも何も無い、広く暗い空間がそこにある。

「これが本来の地下空間だな。皆、概念空間の中で仕事をしておる」

●

佐山は窓に足を着けてみる。

が、もはや足裏に引力のような力は働かない。

気づけば、床に落ちていたはずのスパナも消えている。

自分達は現実の空間に戻ったのだ。

佐山は吐息して、無人の空間を見る。

目を凝《こ》らせばかすかに人々や机や機械の影が見える。

そして佐山は思い出す。森の中での戦闘のことを。

「――もし、概念空間内《ない》で破壊《はかい》があった場合。どうなる？」

「自弦振動は、そのものの存在概念だ。存在概念の一部が破壊されたら、そのものの一部が欠けるのではなく、そのものの存在率が欠ける。一応、本来の数十パーセントを使用しているだけだから、一度くらいでは崩壊《ほうかい》に繋《つな》がらん。だが」

「何度も抽《ちゅうしゅつ》出し、破壊すれば、いずれは本体に被害が及ぶか。しかし、世界をそのまま壊すのよりは遙かにいい。人間も分化して概念空間に入れないのか？　死を回避出来ると思うが」

「出来るが、やれんよ。一部と言った通り、概念《がいねん》空間の中にあるものは本来のものよりも劣化《れっか》している。取り込まれた瞬間《しゅんかん》の情報に頼るために生命力が薄く、未来への可変《かへん》能力が無い。……成長出来ず、動作するだけで壊れていく、と言うべきかな。概念空間を長く保つのが難しいのはそのためだ。早く解除《かいじょ》せねば中にあるものは自壊《じかい》していくのだよ」

「だから概念空間には動物がいないのか……」

「概念空間の構成《こうせい》要素として取り込むのは、なるべく自律《じりつ》動作しない地形物ばかりだ。その方がデータの軽減《けいげん》にもなる。……植物にも命はあるぞと言われれば、それまでだがな」

苦笑。大城《おおしろ》は、

「対してその中で活動するものは、自壊を避けるために百パーセントを送り込む。――先ほど見せたUCATの概念空間はその応用でな。まず空白地帯を概念空間化し、そこに外から建材など持ち込んだ。空調や水の管理など、循環《じゅんかん》系が面倒《めんどう》だがな」

と言って何もない左右の窓の向こうを見た。佐山《さやま》も暗い空間を見て、

「――成程《なるほど》。ともあれ、血を流すことだけは回避出来ないわけだ。念のために聞いておくが、どの程度の存在率が破壊《はかい》されると、そのものは存在出来なくなる?」

「最低五割。五割以上に値される存在分が破壊されると、そのものは消滅《しょうめつ》する。今日の森は約二割の自弦《じげん》振動にアクセスして作ったものだ。三度同じやり方で概念空間を作って中の森を壊せば、存在崩壊率《ほうかいりつ》が六割となり、現実側でもあの森が何らかの自然崩壊をする。地滑《じすべ》りか、

火事か、それとも消失かは解《わか》らんが、そういう運命になってしまうわけだ」

大城の言葉に、佐山は考えた。

そして眉をひそめ、

「まさか、実際にそのようなことが……」

「想像に任せるよ。世界各地でときたま起きる自然災害の原因が何であるかは。しかし、このルール、何に通じるか、解るかな？」

佐山は思い出す。ここで得た情報、その初めにあった一言を。

「――概念戦争、と先に言った、それだな？」

大城は頷《うなず》いた。

「G《ギア》は五割以上の概念が無くなった時点で滅びる。概念戦争とは、概念の奪い合いなんだな」

「概念を各Gから抽出《ちゅうしゅつ》し、奪い取ることで滅ぼす……、そういうことか？」

「そう。そして今、各Gの概念は概念条文《じょうぶん》を遙かに超える密度の概念核という形にされ、この世界に持ち込まれている。つまり……、全てのGは概念を失って滅びているんだ」

佐山は、成程《なるほど》、と言った上で、

「概念を作ることは出来ないのかね？」

「一時期、研究はされていた、と言っておこうか。成功例は、……残っていない。今では劣化複製が出来るくらいか。その意味でも、概念条文などの抽出マスターとなる概念核は重要だ」

大城《おおしろ》は笑う。手を広げ、左右のフロアを見渡し、

「……もうお解《わか》りであろう？　佐山翁《さやまおう》達は戦後編成《へんせい》されたUCATの一員として、概念《がいねん》の違う十のG《ギア》と戦い、概念を奪うことでそれら全てを滅ぼした。そして現在、我々は各Gの難民《なんみん》達の保護と交渉、テロの鎮圧《ちんあつ》と隠蔽偽装《いんぺいぎそう》を主任務としておる。が」

「が？」

問いに大城は微笑。数秒の間。それをもって彼は答えた。佐山の祖父が遺《のこ》したものを。

「――たった一つ残ったこのG、何も持たぬがゆえにLow《ロウ》―Gと呼ばれるこのGは今、ある危機を迎えておる。我々は概念戦争の勝者として、十のGの生き残り達と戦後交渉を行い、協働してその危機を乗り越えねばならん」

一息。

「全竜交渉《レヴァイアサンロード》。……そのLow―G代表者としての権利を、佐山翁は君に譲《ゆず》ると言ったんだよ」

●

夜の階段。

緑色に塗られた壁と白いステップを照らすのは、終端《しゅうたん》の上に掛かる非常口の灯火《とうか》。

尊秋多学院《たかあきた》の二年次普通校舎。その屋上へと至る階段だ。

そこを駆け上っていく二つの足音がある。
迷い無く昇っていく足音の持ち主は一人と一匹だ。
一人は灰色の髪を揺らすブレザー姿の少女。一匹は黒猫。
美術部部長のブレンヒルトと、彼女の黒猫だ。
足音はすぐに終端へと至り、扉の鍵《かぎ》が外され、開けられる。
空気を叩くような音と共に、外へと二つの影は飛び出した。
二人を迎えたのは、夜の闇ではなかった。
光。
「……………！」
ブレンヒルトは足を止めた。無表情に空を見上げる。
明るい。暗い階段から出た彼女を迎えたのは、空に浮かぶ月の青白さだ。
屋上。広い夜空と、月が頭上にある。
そして周囲に漂うのは夜の風だ。
風の漂いに、ふと、ブレンヒルトは両の腕を軽く広げ、息を吸う。
冷たい空気ね、と思いながら肺腑《はいふ》の中に大気を取り込み、言う。
「余計《よけい》なものの多いGだわ」
と右手を制服のポケットに入れ、一つのものを取り出した。

引き抜かれた右手の指、人差し指と中指に挟まれているのは指先大《だい》の小さな青い石。

彼女はそれを握り込むと、腕を回した。左腕を前に、右腕を後ろに。

すると、足下の黒猫が跳ねた。彼女の左腕の上へ。

ブレンヒルトの右手が動く。一度拳《こぶし》を握り、親指で空中に字を描く。そして、

「邪魔《じゃま》が入って遅れたけど、仕事よ」

無表情に告げ、右手の親指が鳴った。

快音と同時に猫の姿が変化した。たわみ、糸のようにほどけ、

「――行きなさい。仇敵《かたき》の現状を報せに、同士達の状況を知りに、黒い風の伝える便りよ」

黒猫のほどけは一瞬《いっしゅん》で風となった。

黒風《こくふう》。

左腕の袖《そで》に風波を残し、夜風と踊って黒の一風《ひとかぜ》が西へと飛び出した。それは波打ち、伸び、そのたびに加速をして、弧《こ》を描き、弧を返して夜の空を飛んでいく。

ブレンヒルトは去っていく風を見て、両の腕を下げた。無表情に口を開き、告げる。

「動きが始まり、そして私達の応《こた》えるときが来ているでしょうね……。かつて滅ぼされたG《ギア》の一番手として。隠れ潜《ひそ》むのはもう終わりになる」

頷《うなず》き、

「1st―Gの生き残りとして……！」

第六章

『二人の印象』

合ったり合わなかったり
共にあることとは
複雑な束縛のこと

奥多摩山渓《おくたまさんけい》の夜。それを見ることの出来る部屋がある。

ＩＡＩの輸送管理棟に偽装《ぎそう》されたＵＣＡＴ地上部、その最上階。

山に隠れるように建つ白亜《はくあ》の大型建築物の五階、東端の部屋だ。

五メートル四方の私室の中、天井には灯《あか》りが一つ、空調が一つ。壁も天井も白く、暗い色が見あたらない。ただ、床の上には乱雑の陰影がある。

床上、本や書類、段ボールの箱やパッケージングが所狭《ところせま》しと積み上げられていた。特に窓際《まどぎわ》は大きな机がベースとなって、乱雑の地層を持ち上げている。

机と窓の間にいるのは、白髪《はくはつ》の男。黒衣《こくい》の姿は、佐山が電車の中で出会った至《いたる》という男だ。

彼はサングラスを掛けたまま、木造りの椅子《いす》に浅く腰掛けていた。

彼の手は動いていた。紙を折っている。

紙飛行機《かみひこうき》だ。素材は机の上に積んであった資料の一枚。トップの宛名は、大城《おおしろ》・至とある。

「見もしない資料はこのように処理する……、と」

彼、大城・至は、紙の先端部を強く折り、構え、狙いをつけた。入り口の白いドアの方へ。

机の上にある書類の山が邪魔《じゃま》なので、わずかに身体《からだ》を後ろへ傾けた。

飛ばす。

鋭く折られた紙飛行機は、一直線に、空中を滑るようにしてドアへと向かった。

そのとき、ドアが向こうに開き、一人の少女が入ってきた。

Ｓｆ《エスエフ》と呼ばれていた侍女姿《じじょすがた》の少女だ。手に銀色のトレイを載せた彼女は、

「至様。お夕食をお持ちいたしました」

と言うなり、その額《ひたい》に紙飛行機が突き当たる。

小さな、しかし堅い音がして、紙飛行機が跳ねた。それは身を打って旋回し、書類と箱の散らばった床へと落ちていく。床上、彼女の足下には、既《すで》に幾《いく》つもの紙飛行機が落ちていた。

しかし、Ｓｆはそちらを見もしない。無表情のままの彼女に、至が言う。

「何か反応したらどうだ？　ゴミを増やしてはいけませんゥキー！　とか」

「ゴミの形状が紙片《しへん》から飛行機に変化しただけと判断します。また、至様は統計によると同じ作業を長く続けることはありませんので、この飛行実験も長期間は持続しないと判断します」

「つまらんやつだ」

「独逸《ドイツ》ＵＣＡＴは状況に必要なものを作り出します。製作者によれば私は完全に至様の御要求を満たせるそうです」

「だからつまらないんだよ」

「有《あ》り難《がと》う御座《ござ》います。至様の御要求を満たすのが私のつとめですので」

それだけを告げてＳｆは無表情に前に歩く。床の紙飛行機を浅く踏み潰《つぶ》して。

Ｓｆ《エスエフ》は軽い足取りで紙を踏み、書類を踏み、箱を踏んで前へ。机の向こうに座る大城《おおしろ》の横へと彼女は辿り着く。

一礼して銀のトレイを前に出す。載っているのはスープカップとハンバーガーだ。

「スープとハンバーガーです。知ってますか？」

「うわ初めて見たぞ！　――一応嫌味《いやみ》だから何か言え」

「Ｔｅｓ《テスタメント》。……御丁寧《ごていねい》な御反応を有り難《あがと》う御座《ござ》います」

「本当につまらんやつだな。で、内容は？」

「百パーセント化学的合成物《ごうせいぶつ》です。自然素材は一切《いっさい》使用しておりません。ＵＣＡＴ側の実験食材で先日完成し、研究発表はしましたが、ＩＡＩ側の市販《しはん》ルートには流さないそうです」

「この世で生まれたこの世に存在しない食い物か。確かに売名にはなるが、な」

「レパートリーが多く、試作を冷凍してあるそうです。今後、一年は幾《いく》つかのパターニングを出すと食堂課長が述べておられました」

そうか、と頷《うなず》いた至《いたる》に、Ｓｆは言う。

「以前の固形食《こけいしょく》形状より持ち運びのバランスが悪くなっております。性能的に見て、栄養素もさほど変わりがないため、携帯と運搬《うんぱん》が不備になった現状の品は劣化品《れっかひん》と判断します」

「慣れろ。どうせ食堂課長はこれが切れるまでは出してくるだろう」

「何故《なぜ》でしょうか。御理由が不明瞭《ふめいりょう》であった場合、食堂課長に今までのものを要求します」

「犬には犬の餌《えさ》を与えるように、人間には人間の餌が必要だと思っているんだ。それがたとえ、普通の食品が食えなくなった人間であっても、な」

と、大城はSfの返答も待たず、ハンバーガーを手に取って食っていく。バンズの間にはチーズと玉葱《たまねぎ》にピクルス。そして肉。どれも本物ではない。

五口で終了し、そのままスープカップを手に取った。

一息。飲み終えて、

「熱いと思ったら、さほどでもないな」

「高温でしたので、来る途中で指を差し込み冷却しました。私、内部温度は低いもので」

「お前は本当に要求を満たす機械だ。保証書あったら叩き返してやる」

言って、スープカップを戻すと、至はSfのエプロンで手を拭《ぬぐ》う。ちらりとSfを見上げ、

「嫌な顔一つしないな。お前の備品が汚されているぞ」

「御安心下さい。これは至様のお手ふき用エプロンです。他、外出用、事務用、掃除用、応接用、就寝用、冠婚葬祭《かんこんそうさい》用とあります。これは殺菌《さっきん》効果もありますので是非《ぜひ》お使い下さい」

「全く素晴らしい機械だな。御感想と御要望はどこへ送ればいいんだ？　言ってみろ」

「Tes.、メールにて独逸《ドイツ》UCAT内Sf応援《おうえん》係まで御願いいたします」

「……冗談《じょうだん》の通じないやつだ」

「それが至様の御要求と判断しておりますので。――と」

一礼し、Sf《エスエフ》はかがみ込む。椅子《いす》に掛かった至《いたる》の鉄杖《てつづえ》が傾いているのを直す。そして、部屋から出ていこうと背を向ける。その背に、至は声を掛けた。

「では。置いて参ります」

「オヤジは？」

「一夫様《かずお》は、先ほど一階中央エントランスにおられました。新庄《しんじょう》氏と——」

振り向いた顔は無表情のまま、しかしわずかに首を傾《かし》げ、

「電車の中で確認いたしました佐山《さやま》・御言《みこと》氏も御一緒でした。全竜交渉《レヴァイアサンロード》の件について地下で話があったようです」

「詳細は、解《わか》るか？」

「Tes《テス》。佐山・御言氏にはG《ギア》と呼ばれる十の異世界があったことと、それらが佐山・御言氏の祖父達によって滅ぼされたことと、今、この世界が危機に陥っており——」

「全竜交渉《レヴァイアサンロード》と名付けられた戦後交渉を行い、各Gの生き残りと協働してことに当たれ、と？」

「Tes。他、簡易《かんい》な情報は新庄氏から聞くようにと。……また、7th—Gの霊獣《れいじゆう》、獏《ばく》が渡されました。過去を見る助けにしろと」

「オヤジも勿体《もったい》ぶるものだ。こう言ってやればいいものを。やめとけクソガキ、と」

「明日、午後一時に皇居《こうきよ》にて概念《がいねん》戦争の詳細と、現状の説明をするそうです。その後、明後日《あさって》はUCATが持つ1st—Gの居留地《きよりゆうち》に赴《おもむ》き、1st—G和平派《わへいは》との暫定《ざんてい》交渉をすると」

「佐山のガキが、そこまでやる気になってるのか？」

「いえ、一夫様が仰《おっ》しゃるには、あくまで暫定とのことです。――まだ佐山・御言氏には祖父からの権利譲渡《じょうと》を拒否する猶予《ゆうよ》が残されております。全竜交渉《レヴァイアサンロード》とはどのようなものか、それを知った上で判断せよと」

「オヤジも甘くなったな。昔は……、それこそ俺達を死地《しち》で鼓舞《こぶ》したものだが」

「……全竜交渉《レヴァイアサンロード》とは、何を目的として行われるものなのでしょうか」

「知りたいか」

「いえ別に」

「では教えてやろう」

大城《おおしろ》・至は机の上の書類を一枚取った。折りつつ、

「1stから10th－Gは、それぞれ個性的な概念によって作られていた。これをプラス概念と呼ぶ。対し、この俺達のGには何もない。その理由は簡単だ。――このGが、マイナス概念で出来ているからだ。解るか？」

「Tes.」

「概念戦争とは各Gの滅ぼし合いだが、崩壊《ほうかい》時刻――、一九九九年に全Gの衝突《しょうとつ》が起きたらどういう条件でGの消滅《しょうめつ》と生存が決まる筈《はず》だったか、知っているか？」

「いいえ」

大城《おおしろ》・至《いたる》は苦笑。紙に折り目を付けながら、

「崩壊《ほうかい》時刻の衝突《しょうとつ》が起きた場合、所持《しょじ》しているプラス概念《がいねん》が最も多いG《ギア》だけが残るんだ。だから各Gは戦闘し、敵の世界の概念を少しでも抽出《ちゅうしゅつ》して持ち帰ることに腐心《ふしん》した。そして、このLow《ロウ》―Gはマイナス概念ばかりだから速攻《そっこう》で見捨てられたらしいのさ」

「ですが、このGは、マイナス概念で出来ているのに、他のプラス概念で出来たGを滅ぼしてしまった。……それが、概念戦争の勝者である我々が受ける遺恨《いこん》の理由ですね？」

「理由の一つに過ぎんさ、劣った者が勝利したことなど。――だが、その結果によって、このGには各Gの概念が持ち込まれた。概念条文《じょうぶん》を遙かに超える世界レベルの概念の固まり、概念核という形に集積されて、な」

紙を折る音が響《ひび》く。山に折り、中央を広げて四辺に角を作っていく。

「概念核のほとんどはUCATが管理している。もしその概念核が解放されれば、このGのマイナス概念が侵食され、今の常識が失われるからだ。が」

「が？」

「十年前、このGにあるマイナス概念が、あるきっかけで活性化を始めた。放置しておけば、このGは今よりも強くマイナスに傾き、崩壊する。だから、各プラス概念核を解放し、バランスを取ろうと言うのだ。もはや、世界が変わっていくことを承認《しょうにん》して」

手を止めた。

「それが、失われたGを認めることだとオヤジは言う。――この世界が、滅ぼしたGの力を認め、彼らの力で存続《そんぞく》していくことが、な。しかし、概念核の一部、分かたれたものはまだ向こうの手にあるものが多い。また、戦後六十年、我々が得た概念核すら、今更《いまさら》勝者気取《きど》りで好きにしていいわけはない。何もかも各Gと正式に交渉し、使用権を得なければならない」

「それが全竜交渉《レヴァイアサンロード》ですか？　――正直、真実とは判断出来ません。マイナス概念の活性と言いますが、その証拠《しょうこ》はどこに？」

「この日本と、お前がそうだ、Sf《エスエフ》。お前達のベース、3rd―Gから運ばれて来て眠りに落ちていた彼女達がいつ目覚めたのか、言って見ろ」

「……一九九五年の十二月二十五日です」

「その日、この日本で何が起きた？」

問いに、Sfは即答《そくとう》した。

「記憶《きおく》が正しければ、――関西大震災《だいしんさい》が」

「そう、正しいよ、お前は。あれが、その一端《いったん》だ。そして、各Gの概念核も反応したのか、このGにわずかな概念が漏れだし、彼女達もぎりぎり動けるようになってしまった」

「…………」

「マイナス概念の活性化は今も続いている。臨界点《りんかいてん》は、活性化の始まった年より丁度十年後だと予測されている。つまりは――」

紙の折り目を強く付け、

「今年の十二月二十五日だ」

と言って、大城《おおしろ》・至《いたる》は手を止めた。折ったものを、机の上、書類の山の上に置く。片方の先端が尖《とが》った方形《ほうけい》。上には四角い出っ張りがある。Sf《エスエフ》がそれを見て、

「船、ですか?」

「そう見えるか? 違うな。塔《とう》だよ。こう見るんだ」

彼は方形の尻の部分を指で押し、立ち上がらせた。それは天に突き立つ一つの塔だ。

「全てはここから始まり、だ」

●

UCATの本拠《ほんきょ》、IAIの大型輸送管理棟《かんりとう》に偽装《ぎそう》された白亜《はくあ》の建物を出た佐山《さやま》と新庄《しんじょう》は、夜のIAI敷地《しきち》内を正門に向かって歩いていた。

携帯電話などは、戦闘の検証《けんしょう》のために破けた上着ごと預けられている。そのため、佐山は備え付けの電話で自分の家の者を呼んでいた。

三十分もすれば車は正門前に着く。その間にUCAT敷地からIAI敷地に抜けるのだが、

「予想以上に広い敷地だ。送迎《そうげい》バスを待てば良かったか」

「ボ、ボクも、何となく同意。久しぶりに歩きたくなったからって、判断誤《あやま》ったかなあ」

ＵＣＡＴ側には、三千メートル級の滑走路《かっそうろ》や、大型格納庫《かくのうこ》が並び、夜間照明がその姿を浮き上がらせていた。

途中、一キロほどに渡る山渓《さんけい》の谷があり、それがＵＣＡＴを周囲から隠していると知る。そこを抜けて出たＩＡＩ側は照明も多く、地上に立つ建物も大きい。

建物の間にある中央通りを歩き、佐山と新庄は言葉を交わす。

新庄の知っている限りの情報で、概念《がいねん》戦争や、崩壊《ほうかい》時刻ということを聞いていく。

そして、今日の戦闘の相手が１ｓｔ－Ｇ《ギア》の者だったということも。

「１ｓｔ－Ｇの概念核は二つに分かれているんだよ。一つは平面のテーブル世界だった１ｓｔ－Ｇを構成し、一個の閉じた世界を作るためのもの。もう一つは１ｓｔ－Ｇの特色、文字に力を与えるための概念で、１ｓｔ－Ｇはそれによって魔法のようなものを使えるんだ」

「その二つの概念核はＵＣＡＴに保管されているのかね？」

「世界構成のための概念核は、１ｓｔ－Ｇの剣に封じられてＩＡＩ本社地下の日本ＵＣＡＴ西支部に格納されてる。でも、もう一つ、文字なんかの概念は、こっちの世界に逃れてきた過激《かげき》派《は》の機竜《きりゅう》に封じられてる……」

「機竜？」

「竜を模《も》した兵器だよ。ボクも見たことないんだけどね」

肩をすくめた新庄を見て、佐山は彼女が嘘《うそ》をついてはいないだろうと判断。

「何というか……、漫画兵器まであるのだね」

「いやボク、小説派だから。あんまり漫画読まないんでそこらへんはちょっと」

「ふむ。日本の文化を否定するとは悲しい話だね。……まあ、何はともあれ、もし祖父からの権利を譲《ゆず》り受けると決めたならば、最終的にはその過激派《かげきは》との交渉になるわけだ」

頷《うなず》き納得《なっとく》。話を一区切りして、歩きながらあたりを見回す。外灯の明かりの下、周囲には白の色で出来た巨大な建物が幾《いく》つもある。ここまで来るともはやUCATの建物は見えない。

「UCATは隠し里だな。……一般のIAI職員は、UCATのことなど何も知らず、奥の方に飛行場があると思っているわけだ」

「さっき話を聞いたよね、元々、戦時中に出雲《いずも》航空技研《ぎけん》東京支社の護国課《ごこくか》っていうものがあったって。そこが、概念《がいねん》戦争に気づき、研究して、戦後すぐに日本UCATになったんだって」

「君は、そのことに詳しいかね？」

「ううん。佐山《さやま》君のお爺《じい》さんがそれに関わってたなんて初めて聞いた」

「私も初耳《はつみみ》だ。だとすると、父も母も知らなかったのだろうな。二人はIAIに勤務していたはずだから。――あの谷の向こうの輸送施設に祖父が関わっていたとは知らなかった筈《はず》だ」

と、佐山は左の胸に手を当てつつ、左肩を見た。そこに、一匹の小さな動物が乗っている。

十五センチ程度の見たことのない動物だ。猪《いのしし》のような顔に、円《まる》い身体《からだ》、四肢《しし》には蹄《ひづめ》がある。

「獏《ばく》、だよね。初めて見た。過去を……、見せる力を持っているんだって？」

「夢のようなものだ、と言っていたな、御老体《ごろうたい》は。絶滅危惧《ぜつめつきぐ》だったが、十年前、マイナス概念の活性化に反応したプラス概念の微弱《びじゃく》解放によって生きていけるようになったと」

手指を伸ばすと、獏は身をすくめてから、前足を出して指を摑《つか》もうとする。

「どのような過去を見せると言うのか。……嫌な過去しか無いのだろうけどな」

ふと見ると、新庄がわずかにうつむいている。肩を並べて歩きながら佐山は、

「どうかしたのかね？」

「いや、御免《ごめん》、その、……ボク、佐山君のこと何も知らなかったから。ほら、十年前の」

「ああ、父がＩＡＩの救助チームとして関西に赴《おもむ》き――」

「言わなくていいよ。胸の狭心症《きょうしんしょう》のことも。……あまり言わない方がいい」

「別に私は構わないのだが」

「だったら構ってよ。御両親や、自分のことさえも他人のように言うなんて、……駄目《だめ》」

「そうは言っても両親は他人で、私は自分を客観的に見るようにつとめているのだが」

放った言葉に対して、新庄《しんじょう》はわずかに眉尻《まゆじり》を下げてこちらを見上げてきた。

佐山は彼女のまっすぐな視線を受け止める。

確かに彼女の言っていることの方が正しいのだろう、と佐山は心の中で頷《うなず》く。新庄は両親の記《き》憶《おく》を持っていないと言っていた。それを探したいと。それゆえの正しさだろうと思う。

先ほど、全竜交渉《レヴァイアサンロード》の目的であるマイナス概念の抑制について話を聞いたとき、十年前のマ

イナス概念《がいねん》活性化と関西大震災《だいしんさい》の話題になった。

その話題は、自然に、佐山《さやま》の両親の話になった。父が震災の救助隊《きゆうじよ》として亡くなったこと、母が自分を連れて死のうとしたこと、そして自分の狭心症《きようしんしよう》について言ったとき、新庄《しんじよう》の顔色が変わるのを佐山は見た。

青ざめた彼女が佐山の手の指輪について改めて問うたとき、佐山は正しく答えた。

母の形見《かたみ》だと。

すると、御免《ごめん》と彼女は謝った。医務《いむ》室の前で何も考えていないことを言ったと。

今、彼女はそのときと同じ表情で見上げてくる。眉尻《まゆじり》をかすかに下げた、黒い瞳で。

それはかつての謝りの表情。だが今は、謝るのではなく、両親のことを他人のように言うなという、諫言《かんげん》の表情だ。そんな新庄の言葉と、表情について佐山は思う。

……私を責めるべきときに、何故《なぜ》、自分が間違っているかのような顔をするのか。

だが、佐山の疑問に答えが出るより早く、新庄は動いていた。うつむき、

「――御免」

と、新庄はそう言ったのだ。

対する佐山は、首を傾《かし》げた。今、責められるべきは自分なのに、と。

「何故、謝るのかね？」

「だ、だって、押しつけだよね、佐山君にとっては」

地面に落ちる言葉を聞いた佐山は、彼女のうつむきに対し、こう言おうとした。

「解《わか》ってもらえて有《あ》り難《がた》い」

と。しかし、そのように告げるべき唇は、次の言葉を紡《つむ》いでいた。

「——そんなことはない」

●

言ってから、佐山は自分の言葉に気づく。

どうしたことか。自分が持論《じろん》に対し、他人の意見を許可するとは。

わずかな驚きと共に見れば、新庄は、眉を下げたまま、目を開いてこちらを見上げていた。

彼女の表情にも、小さな驚きのようなものがある。

そして佐山は思う。一言を認められただけで、この人は驚くのだな、と。

真剣なのだろう。

自分に欠けている両親の記憶《きおく》。そこにまつわることだから。

視線の先、新庄が表情を変えるのを見つつ、佐山は思う。

自分がどうして新庄の意見を許したのかを。

……それは、この人が解《わか》っているからだ。

彼女が表情をかすかに変えた。

……自分の求めるべきものを。

新庄《しんじょう》が眉尻《まゆじり》を下げ、黒目《くろめ》がちの目をかすかに細める。

……私にはないものを。

口を浅く開き、柔らかい吐息をつくように、彼女はこう言った。

「有《あ》り難《がと》う……」

佐山《さやま》は頷《うなず》き、新庄から視線を外した。話題を変える。

「ともあれ、——私が考えるべきは、全竜交渉《レヴァイアサンロード》を受けるかどうか、か」

「う、うん。……もし全竜交渉《レヴァイアサンロード》を受ければ、単なる交渉じゃなく、ああいう風に必死な連中を相手にすることになるんだよ、君は」

ふむ、と頷き、佐山は自分にしか聞こえぬ声でつぶやく、

「彼に対し、私は、必死だったろうか……？」

そうではなかった、と吐息。そうなる前に決着は奪われた。そして佐山は憶《おぼ》えている。最後に動こうとしたときに感じた、自分が間違っているという思いを。

それを感じた理由は解《わか》っている。

……未熟《みじゅく》だ。間違っていても、それが必要だと思えればいいものを。

佐山は思う。祖父のようになれるのはいつのことだろうかと。

その上で佐山は今日の戦闘を思い出す。

終わりのクロニクル

「敵も本気で、対する君も本気だった。……喧嘩《けんか》や殺し合いなら幾度《いくど》も目にしたことがあるが、あれは、捨《す》て鉢《ばち》や試合ではない戦闘だった」

「大城《おおしろ》さんから聞いた話だと、明後日《あさって》に事前交渉がある1st—G居留地《ギアきょりゅうち》へ行ってたらしいよ。ボク達が動き出したことに気づいて、過激派《かげきは》が居留地の和平派《わへいは》を引き込もうとしたみたい」

「敵地の中央に乗り込んできた、か。……何がそこまで、人を危険な道に動かすのだろう？」

「それは……」

「言葉では納得《なっとく》出来ないことがあるから、とでもしておこうか？　御老体《ごろうたい》は明日、皇居《こうきょ》にて概《がい》念《ねん》戦争の始まりを見せ、明後日《あさって》には事前交渉として1st—Gの和平派代表に会わせると言った。それだけだったならば、受ける気は皆無《かいむ》だ。が、今日、過激派を見た。——興味があるよ、全竜交渉《レヴァイアサンロード》に」

……本気の者同士が、必死にぶつかる現場か。

「力を用いれば遺恨《いこん》は生まれる。だが、そうでなければ納得出来ない連中がいる。どうするべきか。——矛盾《むじゅん》を抱えた交渉だ。だから私が選ばれたのだろう」

前を見ると正門が近づいていた。こちらに気づいた警備員が自動式の門を操作。門が、鎖《くさり》の鳴るような音と共に地下に引き込まれていく。

そんな音の中、新庄《しんじょう》が足を止め、問うてきた。

「だから、って……、何が？　何で佐山《さやま》君が選ばれたの？」

佐山も足を止めた。肩から落ちそうになる獏《ばく》を支え、

「祖父は常々言っていた、佐山の姓《かばね》は悪役を任ずると。一匹狼《いっぴきおおかみ》の総会屋《そうかいや》として。——同じように汚れ役が必要なのだよ、つまり、そういう馬鹿な連中を叩《たた》き潰《つぶ》す者が必要なんだ」

……自分はそれを望まれている。

出来るのだろうか、と佐山は思う。

退《ひ》くならば、今の内だろう。

「…………」

佐山は無言。一度踵《かかと》を鳴らし、歩き出す。

すると、一歩遅れて、早足で新庄がついてくる。待って、と声を挙げる。

しかし佐山は振り向かない。

その横に、新庄が、足音をたてて並んできた。

「ええと、佐山君、御免《ごめん》、その、ボクね」

「——何かね？」

問いに、新庄はうつむいた。手を腰の前で組み、ええと、と前置きした後で、

「今さっきの台詞《せりふ》、その、ちょっと確認したいんだけど……」

困ったような笑みを作り、問うた。

「総会屋って、何？」

「——は？」

「ご、御免《ごめん》、凄《すご》い重要な台詞《せりふ》だっていうのは解《わか》るんだけど。その、意味が、ちょっと」

佐山《さやま》は、あ、という形に開いていた口から、は、と笑い声を挙げた。

……ああ、そうか。

笑いが左腕に響《ひび》いてくるが構わない。遠慮《えんりょ》無く笑う。その程度のことなのだろうな、と。

対する新庄《しんじょう》は顔を赤くして、

「な、何で笑うんだよ。そんなにおかしい？」

「失敬《しっけい》。君は素直な人だ、新庄君。総会屋《そうかいや》というのは、——法の裏をかいた暴力や権威《けんい》で企業を脅《おど》し、その代償《だいしょう》に権益《けんえき》を得る者のことさ。嫌がらせや見えぬところの暴力、それが嫌ならば口利《くちき》きやレートの良い交渉をしろ、とね」

考え、

「ただ、一匹狼《いっぴきおおかみ》の信念ある総会屋は、普通の総会屋と違って馬鹿な人間だ。敵や悪を見ると自分の正義を振りかざして突っかかっていく。彼らに脅しはなく、嫌がらせや暴力もない。彼らは企業の不正や欺瞞《ぎまん》を叫び、正義の下に力を振るう。そして周囲にどんな被害を与えても気にしない。嫌われようとも、ね」

新庄が息を飲む。そして足は正門を越えた。警備員が会釈《えしゃく》するのに二人で一礼しつつ、

「佐山君も……、お爺《じい》さんと同じことを選ぶの？」

「かもしれん。……祖父は本当に多くの人から恨《うら》まれた。企業の不正を暴《あば》いても、それによる企業再編《さいへん》や大幅解雇《かいこ》に耐えられる企業は少なくてね。祖父は容赦《ようしゃ》を知らなかった」

「そうなの？」

佐山は頷《うなず》き、祖父のことを思い出す。額《ひたい》に手を当て、吐息を一つつき、

「そう。私が小学四年のとき、祖父がつまらんギャグを言ったので無視したらマジ喧嘩《けんか》で殴り合いになったことがある。小学生相手にサルマタ一丁《いっちょう》でクロスカウンターを狙い、勝ったら写真まで撮るか普通。あんな大人げない老人は人類史上類《るい》を見ないだろう。最近絶滅《ぜつめつ》したが」

「今、目の前にその候補生がいると思うんだけど……」

だといいが、と佐山は笑う。

正門前で足を止めた。前を見れば広い道路の向こうは断崖《だんがい》の下を流れる多摩川《たまがわ》と、山渓《さんけい》の森林だ。遠く、ＩＡＩの病院施設や、社寮《しゃりょう》の灯《あか》りが見える。

川の音を聞きつつ、佐山は並ぶ新庄に告げた。

「ともあれまあ、祖父は本当の悪役で、それだけだったから……、恨まれたのだと思うのだ」

「……佐山君のお爺さんは、それでも、どうして続けたんだろうね、そんなことを」

「解らない。そして、正直、羨《うらや》ましいよ。何故《なぜ》、そんなことが出来たのか、と。……そこが解

るならば、私も迷わずその道を選ぶのだがね」

それ以上を佐山《さやま》は言わない。と、道の向こう、秋川側《あきがわ》から車のライトが近づいてきた。

「……家族の人？」

「祖父が世話になっていた組の車だ。今は警備《けいび》会社だがね」

言っている間に車が来た。黒塗りの大型車。窓は全て黒くシーリングされ、中は見えない。

停車。新庄《しんじょう》が、うわ、と引く前で、左の運転席側《がわ》から降りてきたのは一人の男だ。

青のスーツに身を包んだ、角刈《かくが》りの青年。彼はこちらに向かって、

「若、お迎えに上がりました」

と一礼し、新庄を見た。青年の身動きには軽い警戒《けいかい》がある。

彼の目はこちらの左腕、巻かれた包帯《ほうたい》に向いた。佐山は頷《うなず》き、

「孝司《こうじ》、安心していい。私が信用する人だ。その——、森で転んだ際、手当てをしてもらった。

名前は新庄——」

と言いかけ、名前を聞いていないことに気づく。すると新庄も悟ったのか、

「あ、運《さだめ》です。新庄・運」

「成程《なるほど》。これは失礼を。田宮《たみや》・孝司と申します。若が御世話になりましたそうで」

「え、いや、その、こちらこそ、その、このたびはどうも」

新庄は一歩を下がって、こちらのすぐ横に立つと、小さな声で、

「森で転んだ……、ね」

「本当のことを言ってはいけないのだろう？」

「そうだけど、手当てはしてないもん。……でも、何か凄《すご》い待遇《たいぐう》だけど、どーなってるの？」

「祖父の形見《かたみ》の家族のようなものだ。私が自分で手に入れたものじゃない。君には――」

無いのか、という言葉を佐山は飲み込む。

すると新庄は一息。やや考えてから、

「大丈夫。一応ね、ボクも、……弟がいるよ、双子《ふたご》のが」

でも、と苦笑。身体《からだ》を起こした田宮にもう一度軽く頭を下げ、

「佐山君の環境って……、家族って言っても、何というか、凄いんじゃないかと思う」

そうか、と頷き、そうだろうな、とつぶやき直し、佐山は自分の中に少し余裕《よゆう》が出来たことに気づく。彼女は、独りというわけではないのだ、と。

男言葉の混じりは、そのような環境だろうかと思い、佐山は新庄に軽く頭を下げた。

「では、お見送り有り難《あ》《がと》う。――また、明日、かね？」

新庄は頷き、ただ、微笑。それが別れの合図だった。

●

尊秋多学院《たかあきた》の二年次普通校舎。

夜の秋川《あきがわ》市を見渡せる屋上、西側に一人の少女が立っている。

灰色の髪を夜風に流す制服姿《すがた》はブレンヒルトだ。

彼女は月下《げっか》の屋上、その手摺《てす》りに手を着き、口を開く。

無表情のまま、目を伏せた。開けた唇が紡《つむ》ぐのは、言葉ではない。一つの歌だ。

聖歌《せいか》、清しこの夜。

Stille Nacht Heil'ge Nacht／静かな夜よ　清し夜よ
Alles schlaft einsam wacht／全てが眠る中　起きているのは
Nur das traute hoch heilige Paar／誠実なる二人の聖者《せいじゃ》だけ
Holder Knab'im lockigten Haar／彼らは巻き髪をもつ美しき子を見守る
Schlafe in himmlischer Ruh／眠り給《たも》う　ゆめ安く
Schlafe in himmlischer Ruh／眠り給う　ゆめ安く——

ゆっくりと顔を上げた。

歌をやめて目を開ければ、天上に円《まる》い月がある。彼女はその光を見て、表情を変えた。

「嫌ね。この空は……。私達の空には無かった、あんな光がある。冥界《めいかい》の光ではなく……」

月光を目に映し、ブレンヒルトは吐息した。

と、その表情が跳ねるように変わった。眉を水平に、目は鋭く、表情が消える。

来たわね、とつぶやいた彼女は、右の手をまずポケットに入れた。小さな青い石を取り出し、右手に握り込む。と、その右手をゆっくりと持ち上げた。

すると、夜空から風が降ってきた。黒い風だ。糸のような、流れ水のような、巻き付く動きをもった黒い風は、ブレンヒルトの右手に絡《から》まってから、一つの形にまとまった。

黒風《こくふう》の固まる形は、黒猫だ。

毛並みも艶《つや》やかな黒猫が、彼女の上げた右腕に立っている。

ブレンヒルトは猫の重さが無いような動きで、軽く右腕を水平に。すると猫は腕を伝って右肩に降りてきた。そのまま手を下げれば、猫は下がっていく腕を伝って床に降りる。

直後。ブレンヒルトが右手で宙に字を書き、指を鳴らした。

快音が響《ひび》くと同時に、猫が顔を上げた。そして、

「ああ疲れた。どっちがホントの自分か解《わか》らなくなるね」

若い男の声が猫から響く。対するブレンヒルトは無表情のまま、

「疑われないための体裁《ていさい》ってものがあるでしょう。それより、どうだったの？」

「ああ、やっぱ駄目《だめ》だったね〝王城派《おうじょうは》〟は。うちらと違って組織力がないんだろ」

「感想じゃなくて事実報告をしなさい」

ブレンヒルトは腕を組む。右の爪先《つまさき》が床を叩くのを見た黒猫は、

「君、Ｌｏｗ《ロウ》―Ｇ《ギア》の悪い癖《くせ》が染み込んできていると思うよ。行儀《ぎょうぎ》悪い」

「やかましい。次に何か言ったらペットに飢えた同級生の部屋に叩き込むわよ」

「ああ、あれは嫌だな……。嬉《うれ》しいのは初めだけでさあ……」

黒猫はうなだれる。が、吐息一つで姿勢を戻し、

「ＵＣＡＴに同調してる和平派《わへいは》は〝王城派《おうじょうは》〟の使いを追い返したよ。使いは〝王城派〟の強者《つわもの》、人狼《じんろう》のガレ――、ガレナントカだったっけ。でもＵＣＡＴに追い詰められて自害《じがい》したって」

「人狼を？　確かにあの種は本性《ほんしょう》発揮すると頭《あたま》悪くなるけど、よくそこまで追い詰めたわね」

「それが、追走部隊は全滅《ぜんめつ》させたんだけど……、後から来たＵＣＡＴ特課《とっか》によって概念《がいねん》空間に閉じ込められたらしいんだ。人狼は元素《げんそ》の概念的に貴金属《ききんぞく》と相性《あいしょう》悪いからね。それで、こう」

と、黒猫は転がって腹を見せる。撫《な》でて、と言うと、ブレンヒルトは腰を落とすなり、人差し指でその腹を突いた。おもむろなえぐりに猫が仰《の》け反《ぞ》り、

「あ――！　腰っ！　腰は駄目《だめ》っ！　腸が！　腸が口では言えない感覚ですがなもし――!!」

「変な言葉使ってないで先を話しなさい。私達はどうするの？　和平派と〝王城派〟に対し」

「ぼ、僕ら〝市街派〟は、どっちとも連絡とらないってさ。最近アッパーのファーフナーが宣言していたよ。――で、ハーゲン翁《おう》が言うには〝王城派〟が焦って行動に出るだろう、って」

「〝王城派〟が？　元々《もともと》和平派から分派した理想だけの連中がＵＣＡＴを襲撃《しゅうげき》する気？　ホント、ファーフナーみたいに若気《わかぎ》一本槍《やり》でどうにかなると思ってるんじゃないでしょうね」

「いや、違うんだなあ、これが」

　と、猫は起き上がって腹を舐《な》め始める。ブレンヒルトはしゃがみ込んだまま、

「勿体《もったい》ぶってないで言いなさい」

「やだなあそういう態度。僕と君は派遣された立場上、フィフティだろ？　最近、ちょっとおっかないよブレンヒルト」

「そうかしら？」

「そうだよ。一昨日《おととい》だって学校前の駄菓子屋《だがしや》を覗《のぞ》きに行って、店の中にいたガキをいきなり全裸に剥《む》いて土下座《どげざ》させたじゃないか」

「語弊《ごへい》があるわね。スカートめくられた方が先よ。1st－G《ギア》の女にとっては夫《おっと》以外にそんなことされるのは屈辱《くつじょく》なんですからね。私は土下座させながら心の中で涙したわ。そして思ったの、……このガキ一生許《ゆる》さない、って」

「御免《ごめん》。僕は心が曇《くも》ってて君の涙が見えなかったよ。――でも、そんなに屈辱かなあ」

　黒猫の後ろ足を、ブレンヒルトは両手でT字に開いて持ち上げる。そして上下にシェイク。

「あ――！　何かコレ屈辱っ屈辱！　やめてやめてそんなに見られると何か目覚めるー！」

「解《わか》ればいいの」

　と、猫を下ろす。猫は完全に抜けた腰を引きずりつつ、無理《むり》に笑って、

「き、君といると毎日が刺激《しげき》的だよなあ。刺激に麻痺《まひ》したら人生終わりだと思うけど」

「いいから次に私が何かしたくなる前に洗いざらい吐きなさい」

　猫は、うーん、と考え、

「全竜交渉《レヴァイアサンロード》って、憶《おぼ》えてる？　ハーゲン翁《おう》が言ったヤツ」

「ええ、変な情報屋から得た情報でしょう？　……私達の予測でもあったわよね。今年の十二月二十五日に、このＧ《ギア》にあるマイナス概念《がいねん》が活性臨界点《りんかいてん》を超えるって、だから……」

「そう、だから、僕達は１ｓｔ－Ｇの概念核の半分をＵＣＡＴから取り戻し、１ｓｔ－Ｇとしてマイナス概念の活性化に対処《たいしょ》しなくてはならない。――ＵＣＡＴは自分達主導《しゅどう》でそれをやろうとしてるけどね。その……、ＵＣＡＴが概念核を得ようとするための全竜交渉《レヴァイアサンロード》だけど」

「？」

「それ用に編成されつつある部隊が動き出したらしい。〝王城派《おうじようは》〟の使いを追いつめたのは、その部隊らしいんだ。ＵＣＡＴ特課《とっか》の中でも、少数精鋭《せいえい》で編成される全竜交渉部隊《チームレヴァイアサン》」

「それが……、何？」

「解《わか》らないかな。そんな部隊には、ＵＣＡＴの上が関与《かんよ》してくる。だから〝王城派〟は、ＵＣＡＴじゃなくて全竜交渉部隊《チームレヴァイアサン》を狙ってるんだよ。日本ＵＣＡＴ全部長《ぜんぶちょう》の大城《おおしろ》・一夫《かずお》あたりでも捕らえることが出来れば何らかの交渉が出来るかもしれない、とね」

　ブレンヒルトは立ち上がる。腕を組み、首を下にゆっくりと振る。

　うーん、と唸《うな》るブレンヒルトを、黒猫は見上げた。

「でも……、ねえ、ブレンヒルト、僕が来る前、歌を謳《うた》っていた？」

え？　と猫に視線を落としたブレンヒルトは、ややあってから表情を変えず、

「――謳ってないわ」

「そう？　憶《おぼ》えちゃってるのかな、僕は。風にのって聞こえてきたような気がするんだ。君や、レギン翁や、グートルーネ様って人達が好きだった、あのＬｏｗ《ロウ》―Ｇの男の――」

「自分の知らない者のことを語るのは猫の感傷？」

「僕は真面目《まじめ》な話をしてるんだよ、ブレンヒルト。君は１ｓｔ―Ｇの崩壊《ほうかい》において、ある意味、最も原因に近い位置にいたはずなんだから」

「………」

「気になるんだよ、今、僕達の戦いが終わりに近づいてきている中、こんなところで……」

猫はゆっくりと身を伏せた。

「１ｓｔ―Ｇを滅ぼした男の監視《かんし》、なんてさ。あんまし、精神衛生《えいせい》上、よくないと思う」

猫の言葉に、ブレンヒルトは、わずかに眉を弓にした。苦笑とも、微笑ともいえる笑みを口元に作る。そして彼女はしゃがみ込み、猫の背を撫《な》でる。

「そんなに、私、ピリピリしてるかしら？」

「さっきだってそうじゃないか。オトボケ先生がやって来たとき、君が森は好きだなんて話をしたのに、先生がセロリがいいとか言って、君、マジギレしそうになったじゃないか」

その言葉に、ブレンヒルトは記憶《きおく》を掘り返してから答えた。真面目《まじめ》な顔で、

「だって私セロリ嫌いだもの」

「…………」

「ニラも三《み》つ葉《ば》も駄目《だめ》よ。学食でうどん頼むとき三つ葉入れないでって言うのに、トメお婆《ばあ》さんがマジボケで絶対入れるのよね……。あのお婆さん、可愛《かわい》いから文句《もんく》言えないんだけど」

「……どうでもいいけど君は小さなストレス溜《た》めすぎだと思う」

「あら？　ストレスは溜まってないのよ」

「そう？　どうやって発散——、って、あー！　やめっやめっ！　尻は！　尻は最後ー！」

ブレンヒルトは猫を腰抜《こしぬ》きにして、ふと、立ち上がった。

屋上の北の縁《へり》へと足を運べば、見える風景は平たく、遠くに民家やビルの光が見える。

学校敷地《しきち》の通りを、車のライトが走ってくるのが見えるが、それ以外に動くものはない。

眼下を見れば、校舎の裏庭に光が落ちている。一階の廊下の灯《あか》り、衣笠《きぬがさ》書庫の前の廊下の光だ。見ていると、横並びの光の中、一つの影が動いている。

「ジークフリート……」

ふと、唇がつぶやいていた。

「彼は、六十年ぶりに亡霊《ぼうれい》が戻ってきたと知ったら、どうするのかしら……？」

第七章

『平和の午前』

見知らぬ記憶が楔となる
己を引き留め
何かを告げるように

佐山《さやま》は、草原にいた。

自分の身体《からだ》は無い。視覚だけが浮いている。

その視覚で見渡せば、草原は周囲を杉の森に囲まれていた。頭上の空は広く、森の向こうに山並みが見える。空を渡るすじ雲を見たとき、佐山は初めて思考《しこう》を走らせる。

……夢か？

夢だ。自分の思考が存在する、もう一つの現実のような夢。

この風景は自分の記憶《きおく》によるものか、それともいろいろなものが混じって作られたものか。

佐山には解《わか》らない。だが、夢ではないな、と佐山は思う。風と空に、そよぐ森が常にざわめいているからだ。現実のものだけが持つ動きと乱雑さがそこにある。

風を感じると言うことは、感覚があるということだ。

……では、喋《しゃべ》れるだろうか。

「――――」

声はない。だが、動くことは出来た。歩もうとするでもなく、視線を前に、身体を傾けるような感覚を作れば、自分がいないままに、視覚だけが動く。

そのときだ。右手の方から音がした。

？　という声にならぬ疑問と共に振り向けば、遠く、森の中から一人の男が飛び出していた。

中年と初老《しょろう》の間くらいの年齢《ねんれい》。白髪《しらが》交じりの細面《ほそおもて》に、痩躯《そうく》が着込むのは登山用の茶色い防寒コートだ。革で出来たコートはファー付きで、高価なものだと佐山は判断する。

彼は右肩に背負ったリュックサックを揺らしながら、走り出した。

こちらへと。まるで何かを追うように。

口が開き、白い息が吐き出された。聞こえたのは、

「やはり……、やはりここに！」

渇《かわ》き切った、喉《のど》が涸《か》れたような声だった。

男は、まろび、膝《ひざ》を着き、立ち上がり、何度も右肩のリュックを落としながら走ってくる。

だが、白い息を大きく吐きながら、幾度目《いくどめ》かの膝を着いたとき、肩のリュックを捨てた。

一度身体を前に倒し、右手を地面に着く。

立ち上がる。また走り出す。走り出して、そして走ってくる。こちらへと、一直線に。

手が届きそうな距離にまで近づいた。そのとき、佐山は二つのことに気づいた。

一つは、彼の着ているものが現代のものではないこと。

もう一つは、彼の左腕が無いことだ。

革のコートも、穿《は》いているズボンも、そのデザインが大きく、粗《あら》い。登山用品にありがちなエンブレムも何もない。草を踏んで走る登山靴《ぐつ》は、よく見れば、

……軍靴《ぐんか》？

本革《ほんがわ》で出来た年代物だ。その靴で、走り、揺れる身体《からだ》。左腕の袖《そで》には中身がない。大きい革コートの袖であったため、型くずれが起きず、これだけ近くになるまで気づかなかった。

佐山《さやま》は、走り寄ってくる男に対し、思わず一歩を引いた。

見知らぬ男だ、と佐山は思う。だが、どこかで憶《おぼ》えのあるような気もする。

……この人は誰だろうか。

いつの間にか、彼の右手が一つの機械を摑《つか》んでいた。黒い、懐中《かいちゅう》時計のようなものだが、長針と短針が何本もある。

そして佐山は彼の顔を見た。痩《や》せた細面《ほそおもて》に無精髭《ぶしょうひげ》を浮かせ、荒い息を絶え絶えに吐いて行く彼の顔は、しかし、

……笑っている……？

否、と佐山は思う。笑いではない、あれは喜びだ、と。何かが叶《かな》えられたとき、何かが満たされたときに人が得ることの出来る表情。

……私が、どうすれば得られるのか解《わか》らないもの。

思いと同時。彼が横を抜けていった。

視覚のまま、佐山は吐息した。もはや彼の表情を見る気は起きない。彼は通り過ぎ、自分が振り向いたところで背しか見ることは出来ないのだから。

だが、佐山は振り向いた。彼が何を求めていたのかを知るために。

……そちらには森しかなかった筈《はず》だが。

と、背後に一歩を下がりつつ、佐山は振り返った。

すると、巨大な影が見えた。


「――!?」


それは、塔《とう》だった。

視界《しかい》のほぼ全て、草原から天の上にまで至る巨大な塔があった。

青黒く見える影の向こう、雲の白い姿が風を巻いて存在する。頭上、見上げたところでここからでは頂上を見ることが出来ない。垂直に伸びているために下からでは頂《いただき》を確認出来ないのだ。ここから解るのは、全体構造が長方形に似た構造の複合体ということだけだ。

これは何だ、と佐山は意識でつぶやく。

……先ほどまで見えていなかった。

何故《なぜ》だ、と問うた思いに一瞬《いっしゅん》で答えが至った。奥多摩《おくたま》の森の中に作られた見えぬ壁。概念空《がいねんくう》間。自分の視覚はその壁をこちら側へと抜けたのではないか、と。

視線を下に落とせば、先ほどの男がすぐ近くに立っていた。わずか、十歩も満たない距離のところに背が見える。塔を見上げる彼の顔のあたり、熱を持った吐息が白く風に舞う。

声が聞こえた。

「やはり、ここにあったのか……」

一息を吐き、そして吸い、彼は膝《ひざ》を着いた。

尻を地面に落とし、だが視線だけは上を見たまま、言葉が作られる。

「バベル……。概念《がいねん》戦争の始まりを告げる遺物《いぶつ》よ!!」

彼の言葉に、佐山の意識は殴られたような衝撃《しょうげき》を受けた。

●

佐山《さやま》は跳ね起きていた。

「っ!」

視界が夢の中と違う風景を見せる。二段ベッドの上段。布団《ふとん》。狭い部屋。近い天井。むき出しの蛍光灯《けいこうとう》。背の方にある窓からの陽光。

風はない。ただ自分の身体《からだ》にまとわりつく汗がある。

「ここは――」

自分の部屋だと、ようやく気づく。

息をつき、無様《ぶざま》な寝起きをしてしまった、と軽く首を横に振る。よく見れば、自分の身体は存在している。先ほど感じた汗も確かにある。

そして左腕から痛みが来た。体の芯《しん》に響《ひび》くような痛みが。

かすかに眉をひそめて、ここは夢の中ではないと改めて実感した。

うつむいた。その頭から、何かが落ちた。

「……？」

布団の上、小さなものが動いている。茶色い大の字形《だいじ》のもの。

右手でつまみ上げ、かざして見れば、貘《ばく》だ。背をつままれた貘は大人しく身動きしない。白い毛に覆《おお》われた腹が膨《ふく》れているのを見て、佐山は思い出す、昨日の夜の会話を。

「過去を、夢のような形で見せるのか」

だとすれば、

「あの夢は、……現実のものだったんだな？」

問われると、貘は首を傾《かし》げた。貘にとってはそのような区別などないのかもしれないと、そう佐山は考えてから苦笑。動物相手に独り言か、と。しかし、

……あの塔《とう》は、やはり他のG《ギア》に関係するものなのだろうか。

「バベル、と言っていたな」

このあたりのことも、今日の午後に解《わか》るだろうか。皇居《こうきょ》にて、大城《おおしろ》はそこで待つと言った。

何をすることになるのか解らない。だが、

「その前に、出雲《いずも》や風見《かざみ》と生徒会の仕事か」

つぶやき、思った。出雲はUCATのことを知っているのだろうかと。

走る風景の中、新庄《しんじょう》はいた。

電車内だ。オレンジ色のシャツに白いトルーザーを着込んだ新庄は、小さなバッグを膝《ひざ》の上に載せて座席の端に腰掛けている。隣《となり》に座るのは茶色いスーツ姿の大城《おおしろ》・一夫《かずお》だ。

二人が乗るのは青梅《おうめ》から出た特別快速《かいそく》東京行き。現在はまだ東京の西側、立川《たちかわ》を出たばかりだが、その立川で一気に人が乗り込んできていた。今、新庄の眼前には人の壁がある。

新庄は膝の上のバッグを抱いたまま、

「うわー。大城さん、凄《すご》い人の量だよー……。どうしてこんなに人がいるの？」

「それはエロスな質問だなあ。ははは。——日本人は勤勉《きんべん》だからだなっ」

「……何が？」

と、眉をひそめた新庄に対して、大城は苦笑。眼鏡《めがね》の奥で目を弓にして、

「ともあれ初の都内行きというのは、どういった理由かな？　前準備からつき合うなど。UCATのお姫《ひめ》様は随分《ずいぶん》と箱入りだと思っていたんだが」

それは……、と新庄は軽く身体《からだ》を抱く。胸を隠すように。しかし眉はかすかに立ち、

「佐山《さやま》君は、そういうこと知らないから、……大丈夫だよ。それに、実働の皆は後からどうせ来るんだよね？　ボクだけ行ってなかったら、駄目《だめ》だよ」

「そんなに彼のことが気にかかるかな？」

問われ、新庄は動きを止めた。

電車が揺れる。新庄が揺れて大城が揺れない。

到着するのは国分寺《こくぶんじ》の駅だ。新庄は電車が停まるまで大城に寄りかかったまま。ドアが開くと同時に、新庄は大城に軽く頭を下げて身を元に戻し、更に追加で入ってくる人々を見る。

目の前で密度を上げていく人の壁に、新庄は、うわー、とひとしきり感嘆《かんたん》。その後に一息。隣《となり》の大城を窺《うかが》うように見れば、大城はじっとこちらを見ていた。

答えを待っている。それが理解出来た新庄は肩をすぼめた。座席の隅《すみ》に身を縮《ちぢ》めて、

「うん、……気になるよ」

と小さく認めた。

一度認めてしまうと、後から理由が着いてくる。ほら、と前置きし、

「よく考えると、昨日、御礼とか言ってなかったんだよ。……その、彼が帰ってから聞いたけど、あの服も、時計もペンも、お爺《じい》さんの形見《かたみ》だったって」

「彼は、親族のことを他人と思っている、――ならばいいんじゃないかなあ？」

その言葉に、新庄は驚きの表情で大城に振り向く。

それは昨夜、佐山と話したときに彼が言った台詞《せりふ》だったからだ。

「ボ、ボク、昨夜そんなこと言ってないのに……、まさか」

と、新庄《しんじょう》は首筋《くびすじ》や髪の中に小さな動きで手を突っ込む。

が、何も見つからない。対する大城《おおしろ》は、新庄に対して、

「どうやって知ったのか教えて欲しいかな？」

「う、うん」

「そうかあ、素直だなあ。——でも絶対教《おし》えない、って、うわ、こら、離すんだ何をするっ」

「うるさいっ。いくら大城さんが偉くてもプライバシーの侵害だよっ」

と、新庄は大城のネクタイを締めるだけ締めてから手を離す。

「結構《けっこう》、引きずってるんだよ、ボク。昨夜のこと」

「……御言《みこと》君の命と、敵の命を天秤《てんびん》に掛けて、どちらも選べなかったことかな？」

「うん。——前衛《ぜんえい》に出たのが初めてだったなんて、言い訳だよね。あのときの狙撃《そげき》がなかったら、どうなっていたか解《わか》らないもの」

「それは違うなあ。あのときの狙撃があったから、どうなっていたか解らないんだろう？」

はっと顔を上げて、そして新庄はうつむいた。

そうだよね、とつぶやく新庄から大城は視線を外した。やれやれ、と前を見て、

「狙撃した君の仲間は、危険だと判断したからだ、と言っていたがなあ。君は仲間の言うことを信じてやれないのかな？」

「信じてるよ。でも……、ボクには見えていたんだ。敵がボクを見て怯《おび》えたことも。そして、

佐山《さやま》君の左腕の怪我《けが》も」

「仲間の目で見えていたものと、自分の目で見えていたものは、同じようでも違うか。……いつの間にか、概念《がいねん》みたいなことを言うようになったもんだ」

と大城は言った。新庄の頭に手を乗せる。撫《な》で、

「だったら、少しでもやるべきことをやったらどうかな？　死者には花束を、生者《せいじゃ》には施《ほどこ》しを、かくして罪は贖《あがな》えり――、だよ」

「Ｔｅｓ《テス》．、でも検死《けんし》後に花はあげるつもりだよ。先遣《せんけん》部隊の人達にも、ね」

「そうかい。じゃああとは生者に施しを、だ。どうせ今日、御言《みこと》君に礼を述べたところで君は収まるような子じゃないって、……自分で解っているだろう？」

「うん。……どうすればいいかなあ。佐山君、左腕、怪我で当分《とうぶん》動かせないんだよね」

「君がその左腕の代わりをすればいい」

え？　と新庄は大城に振り向いた。そして慌《あわ》てて手を振って、

「無《む》、無理《むり》だよ。それってずっと一緒にいるってことだよね。ボク……」

「いい方法があるだろう？　少し面倒《めんどう》だが……、新庄・運《さだめ》君、何も君が行くことはない」

大城の言葉の意味に気づいたのか、新庄が、あ、という顔をする。

大城は意《い》を得たりというように首を深く下に振り、右手の親指を上げる。

「まあ、今日はいろいろな人達がやってくる。仲間達も、彼も、そして過去の因縁《いんねん》も、だな。

「……そこで決めるといいさ。自分の選択を」

言葉と同時。車内アナウンスが入った。三鷹《みたか》の駅が近い。

皇居《こうきょ》に至る東京駅は特別快速であと七駅。ブレーキ音が床から響《ひび》き、電車が揺れた。

しかし、新庄《しんじょう》はもう揺れない。

●

学食棟で早い食事を摂《と》った佐山《さやま》は、衣笠《きぬがさ》書庫へと向かっていた。渡り廊下沿いに歩いていけば、三年次普通校舎の前を抜け、二年次普通校舎の裏に至る。

服装は制服。だが、シャツの左袖《そで》はボタンを外してある。

左腕の包帯《ほうたい》は巻いたままだ。朝、浴場で外してみたが、傷は大きな白い絆創膏《ばんそうこう》のような紙で押さえられていた。痛みはあるが、紙に血がにじんでいなかったことから、強い止血剤《しけつざい》が塗布《とふ》されているのだろうと、佐山はそう判断していた。

二年次普通校舎の裏を歩いていると、ふと、昨日にここを通ったことを思い出した。二年次普通校舎の端、大樹《おおき》と話した非常階段を遠く見上げながら、

……たった一日で随分《ずいぶん》と妙なことになったものだ。

昨夜、学校に戻ってきたのは午後十一時を過ぎていた。

正門前で車を降りるとき、田宮《たみや》・孝司《こうじ》と交わした言葉を思い出す。彼は一礼し、

「出来れば、近い内に顔をお見せに。父も母も、姉も喜びます」

「テストの打ち上げで連夜騒《さわ》いだはずだがね」

「父達はそれが毎晩でも構わないと言っております。それに、若は忌避《きひ》されておられますが、田宮家にはまだ諭命《ゆめ》様と若の部屋が残って――」

そのことは言うな、と佐山は諭《さと》した。

田宮家は、秋川《あきがわ》市一帯の裏側を治めながら、佐山の祖父に大恩《たいおん》があるとして、佐山家の庇護《ひご》を任じている。その大恩がどういうものかは知らないが、祖父と父、そして中学時代までの自分は彼らに護《まも》ってもらっていた。

家族と言うより、上司と部下の関係に近い。

田宮家の者は皆、祖父と同様に自分を信用している。

そのことは迷惑《めいわく》ではない。だが、

「私は彼らに何かを報えるようになるだろうか……」

つぶやき、また歩き出す。現在時刻は、と左腕の時計を見る。

UCATでもらった黒い時計の上、長針と短針は午前八時三十二分を差す。集合は九時丁度。

だが、出雲《いずも》と風見《かざみ》は来ているだろう、と佐山は思う。一心同体《いっしんどうたい》のような二人だ。

「寮《りょう》で同じ部屋に住んでいるというのも、無茶《むちゃ》な話だが」

苦笑した。事情をよくは知らないが、昔、相当に揉《も》めたのは解《わか》っている。ＩＡＩの跡取《あとと》りのしていることだ。話題にならない方がおかしい。

「……出雲《いずも》が帰国子女《しじょ》で実は現在二十歳《さい》、風見《かざみ》の両親も了承《りようしよう》した、と。それだけでよく、綱渡《つなわた》りをしたものだ」

生徒会選挙のときからの付き合いだが、それまでにお互い、噂《うわさ》では知っていた。繋《つな》がりとはどこでどうなるか解《わか》らないものだ、と、佐山《さやま》は苦笑を深くする。

遠く、校舎裏の並木から鳥の囀《さえず》りが聞こえてきた。雛鳥《ひなどり》が餌《えさ》を欲しがる声だ。それを聞きつつ、佐山は二年次普通校舎に裏口から入る。

一階西側にある衣笠《きぬがさ》書庫へ。薄暗い中央ロビーを抜けようとしたとき、佐山は正面玄関《げんかん》の方から二つの影がやってくることに気づいた。

少女と猫。

ブレザーを着込んだ彼女は、灰色の髪と紫《むらさき》の目を持っていた。足下の猫は黒の一色。

佐山は一度彼女を見たことがある。

……三月、生徒会や各部活《ぶかつ》の引き継ぎ会があったときだな。美術部の——。

ブレンヒルト・シルト。

引き継ぎ会で見たときと服装も髪型《かみがた》も、表情も変わりがない。

ブレンヒルトの無表情の中で、視線だけが動く。

佐山は、彼女の視線がこちらの左腕を見たことに気づく。

すれ違った。足音もなく遠ざかる彼女に一瞥《いちべつ》を入れ、佐山は思う。

……まるで、度合いを計るように見ていたな、私の怪我《けが》を。

包帯《ほうたい》と固定束帯《そくたい》を見ても、好奇心《こうきしん》も驚きも、怯《おび》えもない。見慣れたものでも見るような目付きだった。その視線を記憶《きおく》にとどめながら、佐山は書庫の入り口へと足を向けた。

●

ブレンヒルトは、美術室の中に入るなり、内側から鍵《かぎ》を閉めた。

外の音が消え、一息。窓を見ればカーテンも閉まっている。

彼女は足下の黒猫と視線を合わせると、右手に青い石を握って指を鳴らす。

快音と共にブレンヒルトは黒猫に問うた。

「どうしたの？　昨夜、あれから猫の姿のまま消えたと思ったら……」

「ちょっと集会に行ってきたんだよ。1st―G《ギア》の和平派《わへいは》の中でも、僕のようなのは多く飼われているからね。彼らとちょっと情報交換してきたんだ」

「――では、何か解ったの？」

黒猫は頷《うなず》く。

「日本UCATの大城《おおしろ》・一夫《かずお》が、今日、皇居《こうきょ》に向かう予定を立ててるんだと。そして、和平派は明日、緊急《きんきゅう》的にだけど、全竜交渉《レヴァイアサンロード》の事前交渉としてUCAT側と交渉するらしい」

「……馬鹿？　その、大城《おおしろ》って。そんな風に一気に話を進めたら、和平派《わへいは》に蹴《け》られたばかりの〝王城派《おうじょうは》〟が慌《あわ》てて動くわよ」

「そうだね。皆、言ってた。〝王城派〟は切羽詰《せっぱつ》まっているって。……内部のまとまりが弱いらしいんだ。だからタカ派が大城・一夫《かずお》を狙ったとき、それが失敗したら、ハト派は皆、降伏《こうふく》に入ると言うことで話が出来ているらしい」

「彼らには……、概念核《がいねんかく》がないものね。私達の長、ハーゲン翁《おう》が持つような」

「難しいよね。1st―G崩壊《ギアほうかい》のとき、門は王城側と市街側に開かれた。UCATの近くに脱出した王城側は保護の後、概念空間《くうかん》技術を持った貴族連中《れんちゅう》が脱走して〝王城派〟となった。でも彼らは概念核を持っていない……。二つに分かれた1st―Gの概念核、その片割《かたわ》れを」

「そう、1st―Gの概念核は保安のため王が二つに分けていたのよね。文字概念を扱う半分は、ハーゲン翁の機竜《きりゅう》ファブニール改の武装概念炉に。でも」

　とブレンヒルトは目を伏せた。

「残りの世界構成《こうせい》概念を扱う半分は、王城地下の概念施設《しせつ》から奪われた。レギン先生が作っていた聖剣《せいけん》グラムを奪取《だっしゅ》したLow《ロウ》―Gの男の手によってね。……レギン先生はファブニールと同化し、概念核を護《まも》ろうとしたらしいわ。出力炉に概念核を飲み込んで」

　聞いたことあるよ、と黒猫が言葉を続ける。

「戦闘は、君の言う王城地下の施設だったってね。王と、姫と、ファブニールと、Low―G

の男が一人。城の連中が駆けつけたときには全てが終わって世界は滅び始めていた。彼らは絶命したファブニールと王と、重傷の姫を見て判断した。――Ｌｏｗ―Ｇの男は倒したファブニールの出力炉から聖剣グラムに概念核を転送し、既《すで》に逃走したと……」

「ええ、和平派のファーゾルト達は、そのときに血まみれのグートルーネ様から聞いたの、もはやこの世界は滅びると。そしてグートルーネ様は、王城から街へと呼びかけたわ。自分達が敗北したことと、二つの門からＬｏｗ―Ｇへと急ぎ脱出するようにと」

　ふう、と一息ついて。ブレンヒルトは髪を掻《か》き上げる。

　歩き、美術室の中央に置かれたイーゼルの前へと足を運ぶ。

　そこには森を描き重ねたキャンバスがある。その中央部、小屋と人々を描くために残された空白部を見て、ブレンヒルトは言う。

「この森も何もかもが消えたわ。Ｌｏｗ―Ｇから来た一人の男と、彼に奪われた聖剣グラムによってね。彼は、グラムの中の世界構成概念を使用して、１ｓｔ―Ｇを滅ぼしたらしいの」

「どうやって？」

「１ｓｔ―Ｇは平面世界でね。宇宙はドーム状で果てのある閉じた世界だったの。……私達の予測では、世界構成概念を暴走された１ｓｔ―Ｇは内側に縮退《しゆくたい》し続け、ある一点から消失したことになっているわ」

　ブレンヒルトは表情を作った。目を軽く開け、口元に浅い笑みを作る。

「失われたのは多くの命と私達の故郷《こきょう》。そして私の大事なもの全て。代わりに得たのは敗北と従属《じゅうぞく》への道。——そして今、グラムはIAI本社《ほんしゃ》地下に封印《ふういん》されたまま手出しが出来ない。だけど有《あ》り難《がた》いことに、全竜交渉《レヴァイアサンロード》が始まろうとしている。グラムの封印を解く交渉が……」

目を開け、彼女は猫を見た。ゆっくりと、言う。

「六十年、——長い時間よね？」

●

四教室分の長さを持つ衣笠《きぬがさ》書庫。

内部の幅は二教室分ほど。校舎から外に突き出している分だけ、スペースはある。

その構造は、船の内殻《ないかく》のようなものだ。中央部は階段状に低くなっており、各《かく》段差には背の高い本棚と四人掛けの机が置かれたスペースがある。底の部分にある長い広めのスペースには、やはり机や椅子《いす》の並びと共に、観葉樹《かんようじゅ》の植木がある。

書庫の中、底面に設けられたテーブルには今、四人の利用者がいた。

一人は制服の上着を肩に掛けた佐山《さやま》。

向かいに座るのは私服姿《すがた》の風見《かざみ》で、その左隣《どなり》に座るのは黒いジャージ姿の出雲《いずも》だ。

そして出雲の正面、佐山の左隣に座るのは、寝間着《ねまき》姿の大樹《おおき》だ。

佐山はテーブルの上の書類を片手で揃《そろ》えながら、

「――大体はまとまったようだな。新入生勧誘《かんゆう》は去年の動きから見るに、やはり寮《りょう》廊下内での活動を認めた方が無難《ぶなん》、か」

「寮の各室の扉は廊下の区分に含まれない、って明言しておかないと駄目《だめ》ね。ほら、去年は生徒会がそれ明言しなかったから、土木研が寮室のドアに穴ブチ開けて入部コールしたもの」

「入部せねばマイトを投げ込むぞ、と熱烈なコールだったな。あの頃《ころ》入部した者達は？」

「翌日から新歓《しんかん》合宿で群馬《ぐんま》のダム工事を一ヶ月」

「戻ってきた頃には立派《りっぱ》な土木研の出来上がりか。洗脳《せんのう》とは恐ろしい。今年は阻止《そし》せねば」

そうね、と風見が横の出雲を見つつ頷《うなず》く。佐山も横の大樹を見た。

大樹は膝《ひざ》の上で両の手を軽く握って、目を伏せている。身体《からだ》は軽く前後に、うたた寝《ね》中だ。

対する向かいの出雲は、背筋《せすじ》を伸ばし、両の腕をしっかり組んだまま前を見て、熟睡《じゅくすい》中だ。

「出雲の奇行は便利な技能だな、長い総会のときなどに」

「質疑応答《しつぎおうとう》は大体、副のアンタと会計の私で済むしね。何のための生徒会長なんだか……。でも話変えるけどさ、佐山、アンタ肩のそれ、何？」

風見が視線を寄越《よこ》す左肩の上で、寝ていた貘《ばく》が顔を上げた。

生き物？　と問う風見が手を伸ばすが、貘はじっとそちらを見て、

「あ、顔背《そむ》けた……」

残念そうに風見が言う。佐山は貘がまた目を伏せたのを見ると、風見に視線を向けた。

風見《かざみ》は椅子《いす》に浅く腰掛け、頭の後ろで腕を組んでいる。

「気にするな風見。まだ周囲に慣れていないのだろう」

「触りたいなー。私の家、親が鳥を飼ってるから、猫とか犬とかダメでね。——あ」

風見が口を大きく開けて佐山《さやま》の左、大樹《おおき》を見る。

と、佐山の左で大樹《おおき》が大きく揺れた。止める間もなく額《ひたい》からテーブルに激突《げきとつ》する。

硬い音がして、テーブルに額を着けた大樹から、声が漏れる。

「ひ……」

「あ、佐山っ、ほら、先生が泣くからどうにかしなさいよっ」

「たとえば?」

「優しい声をかけて落ち着かせるとか、当《あ》て身《み》入れて気絶《きぜつ》させるとか」

「一緒にやったらさぞ素晴らしかろうな」

「ひあああああん」

「うわ泣いた」

佐山は大樹をとりあえず起こそうとして、左腕が上手《うま》く使えないことに気づく。

仕方ない。佐山は身体《からだ》を大樹に向け、右手で伏せた背を叩く。

「どうしたのかね、大樹先生」

問いに、伏せた大樹の口から空咳《からせき》が一つ。その後に、

「だ、だって……、い、いきなり、いきなりガツンて、び、びっくりしたなあもう」

「最後のは余計《よけい》だな。というかどこで知った。まあ、何はともあれ顔を見せてくれたまえ」

「ど、どうして？　先生の泣き顔、そんな見たい？」

「いや、激突のショックで前歯が折れたり鼻の軟骨《なんこつ》がひしゃげているとまずいからな。その場合はいい整形に急ぎ運ばねば。——大丈夫、うちの組で馴染《なじ》みの整形外科だ。小指もぐおっ」

横にいつの間にか回っていた風見から張り手が一発。佐山は椅子から落ち、

「怪我人《けがにん》に何をする。ひどい生徒会会計がいたものだね」

「やかましい。ほらほら先生、顔は多分大丈夫《だいじょうぶ》だから起きて頂戴《ちょうだい》」

なだめすかしの現場から、佐山は一息ついて離れる。風見に目配せで椅子を使えと伝え、正面を見る。と、出雲は気合いを入れて熟睡《じゅくすい》中で話も出来ない。

腕の時計は午前十時半。都内、待ち合わせは一時だ。電車で行くにしてもまだ早い。

佐山は、手持ちぶさたにテーブル横の階段状フロアに足を向けた。適当な本棚の前に立つ。

そこにあるのは辞典のようなハードカバーだった。本棚のトップには神話学というプラカードがつけられている。見れば、シリーズとして十一冊並ぶ黒い背表紙《びょうし》の本は、著者に金糸《きんし》で衣《きぬ》笠《がさ》・天恭《てんきょう》とある。出版社は、出雲《いずも》文書局。佐山は二つの名を見て、

「風見」

「なあに？　今、ちょっといいところだから手短《てみじか》に」

「そこで眠りに開眼《かいがん》している男の実家についてだが……、彼からＩＡＩの話など、聞いたことがあるかね？」

「ＩＡＩの話ねえ……、ないわよ。大学入ったら勉強しようって言ってるけどね、本人」

そうか、と佐山《さやま》は深く言及《げんきゅう》しない。

しかし、何となく、符号《ふごう》のようなものを感じている。

昨夜、ＩＡＩ内にあるＵＣＡＴという組織で十の異世界のことについて聞いた。第二次大戦中から概念《がいねん》戦争と呼ばれる戦争があり、異世界は全て滅ぼされたとも聞いた。

今朝《けさ》は今朝で、バベルと呼ばれる巨大な塔《とう》の出る妙な夢を見た。

そして今、ここはＩＡＩのバックアップを強く受ける学校で、目の前にある神話の本は、

「十一冊……」

異世界の数、十に、この世界を含めたら、十一になる。

……飛躍しすぎかね？　私も。

自分の思考《しこう》に失笑《しっしょう》混じりの注意を促《うなが》したときだ。大樹《おおき》の声が飛んできた。

「——そこらへんの本、興味あるんですかあ？」

振り向くと、額《ひたい》を赤くした大樹が体を起こしていた。背後で風見《かざみ》がＯＫサインを出しているのに視線で頷《うなず》き、佐山は大樹と目を合わせる。

「これらの本が、何か？」

「ええ、そこらへん、この学校の創設者の人の本なんですよー」

見れば解《わか》ることだ。が、佐山は大樹の言葉を止めない。

大樹は目尻《めじり》の涙を拭《ぬぐ》って、テーブルの上を寝間着《ねまき》の袖《そで》で拭《ふ》く。そして、ん、と一息。

「衣笠《きぬがさ》・天恭《てんきょう》、この学校に来たとき学長からみっちり聞かされたんですよねー。創設者という割には、名前しか出ない人ですが、戦前から出雲《いずも》社に関わり、軍事や神話学などにものすごく著名だったとか。——一高《いちこう》って、知ってます?」

風見が首を横に振り、佐山が答える。

「今の東大だよ」

「そこの教授もやっていたことがあるそうです。日本神話研究のため、出雲地方に渡って、そこで出雲社との繋《つな》がりが出来たとか」

「へえ、物知り……。先生が先生らしいとこって初めて見た」

「そこの極道《ごくどう》少年だけじゃなくて風見さんまでそんなこと言いますかー!」

佐山は大樹を無視して衣笠の本を抜き出す。取り出すのは一冊目。

見れば本は横書きだった。慣れぬ右手で持つ本の表紙は、すり切れている。片手だけで雑に開いてみると、中はまず世界地図から始まり、白黒の写真や図版などを用いて北欧の伝承《でんしょう》を中心に詳細《しょうさい》が書かれていた。奥付《おくづ》けの版数《はんすう》を見れば昭和九年初版《しょはん》とある。

……貴重品だな。

が、めくってみる限り、豊富な図版と取材写真だが、

「件《くだん》の衣笠《きぬがさ》氏の写真はどこにもない……」

「日露《にちろ》戦争で戦傷《せんしょう》したんだって言ってましたよー、ジークフリートさんが。それで、余程《よほど》のことがない限り写真を撮《と》られることを嫌ったようだ、って」

「あの老人は、詳しいのか？　今……、いないようだが」

「ジークフリート爺《じい》さんなら、最近、朝はいつも寮裏《りょううら》の鶏《にわとり》とか、そこらへんの鳥に餌《えさ》やってるわよ。今日は先に開けてもらったの。知りたいことがあるなら聞いてみたら？」

風見《かざみ》の言葉に続くのは、欠伸《あくび》混じりの出雲《いずも》の声だった。

「ＩＡＩからの派遣だからいろいろ知ってんじゃねえか？　十年くらい前に前任者が亡くなって、ここの管理と企業向けの情報検索《けんさく》を請《う》け負《お》ってるって話だぜ」

出雲は両腕を上に伸ばし、

「そんで、今は何の話なんだよ千里《ちさと》？　弓道《きゅうどう》部が勧誘《かんゆう》で人間射的《しゃてき》をやるって話だっけか？」

「そりゃ七つくらい前の話よ。——今はよく寝る馬鹿をどう始末《しまつ》するかの検討会」

言葉と笑みと共に両拳《こぶし》を構えて動き出した風見から、大樹《おおき》が離れた。

彼女はこちらへとやってくる。スリッパの足音立てて。

寝間着姿《ねまきすがた》が横に並ぶ。

背後から響《ひび》き始めた肉体打撃《だげき》の連続音を無視して、大樹は佐山《さやま》の手にある本を見た。

「珍しいですよねー。佐山君が何かに興味《きようみ》持つのって。いいことだと先生は思います」

そして彼女は欠伸を一つ。口を手で隠しながら、

「昨日、言ってたこととか、少しは答えが出ました？」

「何がかね？」

「自分が本気になるにはとか何とか――、あ、ふ」

「欠伸しながら聞くことかね」

「あ、御免御免《ごめん》。でもセメント入られると先生はキツいんですよー。モットーは煮詰《につ》まらないよう、真剣に、でも気楽にね。ただ、憶《おぼ》えておいてくれるかなー」

「？」

大樹は、先ほど佐山が見ていた本を指で数えていく。佐山の前をすり抜けるように通り過ぎ、十冊目で指を止める。

「もし佐山君が、本気になれることや、本気になれる人を見つけたら、そのどちらも壊さず、恐れないようにね。そして……」

欠伸を一つ。それを終え、目尻《めじり》を拭《ぬぐ》った後で、

「なかなか本気になれない人が、本気になったとき、――とても強い力を出すの。本気になれないと思うことは、本気になろうと常に思っていることだから」

一息。

「だから君はいけます。先生が保証します」

「大樹《おおき》先生。よく解《わか》った。……ただ最後の一言は余計《よけい》だ」

うー、と唸《うな》った大樹を前に、佐山《さやま》は腕時計を見る。そろそろ十一時だ。

……各駅《かくえき》停車でゆっくりと都内に向かい、向こうで昼食を摂《と》れば時間は潰《つぶ》せる、か。

ふむ、と頷《うなず》き佐山は出発しようかと考える。

皇居《こうきょ》に行けば、大城《おおしろ》や、ひょっとしたら新庄《しんじょう》もいるかもしれない。

UCATや彼女のことを思い出し、ふと、今ここで大樹に言われたことを考える。

……本気になれること、か。

行こう、と思う。

首を傾《かし》げてこちらを見上げる大樹の向こう。風見《かざみ》が出雲《いずも》を拳《こぶし》で殴っている。

佐山は彼女に、

「風見、これで私は退出するが、いいかね？」

「死ねっ死ねっ死ねっ！　——いいわよ、もう帰っても。——アンタは駄目《だめ》よっ！」

「それは一体どちらが私への返答かね……」

苦笑し、見れば本棚に仕切られた窓の向こうは晴れ。

打撃の音と大樹のわずかに引きつった顔が見えるが、外はいい春になっている。

第八章

『過去の追走』

過去が目の前にあるとしたら
傍観する自分は何なのか
それはきっと己ですらなく

秋川《あきがわ》から一時間と少し電車に揺られると、東京駅に着く。

東京駅の駅舎《えきしや》を出て、まっすぐ歩けばすぐに皇居《こうきよ》だ。

「呼び出し場所は……、東御苑《ぎよえん》の本丸《ほんまる》跡だったか」

灰色スーツの佐山《さやま》は大手《おお て》門から入り、高さ十メートル近い石垣の間を抜けて丘の上を目指す。

中は広い。冷たい空気のある石垣の影の下を渡り、坂を上り、奥へ奥へと歩いていく。

アスファルトの坂を上がり切ると、芝の広場に出た。

北に巨大な天守台《てんしゆだい》をもつ広場は、二百メートル四方の、松の木や林に囲まれた空間。芝はアスファルトの道路で大きく二つに区切られているが、出入りは自由だ。

遠く、街の音が聞こえる。その音はまるで夢の中で聞くような淡さ。広場を包む木々の向こうから、投げ込まれるように届いて来るだけだ。

そして上がった広場の中には、客がいなかった。

佐山は急ぎの足を止め、一息。

左胸のポケットに入れた獏《ばく》は相変わらず寝たままだ。左腕の時計は午後一時十分前。約束の時刻には間に合っている。あとは捜し人だが、

……新庄《しんじよう》君は――。

と人気《ひとけ》のない四方を見渡しながら、佐山は自分の思いに気づいた。

新庄ではなく、大城《おおしろ》を捜さねばならないのだ。

苦笑。肺を小刻《こきざ》みに揺らす笑いが、左腕に響《ひび》く。

そのときだ。不意に、耳が草のざわめきを聞いた。

風。

広場の東から風は来る。休憩所があるそちらに振り向けば、丘の下から吹く風が、展望台のある斜面の林や、木々の葉を大きくそよがせていた。

風に林が動き、大気が動く。

コンクリートの休憩所の西壁に設けられたベンチの前、風の動きを表す者が一人いた。

吹く強風と遊ぶ姿。

黒い長髪《ちょうはつ》。細い艶《つや》の束が、吹く風に波打ち踊っていた。

髪を掻《か》き上げるオレンジ色のシャツと、細身《ほそみ》を支える白いトルーザーが、風の重なる中で軽く回る。肩が見え、背が見え、逆の肩が見え、ゆっくりと、顔が上げられ髪が波打った。

細まった黒い目と、わずかに歯を見せる唇。

佐山は笑みの目と視線を合わせた。

すると、向こうが足を止めた。笑みのまま、口を開き、

「佐山君」

佐山《さやま》も口を開いた。

「――新庄《しんじょう》君」

風が、最後の一打ちを放った。髪が揺れ、黒い艶《つや》のことごとくが、

「――」

舞い上がり、降りてきた。

次の瞬間。新庄は肩に掛かった髪を手で緩く後ろへと流した。肩からこぼれるように、黒髪《くろかみ》が背へと落ちていく。

そして新庄は、改めてこちらを見た。かすかに、微笑の小首《こくび》を傾《かし》げ、

「こんにちは、かな？　こう言うとき、何て言うんだろ？」

問いに、佐山は頷《うなず》いた。見れば、新庄の笑みの背後、ベンチに座ってこちらに右手の親指を上げる大城《おおしろ》がいる。それを無視して、佐山は新庄に言った。

「会えて幸いだ。新庄君」

●

話は、大城が座っていたベンチから始まった。

午後の日差しの中、佐山を挟んで新庄が右に、大城が左に座っている。

新庄は膝《ひざ》を揃《そろ》えて座り、その隣《となり》にいる佐山はベンチに深く腰掛け、膝の上に両の肘《ひじ》を載せた

姿勢。二人に対する大城はベンチに片膝《かたひざ》を載せて崩れた胡座《あぐら》をかいている。

まず初めに口を開いたのは佐山で、その内容は問いかけだった。

「概念《がいねん》戦争と全竜交渉《レヴァイアサンロード》の詳細《しょうさい》を知らせるとのことだが、何故《なぜ》、ここに私を呼んだのかね？」

「説得《せっとく》力の追加のため、と言ったら理解出来るかな？　実はちょっと顔が利いてね、つい先はどからは貸し切りにしてもらっておる」

「そんなことまで出来るのか？　ＵＣＡＴは」

「実際しておるよ。本当は皇居《こうきょ》内が良いんだが、前に花火で出入り禁止食《く》らってなあ……」

佐山は無視してあたりを見回す。確かに上がってきたときから客はいない。

ただ、右手側、無人の広場の北側に露天《ろてん》のカフェが一つある。移動式の白いキッチンセットに、ＵＣＡＴのロゴが入った白いパラソルとテーブルセットが三つ。

店主はいないが、客としての人影が二つ、パラソルの下に見える。

「警備の者達も下がってもらっておるよ。大事な時間なのでな」

言いつつ、大城は懐《ふところ》をさぐって黒い小銭《こぜに》入れを取り出した。新庄の手に落ちるような軌道《きどう》でそれを放り投げる。受け取った新庄は戸惑《とまど》いがちに、

「えーと、これって……？」

佐山が頷く。

「お小遣《こづか》いと俗称《ぞくしょう》されるものだ」

「うわ、ボク、そんなの初めてもらうよ」

「うむ。しかし、嬉《うれ》しいだろうが気をつけたまえ。寂しい老人はな。人間関係を金で買えると思っているのだよ」

「……何かボクの知ってるお小遣《こづか》いとちょっと違うみたいだけど」

「いいから飲み物を買ってきなさい。使っていい金は三百円限定」

「では新庄《しんじょう》君、私はアイスティーで。新庄君は好きなものを頼むといい」

「あー、御言《みこと》君、一応《いちおう》聞いておくけど何でわしの分がないのかな？」

「あのカフェの看板には〝ドリンク１カップ一五十円〟とあるが」

「――何と、いつから日本の物価はそんなに高く！　驚きだな！」

「御老体《ごろうたい》、奥多摩《おくたま》の山奥に帰れ。東京は危険な街だ」

「二人とも仲がいいねえ……」

新庄は苦笑。小銭入《こぜにい》れを手に立ち上がった。小銭入れからきっちり四百五十円を取って、大《おお》城《しろ》に手渡し返す。大城が小銭入れを受け取り、真剣な声で、

「わしは、ホットの汁粉《しるこ》でなー」

「無いと思うけど努力してみる……」

砂利《じゃり》を踏む足音が遠ざかっていくのを聞きつつ、佐山《さやま》は吐息。

「では、飲み物が届いたら話を聞こうか。――概念《がいねん》戦争について」

ブレンヒルトは大きなキャンバスに向かって筆を振るっていた。

パレットの上で緑を練り上げ、既《すで》に塗り重ねられた森の上に葉を葺《ふ》いていく。足下では黒猫が丸まって、

「随分《ずいぶん》と時間かけるねえ。自分の化粧には時間かけないくせに」

「自慢の黒毛を緑にして欲しい？」

問う口調にはわずかな笑みがある。黒猫が見上げるブレンヒルトの顔は、浅く眉を立て、しかし口の端をわずかに上げていた。

吐息が作る小さな歌も聞こえる。ブレンヒルトが意識せずに漏らしているリズムは、聖歌《せいか》、清しこの夜だ。猫は耳を動かし、彼女の歌を聴きながら、

「絵を描くのってそんなに楽しい？」

問うと、歌が停まった。しかし筆は止まらず、

「――ええ、グートルーネ様から習ったもので唯一《ゆいいつ》長続きしてるもの。楽しいのよ、きっと」

「でも、僕の知らない風景ばかりなんだよな」

黒猫が頭を伏せ、ブレンヒルトが手を止めた。彼女は顔を下に向け、黒猫を見る。だが黒猫は目を伏せたままで欠伸《あくび》を一つ。

ブレンヒルトは苦笑混じりに肩を落とす。パレットと筆を横のテーブルに置き、

「1st—G《ギア》の世界がどういうものか、知ってる？」

問いに、黒猫はやや考えてから、顔を上げて首を横に振った。

頷《うなず》くブレンヒルトは黒猫を抱き上げた。胸に抱え、立ち上がる。黒猫が慌《あわ》てて、

「絵はいいの？」

「貴方《あなた》こそ、そろそろ仕事でしょう？　さっき、下で監視《かんし》対象が出ていくのを見たからには」

「監視役は君なのに、後を追うのはいつも僕だよなあ……。僕、一応はここの生まれで、1st—Gの生き物じゃないんだけど」

「いじけてないで。でも、そんな風に思うんだったら、仕事前に一つ教えてあげましょうか？　1st—Gのこと」

うーん、と猫は考え、やがて首を下に振る。ブレンヒルトは微笑。

「はいはい。よく考えたら、儀式《ぎしき》の時に説明して以来？　ハーゲン翁《おう》から聞いた話とか……」

「断片《だんぺん》情報多《おお》いんだけどね。やっぱり、知ってる人達は知ってて当然の部分を省《はぶ》くから」

そうね、御免《ごめん》ね、と、彼女は教室後ろ側の黒板へと近づいていく。

薄白《うすじろ》く汚れた黒板。そこにブレンヒルトは右手の指をつけ、おもむろに横長の楕円《だえん》を描く。

その楕円の上を半球で覆《おお》って、

「これが1st—G。下のこれが地面で上のこれが宇宙」

「うわ手抜きだ——、てててて！　あ～！　お、お母さーん!!」

「アンタ元は捨て猫だから母親憶《おぼ》えてないでしょうが」

「し、失礼だなあ。憶えてるよっ」

「じゃあ言ってごらんなさい。正確に言えたら捜してあげるから」

「ええと、確か、……僕より年上でメスだった気がっあぃててて！　堪忍《かんにん》してぇ～！」

ふう、とブレンヒルトは嘆息《たんそく》。黒板の楕円形を手指の爪で弾《はじ》いて、

「いい？　とりあえずこれが1st—G」

黒猫が何か言う前に、ブレンヒルトは黒板を爪で引っ掻《か》いた。高い音に黒猫が身を震わせてすくんでいる間に、説明を続ける。

「基本は虚空《こくう》に浮かぶテーブルの大地。太陽は昼の間は空を回り、夜は眠って闇となり、元の位置に戻る。……このLow《ロウ》—Gのように月なんてものはないの」

「プレーンなピザ頼んだようなものか。……月とか、惣菜《そうざい》がないとつまんなくない？」

「シンプルで美しいって言いなさい。元から無ければ気にならないものよ。——まあ確かに、土地は狭いけどね。でも、人々や動物はそれぞれ互いに調整し合いながら生きていたわ」

「平和だった？」

「ええ。概念《がいねん》戦争は長く続いていたけど、王は敵の侵入口にもなりやすい門を二つしか用意しなかった。……戦争は騎士《きし》や機竜《きりゅう》が行ったけど、それもほとんど侵攻《しんこう》はしなくてね。誇りを持

っていたわ。我々は崩壊《ほうかい》時刻まで生き残る、そのとき、世界が我々を裁くだろうって」

「崩壊時刻、か。……この世界で言う一九九九年、全てのＧ《ギア》が衝突《しょうとつ》する崩壊時刻に、生き残れるのは最も多くのプラス概念《がいねん》を有するＧだけ。ブレンヒルトの言う１ｓｔ－Ｇのやり方じゃあ、生き残れなかったんじゃないか？　護《まも》るだけ、では」

「それが誇りだもの。護るために戦い、その誇りのために戦う。――相手を滅ぼすために戦うことが嫌いな王だったのよ。概念戦争で王妃《おうひ》を亡くしていたから」

「その王が姫をレギン翁《おう》に預けたのは、姫が王妃に似ていたから、か……」

「そう。その後、森の中で私がグートルーネ様に拾われたの。……そして、それからしばらくの後にＬｏｗ《ロウ》－Ｇの男が、門を一時造成《ぞうせい》してやってきた」

ブレンヒルトは背後を見た。大きなキャンバス。塗られていない箇所が一つだけある。

「…………」

無言のまま、ブレンヒルトは歩き出す。美術室の後ろ側。美術部のロッカーの前へと。

部長用、と書かれたロッカーの扉に手を当て、言葉を吐いた。

「世界が閉じて砕けていくのは凄《すさ》まじい光景だったわ。もはや聖剣《せいけん》グラムを取り戻しても、マイナスに傾いた世界は直らないと解《わか》り、私達は門のそばで最後まで見ていたの。全てが無に消えるのを」

「…………」

「解る？　王が他Gに攻め込むための門を二つしか用意せず、５ｔｈ−Gの技術を模《も》して危険覚悟《かくご》で機竜達《きりゅう》を作り上げた理由を。——王は概念戦争で王妃を亡くしてから、１ｓｔ−Gを護ることに腐心《ふしん》していたのよ。全ては最低限の攻撃と防衛のため。それを１ｓｔ−Gの誇りとして。どうにかして、崩壊時刻まで生き延びさせようと、ね」

「崩壊時刻になったら、どうする気だったんだい？」

「もし１ｓｔ−Gが消えるならば、誇りを持ち勝者のGに降伏《こうふく》を。——たとえ降伏したとしても、それまでの戦い方は必ず認められるだろう、と」

苦笑。苦《にが》い笑みは、そのまま口の両端を上げる笑みとなる。

「１ｓｔ−Gは己《おのれ》が弱いGだと知っていた。……そこをつけ込まれたのよ。滅びてしまえば、戦いから逃げていただけのGでしかない。誇りなんてどこにも無いわ」

言って、ブレンヒルトはロッカーの扉を叩いた。

すると蝶番《ちょうつがい》の音をたてて、扉が自分から開きだした。縦長《たてなが》のロッカーの中にあるのは、

「１ｓｔ−Gの概念兵器。〝鎮魂の曲刃《レークイヴェム・ゼンゼ》〟」

それは、刃《やいば》を折り畳まれた巨大な鎌《かま》だった。野原でも鋤《す》くように長い柄《え》から垂直に支持用グリップが突き出している。鎌としての命である刃は、上部の装飾《そうしょく》接合部から前後に折り畳まれているが、前側《まえがわ》部分だけでも刃渡《はわた》り一メートルを超える。

そして大鎌《おおがま》の能力は、形状だけで終わらない。

開かれたロッカーの周囲、小さな光が集まり始めていた。蛍《ほたる》にも似た青白い光の珠《たま》。幾《いく》つも灯《とも》る光は、それぞれ尾を引きながらロッカーの周囲を漂い、段々と大きくなっていく。

ブレンヒルトが、文字のようなものが彫られた刃《やいば》を見つつ言う。

「刃に聞こえた魂《たましい》を、そのまま保存する冥界《めいかい》そのものの鎌《かま》。冥界管理《かんり》局長であったハーゲン翁《おう》が持っていたものだけど……」

周囲の光に黒猫が手を伸ばす。触れる、が、抜ける。ブレンヒルトは小さく笑う。

「無理《むり》よ。でも、このLow《ロウ》—G《ギア》でこれだけの光として見え始めたのは十年ほど前から。それまでは概念《がいねん》空間を用いねば何も見えなかったのにね。——このGは、ゆっくりとマイナス概念に冒《おか》されつつあり、そして各Gの概念核が反応してる」

「グートルーネ様達の魂も、この刃の中なのかな？」

「おそらくは、ね。でも、収められている数が数だけに、明確に見えることはないでしょうね。何かきっかけがあって、中の皆がグートルーネ様達を出してくれるならばともかく」

と、ブレンヒルトは右手の指を鳴らした。

ロッカーの扉がゆっくりと閉まり、周囲の光が消える。

そしてブレンヒルトは黒猫を床に下ろした。

「さあ、それじゃあ仕事よ。——監視《かんし》対象がどこに行くか、解《わか》ってるでしょうね？　使《つか》い魔《ま》として与えられた能力を用い、概念空間の中だろうとどこだろうと追って行きなさい」

新庄《しんじょう》は両の手で三つの紙コップを持ち、すぐに戻ってきた。

わずかに驚いたような顔でちらりと背後のカフェを見て、

「ホントにUCATの店だった。皆、暇なんだね……」

「説得《せっとく》力を付加するために頑張《がんば》ってると言って欲しいなあ」

大城《おおしろ》のやれやれ声の横で、佐山《さやま》はストロー付きのカップをもらう。漏れる匂《にお》いからして中はストレートの紅茶だ。新庄の方はオレンジジュースらしい。

「大城さんのはホット汁粉《しるこ》なんて無かったから、……一〇〇パーセントジュース」

「成程《なるほど》それは健康的な選択だなあ。有《あ》り難《がと》う」

大城が右手の親指を立て、音とともにストローを吸った瞬間《しゅんかん》。新庄はこう付け加えた。

「タン塩だけど」

言葉とともに盛大に咽《む》せ始めた大城を無視して、佐山は笑顔で新庄に言う。

「なかなかエキサイティングなチョイスだが、それはジュースではない。絞《しぼ》り汁だ」

「……いや、だって、UCATの店なんだもん。粒《つぶ》入りで素材を活かした作りだって。ついでに言うと持っていけって言ったのはあっちの人」

見れば、パラソルの下、影で判別しがたい二人の内、一人が片手を上げた。

ベンチの前の地面に膝《ひざ》をついていた大城《おおしろ》が、

「アイツの仕業《しわざ》か……」

「知り合いかね？」

「後で紹介することになるだろうな。それより、今日、ここを選んだ理由を見ていこう」

ベンチに座り、大城はこちらの胸を見た。スーツの胸ポケットから貘《ばく》が顔を出している。

大城が貘の頭に手を伸ばすと、貘は黙って撫《な》でることを許した。

「過去を、見せてくれたかな？」

「妙な夢を見せられた」

「え？　どういうの？」

うむ、と佐山《さやま》は頷《うなず》き、

「森に囲まれた草原で荒い息の隻腕《せきわん》オヤジに迫られた。背後を見ると巨大な塔《とう》があってね」

「それって夢判断《はんだん》的に見ると、隻腕のオヤジが佐山君の本性で、巨大な塔はいやらしさの規模だと思うんだけど……。どうしたものかなあ」

「私は自分でも見上げきれないほどにいやらしいのか。――大したものだ」

「いやそうじゃなくて……。結構《けっこう》、いろいろな情報が欠けてるでしょ？　今の夢の話」

「確かに。あの夢で見た男が身に着けていたものは全て古かった。戦前、……そのあたりのものだろう。そして、あの男は空に突き立つ塔をバベルと呼んだ。あれは何かね？」

言葉に、大城が笑みを浮かべた。右手の親指を立て、

「見事だなあ。既《すで》に獏が認めたようだな。獏は飼い主が無意識に求める真実を見せるんだよ。当時の意志を君の言葉に変えて伝えるから、異なるG《ギア》の過去も見ることが可能だ。だが、君が望んでいなければそれは見えん。憶《おぼ》えておくといいでな」

大城は立ち上がる。両の手をスーツのポケットに入れ、

「第二次大戦前、全ての決定はここから始まった。実際には昭和《しょうわ》初期に、一人の学者がバベルに気づき、行動を起こしたからだが」

「……彼は誰だ？」

「ＩＡＩの前身、出雲《いずも》鉄鋼の技術顧問《こもん》として加わっておった一高——、今の東大だな、そこの元教授であり、君達の学校の創設者であり、出雲社護国課《ごこくか》の発案者。衣笠《きぬがさ》・天恭《てんきょう》だよ」

大城は言う。

「彼は近畿《きんき》地方を旅行中に一つの遺跡《いせき》を見つけた。それがバベルだな。御言《みこと》君が夢の中で見た後、彼はバベルの中に入り、——これは未知の遺跡だと言った。誰もが半信半疑《はんしんはんぎ》だった。何故なら、バベルの中には、彼しか入ることが出来なかったからね」

「信じられない話だが、その遺跡にはセキュリティ機構《きこう》があった、と？」

「そう。何故かその機構をスルーできるのは発見者の彼だけで、ゆえに知識独占《どくせん》のために小細《こざい》工《く》をしたのではないかと当時は言われておったそうだ。だが、彼が出雲社に何も見返りを要求

しなかったことと、内部の情報を全て知らせたこともあって、その疑念も無くなってな。すぐに出雲社《いずもしゃ》は航空産業や電子産業で他を突き放し、軍の特殊な研究機関としての位置をもらったのだよ。そして——、あるとき」

足先でアスファルトを軽く叩き、

「ここで一つの提案が為《な》された。ときに一九三三年。軍備を整えていく日本の中、当時の日本で一番偉《えら》い人は一つのことを悩んでおったのだよ。この国は、本当に自分を認めてくれておるのだろうかと」

「…………」

「その偉い人は、昔に自分の侍従《じじゅう》をしていた軍人さんに、相談したんだな。さて、私はこの国を世界から護《まも》るために少しでも尽力《じんりょく》したいと思っているが、この国を神国《しんこく》として、何か出来ることはないだろうか、と」

大城《おおしろ》が視線を落としてきた。

対する佐山《さやま》は、自分の視線が彼と噛《か》み合ったことを知る。

直後、左の胸ポケットで、小さな動きがあった。

貘《ばく》だ。

貘がポケットから身を乗り出していた。

そして過去が見えた。

佐山は視覚だけの存在として、広場にいた。

広場の形状が違う。周囲の木々の群れは低く、道はアスファルトではなく土だ。

そして何よりも違うのは、遠くから聞こえていた街の音が完全に消えていることだ。

過去だ、と佐山は思う。

先ほどまでカフェがあった場所に、一つのテーブルセットがあった。

二つの人影が、白い大きなパラソルの下に座っている。

視点で歩き、佐山は見た。

一人は、白いシャツに茶色いズボンの中年紳士《しんし》。

もう一人は、白い軍服を着た初老《しょろう》の軍人。

軍人は、テーブルの上に二つの地図を広げていた。

それは日本を中心とした世界地図だ。

軍人が口を開いた。言葉は二重に聞こえる。過去の言葉とは別に、その言葉が持つ意味が、自分の言語として頭に響《ひび》いてくる。

「——出雲航空《こうくう》技研に、テンキョー教授と呼ばれる老教授がおり、これが神州《しんしゅう》世界対応論《たいおうろん》という変わった論を持っているのです。地脈の相《そう》において、日本は世界の相を持っている、と」

「ほう」

中年紳士《しんし》が頷《うなず》き、眼鏡《めがね》を鼻の上に持ち上げた。

「その人は、何と？」

「はい。彼の論によれば、日本の形状、神州《しんしゅう》は世界の大陸と対応出来ると。これらは全て地脈をもっており、その全てが通る道が偶然にも日本なのだと、彼はそう言うのです」

初老《しょろう》の軍人は、胸から万年筆を取り出した。地図を手で押さえ、

「よろしいですか？　これより、地脈が繋《つな》がり対応しているところを示します」

中年紳士が頷くと同時。軍人はまず、日本に万年筆の先を立てた。

本州の東北から中部までをインクの円で囲むと、次にアジアの東部一帯、上はソ連から中国、下はビルマまでを円で囲む。両者を線で結び、

「本州東北から中部は、アジア東側と対応しております。東北からの沿岸がソ連側からの沿岸になり、東京湾が黄海《こうかい》、伊豆《いず》半島はタイ、静岡はインド、伊勢湾はペルシャ湾であり、紀伊半島はアラビア半島です」

「世界における日本は、この日本のどこに対応するのかね？」

「日本やフィリピンは伊豆七島です。日本の支えである富士山は、世界地図で言うとインドの上、エベレストに丁度《ちょうど》合致いたします」

軍人は、次に本州の近畿《きんき》から中国地方を円で囲み、次にヨーロッパを円で囲む。線で結び、

「琵琶《びわ》湖がカスピ海、閉じた形に近い大阪湾が黒海《こっかい》ですね。児島《こじま》半島がギリシア、呉《くれ》周辺がイタリア半島となります。対馬《つしま》が英国、島根半島がノルウェー、佐渡は北極の島々です」

軍人は一瞬《いっしゅん》の間を作った。

が、紳士は何も言わない。無言のままだ。

数秒の後、軍人は手をまた動かしていく。九州とアフリカ大陸を円で囲み、線で結ぶ。

「マダガスカルが種子島《たねが》周辺に対応する以外は、この両者の形状は相似《そうじ》です」

「では、四国が豪州《ごうしゅう》かね？」

その通りです、と軍人は四国とオーストラリアを円で囲んで結び、次いで北海道と南北米国を円で囲んで結んだ。

「北海道は渡島半島がアラスカ。中央部が北米国《きたアメリカ》で、根室、北《きた》四島が南米国と考えられています。南極は氷の重みで地面のほとんどが海面下にある通り、日本の地相《ちそう》では太平洋側の海底隆起《りゅうき》がそれに値します」

「成程《なるほど》、これをもって神州世界対応、と？　――このような荒唐無稽《こうとうむけい》な話をどうしろと？」

「はい。彼、天恭《てんきょう》教授が言うには、全《ぜん》は個に影響《えいきょう》を与え、個は全に影響を与える。日本が世界の地脈の通り道として世界の相を持つならば、そこから世界を左右できるだろう、と」

「具体的には？」

「万物《ばんぶつ》は全て音のような波で出来ており、風水《ふうすい》で言う地脈とは世界の持つ振動、波なのだと。

ならばその幅を強くして、日本に通じる世界の地脈を活性化、日本に世界各地の地力をいただき、そして護《まも》るのはどうかと」

軍人がそこまで言うと、中年紳士《しんし》は先を促《うなが》すように頷《うなず》いた。

軍人は会釈《えしやく》し、

「出雲《いずも》航空技研《ぎけん》に護国課《ごこくか》という課を設置し、日本の各地に地脈の活性施設を設けます。この施設に関しては出雲航空技研が既《すで》に予算を計上しており、いつでも動けると。そして彼らは地脈の流れから世界各国の流れを摑《つか》み、そして日本の地力を高めると」

「つまり、世界の先を読みつつ、この日本を逞《たくま》しくするわけか。――たとえこの日本が沈みそうになったとしても、復興《ふっこう》出来るほどに」

紳士の最後の言葉に、軍人はわずかに息を飲んだ。ただ、彼は頷いた。

その小さな了解《りようかい》に、紳士は問う。

「彼らは、何と?」

「ただ一つ、この護国課は絶対不可侵《ふかしん》にしていただきたいと」

「ならば、成果を見せて欲しい」

「では、一週間以内に何か世界の流れを読ませてみましょう。……今、世界は激動《げきどう》しております。それを言い当てられたならば、信用すると」

「その場合は――、出雲航空技研護国課の成立を認めよう」

「了解いたしました。異例《いれい》ですが、宮内省《くないしょう》づけの社寺扱いとすれば、地脈改造《かいぞう》は神事《しんじ》に出来るかと。占術《せんじゅつ》の一つとして毎月に報告を出させましょう」

軍人が地図を折り畳んでいく。

その音と共に、過去が折り畳まれていく。

佐山《さやま》の意識も、ゆっくりと現実側へと折られ、覚めていく。

●

「――と」

気づけば、ベンチに座ったままだった。右に座る新庄《しんじょう》も同じものを見ていたらしく、青ざめた顔でわずかに焦点の定まらない瞳を前に向けていたが、

「あ……」

新庄が肩を震わせてこちらを見た。佐山は安心させるように頷く。

左で目を細めて笑む大城《おおしろ》は、表情とは裏腹《うらはら》に気のない口調で、

「バベルを造った文明は概念《がいねん》理論を完成していたらしくてな。衣笠《きぬがさ》教授はそこから得た知識を元に、空間干渉《かんしょう》する振動波のテストとして地脈を選んだ。――日本のお偉《えら》いさんに国の守護とか適当こいてなあ。結局、地脈を本当に読んだのか、それとも予測か解《わか》らないが、出雲航空技研は独逸《ドイツ》におけるナチスの政権奪取《だっしゅ》と日本の国際連盟脱退《だったい》を的中《てきちゅう》。護国課が成立したんだな」

「だとすれば、今のが――」

と佐山《さやま》がそこまで言ったときだ。

彼の台詞《せりふ》を断ち切るように、一つの言葉が前から飛んできた。

「今のが始まりだ」

「!?」

反射的に前へと鋭い視線を向ければ、二つの人影がある。

見覚えのある二人だった。

昨日の奥多摩《おくたま》行きの電車の中にいた白髪《はくはつ》の男と侍女《じじょ》の少女。

あのときと違うのは、黒のスーツに身を包んだ彼が、右手でついた杖に身体《からだ》を預けていることだけだ。今もまた、電車の中で見たのと同じように、笑みを浮かべた口が、

「どうだ、何も考えていないような話だろう？　確かに地脈で世界と日本は繋《つな》がっている。だが、それが何を呼ぶか解《わか》っていなかった。当時は、概念《がいねん》戦争なんて誰も知らなかったんだな、頭の悪いことに」

佐山は立ち上がった。無粋《ぶすい》な者だな、と。

「誰だ貴様《きさま》は。黒づくめに挨拶《あいさつ》も無しとはセンスも礼儀も知らぬようだが――」

と、右手が引っ張られた。振り向けば新庄《しんじょう》がこちらの右袖《そで》を掴《つか》んでいる。

新庄は眉尻《まゆじり》を下げ、首を横に振りつつ、

「全竜交渉部隊《チームレヴァイアサン》の監督だよ、この人が。大城《おおしろ》・至《いたる》さん、そこの大城さんの息子《むすこ》」

「何……？　この悪趣味なのが？」

問いと共に父親の方を見れば、茶色のスーツにタン塩ジュースを手にしている。視線を合わせると右の親指を上げてきたので、佐山は無視。目を黒ずくめの至の方へと戻した。

「悪趣味の血は争えないものだな……」

「佐山君、今《いま》関係ないって、それ」

と新庄がこちらの肩を軽く手で叩いたときだ。

「申し訳御座《ござ》いません」

言葉と共に至の傍《かたわ》らにいた侍女が動いた。至と佐山の間に立ち、周囲に視線を送る。

「皆様、お手数《てすう》とは思いますが、宜《よろ》しいでしょうか？　先ほどから妙な子《こ》体自弦振動《たいじげん》がありま す。私に登録されていないものが。――あちらから」

彼女が佐山にとって右を、北西の方を見る。

芝生《しばふ》の広場がある。自分達以外は人払いされた広場、その筈《はず》だった。

いつの間にか、そこに影が生まれていた。

深緑《ふかみどり》色の群影。

色を持つのは影それぞれが着込んだ外套《がいとう》だ。

数にして十一。人の群れと単純に言い切れない。佐山の目は、その中に人とは思えないシルエットを認めていた。

……昨日の仲間か。

侍女《じじょ》がそちらを見据《みす》えながら、しかしこちらに問う。

「概念《がいねん》兵器や、武装をお持ちではありませんね？」

大城《おおしろ》・一夫《かずお》が頷《うなず》いた。

「それを持ってくるのがお前さんらの役目じゃろう」

「Tes《テス》．。現在、敵側《がわ》が私どもと周囲空間の子体自弦《こたいじげん》振動を読み込み——、完了しました。対し、下に控えていた私どもの援軍が急行中。約五分で合流します。お手数《てすう》ではありますが、敵がいかなる攻撃をしてきても耐えて下さい」

「その、五分の間かね？」

「いえ、三分です。……その時間をもって私が用意しておいた武装を使用します」

「これはまた勇猛果敢《ゆうもうかかん》な侍女《じじょ》がいたものだね。名前は？」

「Sf《エスエフ》と申します」

無表情に一礼するSfに対し、佐山《さやま》は頷《うなず》く。

「名前と主人は悪《あく》趣味だが、君の行動選択のセンスはいい。少し評価を改めよう」

「有り難《がと》う御座《ござ》います。——来ます。概念空間。性質は通常型、文字系列《けいれつ》です」

静かな口調の言葉に、全員が敵の群を見た。

深緑《ふかみどり》色をした群れの先頭に立った女性が、二つの鉄筒《てつづつ》のようなものを両手に提《さ》げていた。

長さ三十センチほどの筒だ。

「1st―G《ギア》の連中が使う概念条文《じょうぶん》の固まりだ」

至《いたる》の声には相変わらずのわずかな笑みがある。

と、女性の手が鉄筒を離した。鉄筒はわずかに宙を落ち、芝の地面に着いた。

着地と同時。筒が花のように咲き、展開する。

内部から現れたのは、

……鉄板？

短冊《たんざく》のような小さい金属板の束だ。

表面に何か文字のようなものが彫られた金属板が、筒が咲くと共に宙へとばらまかれる。その数は数百を超え、風雪のように宙に舞った。

二つの筒から放射された金属板はそれぞれぶつかり合い、光り、音をたて、消えていく。

高い音が聞こえる。

まるで鉄琴《てっきん》をかき鳴らすかのように、まるで時報の鐘《かね》の音のように、細かい金属音が連なり、太い快音へと変わっていく。

佐山は、音が自分達の間を走り抜けたことに気づいた。

同時。声が聞こえた。世界の変化を告げる声だ。昨夜、森に入るとき、UCATの地下通路に入るときに聞こえた声。聞き覚えのある声。

それは自分の声だ。

自分は何も言っていない。しかし、耳元で自分と等しい声が聞こえた。

佐山《さやま》は悟る。世界が己《おのれ》を通して変革を告げているのだと。

他の者達も、自分を通して世界と繋《つな》がっていくのだろう、と、そんな思いをもって耳を傾ければ、確かに世界は言っている、私は違っていく、と。

幾《いく》つかの聞き取れぬような声が連続重複《ちょうふく》し、空間基盤を構築《こうちく》する。

そして、意味の解《わか》る宣告が走った。幾つもの概念《がいねん》が束ねられることによって生まれる荒唐無稽《こうとうむけい》な理論。この概念空間内《ない》に適用される概念条文《じょうぶん》だ。

・――惑星は南を下とする。
・――文字は力の表現である。

二つの声。それは概念条文の複合《ふくごう》展開。

応《こた》えるように左腕の時計が震えた。見れば、文字盤の黒面に、聞こえた二つの言葉が赤い字で流れている。聞いた声を言葉として読みとった、次の瞬間《しゅんかん》。

文字通りに、世界が覆《くつがえ》った。

第九章

『正義の都合』

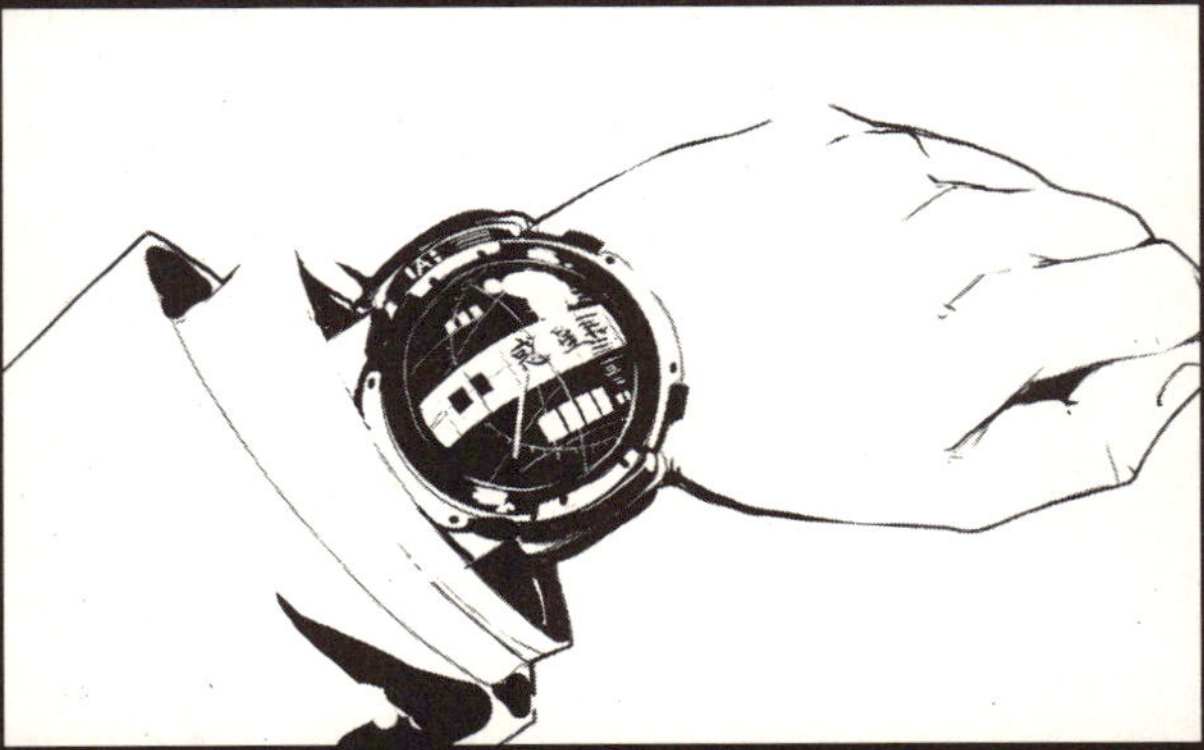

難しいことはとにかく多く
簡単なことはいつも少ない
そしてまた今も考える羽目になる

佐山《さやま》は世界が左へ、南へ傾いたのを知る。聞こえた声が正しければ、作られた概念空間《がいねん》の中では全てが南の方向へと落ちることとなる。

周囲状況と自分自身を一瞬《いっしゅん》で確認した。

正面、西側は広場、足場は芝の回りを走る縁石《えんせき》のみ。背後は休憩所の壁で、休憩所の向こうには林の斜面と展望台がある。左手、南側は道路と植木だけだ。

足場として有効になるのは背後の林だ。

佐山は瞬間的に新庄《しんじょう》を抱きかかえた。

「さ、佐山君!?」

返答をしている暇はない。佐山は己《おのれ》の身体《からだ》を左へ、南の植木へと飛ばした。

一瞬で身は落下。

既《すで》に地面は壁だ。植木の幹に着地し、佐山は左の斜面へ、展望台の方へと跳躍《ちょうやく》した。

急げ、と佐山は思う。

思いの理由は、すぐに来た。腕の中で上の休憩所を見る新庄が、

「うあ……」

通り過ぎた頭上から、硝子《ガラス》の破砕音《はさいおん》が響《ひび》いた。休憩所の中にあったカウンターやテーブルが

傾いた地面を滑り落ち、入り口に激突《げきとつ》したのだ。

地面が壁となった今、そこに半端《はんぱ》に貼《は》り付くものは、全て質量ある落下物だ。

来た。背後、休憩所の扉をうち破ったテーブルや、広場に置かれただけのベンチが、全て等しく落下してくる。

それだけではない。広場の北側には天守台《てんしゅだい》の大きな石垣があった。あれが崩れて出来るのは巨岩《きょがん》の津波《つなみ》だ。

背に押し寄せる潮騒《しおさい》の唸《うな》りのような落下音は、一瞬で怒濤《どとう》となった。

佐山は走る。東の斜面が目の前に届くなり佐山は跳んだ。行くべきは斜面を覆《おお》う林の中。そこならば足場はある。展望台に上がる手摺《てす》りは特に足場として相応《ふさわ》しい。

跳躍。

空中で、すまないと思いつつ、新庄を先に林の中へと投げた。

新庄の身体が尻餅《しりもち》をつきながらも木の一本に辿り着くのを見て、佐山は林の地面、壁となった土に足を着く。佐山は軽く土の壁を蹴《け》って姿勢制御《せいぎょ》。新庄の頭上、横に突き出した松の幹に立つと、背後へと振り返った。

同時。自分より下の位置の林へ、他の三人が飛び込んだ。

大城《おおしろ》・至《いたる》はSf《エスエフ》の腕に抱かれており、すぐに近くの木に掛けられる。

息を切らした大城・一夫《かずお》が未《いま》だにジュースのカップを手にしていることに気づいた直後。北側で崩れた石垣の津波《つなみ》が休憩所を直撃《ちょくげき》。更には広場を通過した。

「……！」

一段下の木に摑《つか》まっていた新庄《しんじょう》が、地響《じひび》きのような音に身をすくめるのが見えた。

全ては一瞬《いっしゅん》。

轟音《ごうおん》と砂煙《すなけむり》が行き過ぎた後、先ほどまで自分達の周囲にあったものが全て消えていた。座っていたベンチも、背後にあった木々の群れも、休憩所も、根こそぎ砕かれ失われている。

轟音はもはや眼下となった南へと。そこにある林の木々に激突《げきとつ》し、幾《いく》つかは抜け、幾つかは押しとどめられる形で停止した。

佐山《さやま》は考える。これは厄介《やっかい》な事態だろうか、と。

そしてすぐに否定。自分達は敵の初撃《しょげき》を抜けた。厄介ではない。対処《たいしょ》出来る相手だ、と。

頷《うなず》いた。そのとき、目の前に黒い影が立った。

Ｓｆ《エスエフ》だ。彼女は木の幹に立ち、芝の大部分がめくれた広場を見ていた。

「敵が来ます」

見れば、確かに深緑《ふかみどり》色の外套《がいとう》をまとった者達が、地面に垂直に立ってこちらへと歩いてくる。

「――Ｓｆ君、何故《なぜ》、敵は地面を垂直に歩ける？」

「賢石《けんせき》です。概念《がいねん》の自弦《じげん》振動を触媒《しょくばい》結晶化したもので、所有者の母体《ぼたい》自弦振動を変調することなく概念を付加出来、概念兵器の燃料にもなります。敵は何らかの概念を劣化《れっか》複製した賢石を身につけていると判断します」

言葉とともに、いきなり近くの松の幹が弾《はじ》けた。

銃弾《じゅうだん》か、と思う佐山の目は、広場の中央付近に立ち止まった敵の数名が、こちらに対して杖のようなものを向けていることに気づく。

そして声が聞こえた。彼らのリーダー格らしい男。深緑色の外套の下、同色の鎧《よろい》を身につけた騎《き》士《し》風《ふう》の男が叫んでいる。

「来ないのか……！」

叫ぶ言葉に重なって、何やら独逸《ドイツ》語に似た発音の言語が聞こえる。それこそが彼が本来喋《しゃべ》っている言語だと佐山は理解。何らかの意思疎《そ》通《つう》概念が空間内にあるのだろう。

「便利パワーだな」

使い方を誤らねば、とＳｆが頷くと、下から大城《おおしろ》・至《いたる》の声がした。

「おい、Ｓｆ」

自分達の下の幹に座る新庄より、更に三メートルほど下。大城・一夫《かずお》の座る幹の横、展望台に上がる手摺《てす》りに、黒いスーツ姿が寝《ね》っ転《ころ》がっている。彼は足を組み、腕を頭の後ろで組み、

「早くしろ。三分を数え出すぞ、俺は」

「Ｔｅｓ《テス》。では佐山様、これを」

と、Ｓｆは懐《ふところ》から黒い鉄の塊《かたまり》を取り出した。拳銃《けんじゅう》だ。

「何の変哲《へんてつ》もない拳銃《けんじゅう》のようだが」

「弾丸《だんがん》は対1st―G《ギア》用武装です。1st―Gは母体の概念《がいねん》として、文字力を付加させる能力を持ちます。文字で定義づけられたものは強く存在し、力を与えられる。先ほど、明言された通り――」

とSf《エスエフ》は懐《ふところ》からハンカチと万年筆《まんねんひつ》を取り出し、ハンカチに字を書き込んだ。炎、と。

すると、

「焦《こ》げて……、いく？」

ハンカチが字の書かれたところから茶色く、黒く、焦げ落ちていく。

「手書きの字で表現力が豊かであるほど、その字の力を対象に具現化し、その世界の概念下で可能な事象《じしょう》を叶《かな》えます。全G統一で出来ないのは無敵化や不滅、蘇生《そせい》というところでしょうか。――ともあれ彼らの概念下で戦う場合、武装に文字を彫らねば本来の力を発揮出来ません」

「この拳銃の中の弾丸には、何と？」

「全弾《ぜんだん》〝弾丸・当たりもう一発〟と書いてあります。一度当てれば次からは自動でホーミングが入りますので上手《うま》く御活用下さい。私はカフェに置いてきたものを回収して参ります。自弦《じげん》時計つきですのでこの概念空間に取り込まれておりますから」

「先ほどの石と共に落ちたのでは？」

「いえ、観察しておりましたが落下は確認出来ませんでした。北側斜面か残った植木に流れたものと判断します。――三分で確保します」

「つまりは、それまで私に敵を引きつけておけ、と？」

「Tes《テスト》。現状、私は佐山《さやま》様に重要性を判《はん》じておりません。佐山様にそのお仕事を依頼いたします。ちなみに、私の最優先は至《いたる》様、新庄《しんじよう》様、佐山様、遠く離れて一夫《かずお》様です」

「おーい、何でわしが特別扱いなのかなあ」

「家族は一番後なんだよ、糞親父《くそおやじ》。とっとと行けSf。もし俺が死んだらお前のせいだぞ」

「Tes.。それも御要求でしたならば後で叶えます」

言うなり、Sfは佐山の背後に回り、上への移動を開始した。土の壁から生《は》えた木の幹を摑《つか》み、懸垂《けんすい》し、身体《からだ》を振ってバランスを取りながら昇っていく。

元々《もともと》低い丘として盛り上がっていた木々の斜面は、見上げるとオーバーハングしているような錯覚《さつかく》を受ける。Sfはその斜面の影を選び、敵に見えない位置を昇る。

Sfの的確な動きと速度に内心感嘆《かんたん》していた佐山は、ふと、手の中の銃の重みに気づいた。

肩をすくめて下を見ると、新庄が赤い顔をして上のSfを目で追っている。

「どうしたのかね？　そんな顔をして」

「え？　あ、その、ボクの真上の木に立ってたでしょ、彼女。だからその、お、大人？」

「何が、大人なのかね」

苦笑。下を見るからに、新庄も今は武器を持っていない。大城《おおしろ》・至は戦う気など微塵《みじん》も見せていないし、大城《おおしろ》・一夫《かずお》は戦力として期待出来る年齢《ねんれい》ではない。

新庄《しんじよう》が広場の方を見て声を挙げた。

「あ、来るよ！　あの人達」

来たか、と佐山《さやま》は拳銃《けんじゆう》を持つ手を横の地面に着き、ふむ、と頷《うなず》いた。何か策が必要だ、と思う。この悪い足場で戦うにはどうしたらいいか、と。

ふと、右手を見た。壁となった土の地面に対し、右腕はまっすぐ伸びている。

そして佐山は足下を見た。足は壁の近く、根の上に立っている。

「惑星の南が下になる、か」

「……え？　それがどうかしたの？　この絶壁《ぜつぺき》状況の他に、何かあるの？」

「理論の落とし穴がある」

佐山は口元に笑みを浮かべた。見れば、至《いたる》も大城も、こちらを見て同じ笑みを作っていた。

「成程《なるほど》。意地の悪い連中は気づいているようだ。しかし敵は気づいていない。君も錯覚《さつかく》している。——相手を引きつけてそこを突けば、手はあるかもしれない」

●

1st—G《ギア》の〝王城派《おうじようは》〟は総勢《そうぜい》十一名。それぞれ、標的《ひようてき》の潜《ひそ》んだ林を扇状《おうぎじよう》に包むように散開《さんかい》を始めていた。リーダーの騎士《きし》を先頭に、左右に身長三メートルを超す大型人種の従者《じゆうしや》が一人ずつ。彼らの左右には外套《がいとう》を深くかぶった木杖《きづえ》の女性が一人ずつ。その背後には四角いボンネットを頭にかぶった男性が二人ずつ。

そして、一行の一番後ろに控えていた弓兵《きゅうへい》二人が、外套を捨てて背の四枚翼《つばさ》を出した。羽が振動し、前方より吸気して背後へと噴《ふ》き出す。

高鳴る風の噴出音《ふんしゅつおん》を放ちながら、二人はほぼ同時に身体《からだ》を後ろへ傾倒《けいとう》。身を投げ出すように、寝るように。そして背の四枚翼が地面に水平になったとき、

「！」

彼らの背で風音が弾《はじ》けた。

四枚翼の一打ち。その一発で彼らは自分達の頭上、青い空へと跳ね上がった。

彼らは高度十五メートルに達すると、身体をわずかに仰《の》け反《ぞ》らせた。翼を背後に倒してホバリングに移行。林の方へと弓を向け、矢をつがえずに弦《げん》を引く。

弓兵の眼下、彼らの先頭の騎士は、外套の前を大きく開き、両腕を見せた。

彼の右手には長銃《ちょうじゅう》。左手には盾がある。木と金属で出来た長銃の上部に入っているのは、弾倉《だんそう》ではなく黒いハードカバーの一冊だ。紙ではなく、キャンバス地で出来た本。

騎士がかぶったヘルムの下で、白い髭《ひげ》を動かして言う。

「——応答なしとみて、これより一方的に進軍させていただく！」

と、長靴《ちょうか》の一歩を踏み出そうとした。

そのときだ。彼らの目の前の林、最前列の幹の側面に、人影が二つ垂直に立った。

初老《しょろう》の茶色いスーツ姿が前に、その後ろに灰色のスーツの少年が立つ。

少年は、おもむろに初老の背を押した。

押された痩軀《そうく》は、ひ、と声を上げ、林から広場の方へと飛び降りる。

彼の動きに騎士《きし》は身を一瞬《いっしゅん》固めた。敵にとって、この広場は断崖《だんがい》絶壁だ。

騎士は一瞬、空の弓兵《きゅうへい》を振り仰ぎそうになった。が、彼の動きは止まる。

初老は広場の地面に貼《は》り付きながら立っていた。

そこは広場の縁《へり》であった場所。縁石《えんせき》のある場所だ。

初老は、薄い縁石に足先を立て、地面に大きく貼り付いている。

続き、スーツ姿の少年も降りてきた。彼は手にストロー付きの紙コップを持っている。

二人は地面に貼り付きつつ、縁石の上をこちらへ三メートルほど移動。

距離約五メートル。二人はそこで停まる。

と、初老が両手を軽く上げた。彼はアスファルトの地面に伏せた姿勢で騎士達を見上げ、困ったような微笑を浮かべる。

「おーい、すまないんだがなあ。……ちょっとお引き取り願えんかなあ？」

「——無理《むり》だ」

と騎士が静かに即答《そくとう》した。

その答えに反応するように、初老の隣《となり》に立つ少年が言った。

「無理ではなかろう？」

●

佐山《さやま》は左手側、壁に立っている騎士を見上げた。ヘルムのフェイス部分から目を見ることは出来ない。が、口元は見える。そこに表情の気配が見えるかどうかに集中しつつ、内心で吐息。

……言葉を交わすだけの理性はある、か。

即答の速さ。聞こえてきた口調の落ち着き。それなりの場数を踏んだ者と佐山は判断。

そして表情に緊張《きんちょう》を仕込むと、佐山は言った。

「――意志疎通《そつう》をするつもりがなければ、こうして言葉を交わすための概念《がいねん》を用意する意味もない。殺戮《さつりく》以外に何らかの目的があると見たが？」

こちらの言葉に対して、騎士が長銃《ちょうじゅう》の先端をこちらに向けた。

「その目的が、命乞《いのちご》いを強制するためだとしたら？」

「最近の騎士殿は山賊紛《さんぞくまが》いのことをされるようだな」

「我々は復讐《ふくしゅう》のために戦っている。――罰されるべき者に命の尊さを気づかせようと言うだけだ。その慈悲《じひ》を山賊紛いとは、言ってくれるな」

「慈悲かどうかは騎士殿が認めることかね？　誰が認めるのだと思っている？」

こちらの言葉に、騎士《きし》が口元を締めた。それに気づいた佐山《さやま》は、しかし表情を変えず、

「今、自分がどこにいるかを理解しているか？　復讐《ふくしゅう》の現場か、それとも歴史の転換の舞台か、どちらかね？　——後者だった場合、全ての判断は何が決めると思う？　もし、自分だと言うならば、全ての歴史書を焼くがいい。後の人が読む意味は無いだろうから」

騎士は長銃《ちょうじゅう》の先端をこちらに向けたまま、動かさない。

佐山は彼の指が引き金とおぼしきボタンに掛かっているのを見る。そして言う。

「慈悲《じひ》深き騎士というものは、何だろうか？　遍《あまね》く認められる慈悲の意味を知っておられるだけではなく、騎士としてそれを行う者だと思うのだが、どうなのだろうか？」

「——」

騎士が、苦笑と共に長銃の引き金から指を外した。佐山は会釈《えしゃく》。

「その慈悲に感謝する」

「当然のことだ。だが……、この状況で何を求める？」

疑問の声に、佐山は痛みのある左腕を動かし、大城《おおしろ》の肩に紙コップを握った左手を当てる。

そして、騎士に向かって、いいかね？　と前置きし、

「本日ここに用意した大城・一夫《かずお》は日本UCATの全部長《ぜんぶちょう》という役職にあり、その脳内には貴重な情報が多く詰まっている。そして最近経年劣化《けいねんれっか》で堪《こら》えが薄れ、情報の蛇口《じゃぐち》が緩い」

「ふむ」

大城が横目の視線を送ってくるが、佐山は無視した。

「この大城・一夫、最近はなかなか表に出てこないものを、本日は特別に五体《ごたい》満足私服《しふく》付きでここ皇居《こうきょ》に持ってきた。これより特別御奉仕《ごほうし》、この貴重品を何と」

「人質《ひとじち》として使うか？」

騎士の言葉に佐山は言った。

「違う」

佐山は痛みのある左腕の先、手に摑《つか》んだジュースのカップを掲げた。大城の顔の横に。カップには万年筆《まんねんひつ》で〝毒〟とあり、突き出たストローはすでに大城の右耳の中だ。

それを見て歯を嚙《か》んだ騎士に、佐山は言う。彼のヘルムのフェイスをまっすぐ見て、

「何と、公開死刑やもしれん」

●

佐山は見た。騎士が思わず一歩、こちらに足を踏むのを。

しかし騎士はそこで踏みとどまる。

彼は背後、同じようにこちらに身構えた仲間達を一瞥《いちべつ》してから、

「馬鹿なことを」

と苦笑を一つ。

「殺すならば殺せばいい。我らにとっては手間が省《はぶ》けるというものだ」

「この大城《おおしろ》・一夫《かずお》が貧相な性根《しょうね》を見つめ直して1st―Gに亡命《ぼうめい》を希望しても、か？」

「――虚言《きょげん》を弄《ろう》すな！」

騎士《きし》の叫びに、大城がびくりと体を震わせた。大きな声で、

「たあすけてえええええ　わしゃ死にとうないいいい！　どうしよう～！　いてててて！」

佐山《さやま》は踏んでいた大城の足を離す。小声《こごえ》で、

「御老体《ごろうたい》、ハッスルしすぎだ」

見れば騎士がこちらを窺《うかが》うような前傾《ぜんけい》姿勢になっている。

いかん、人選を誤ったかと佐山は思考《しこう》。やはり新庄《しんじょう》の方が良かっただろうかと。確かに彼女に悲鳴を挙げさせたらどうだろうという期待はある。どんな声だろうか。惜しいことをした。

……後悔《こうかい》先に立たずか……!?

だが、別に今度でもいいか、と佐山はすぐに気持ちを切り替え完了。

そして佐山は、左手のカップを軽く握って見せ、

「どうする？　こちらの準備は万端《ばんたん》だが」

と騎士にそれ以上考える間を与えずに問うた。

騎士の狙いは実のところ戦闘ではないだろうと、佐山はそう判断している。

今回、彼らが皇居《こうきょ》に来た理由は、ＵＣＡＴの重鎮《じゅうちん》が来るというのを知ったからだろう。な

毒

らば彼らの狙いは、大城《おおしろ》・一夫《かずお》だ。そして佐山《さやま》は判断する。彼らは、大城を進退《しんたい》ならぬ状況に追い込み、そこで言葉を交わして何らかのアクションをとろうとしていたのだろう、と。

……おそらくは誘拐《ゆうかい》か、念書《ねんしょ》つきの強制交渉を行うか、だ。

佐山は心の中で頷《うなず》きつつ、騎士《きし》に告げる。

「よく聞け。もし君達が私達に危害を加えようとすれば私はこの老人を始末《しまつ》する。つまり、この哀《あわ》れな老人が失われた場合、それは貴様《きさま》らの責任だ」

「……殺そうとしているのは貴様だろうが」

「しかし現状、貴様らは私の殺しを止めようとしないな、騎士殿」

最後の一言に力を込めると、騎士が歯を嚙《か》んだ。佐山は言葉を続ける。

「慈悲《じひ》深いと宣言しつつ、哀れな老人が耳から毒液《どくえき》流し込まれてヒヒ踊りをしながら死んでいくのを救おうともしないのかね？　――そうなったらUCATはまず私を処罰《しょばつ》する。だが、同様に君達を糾弾《きゅうだん》する。その咎《とが》めは全ての1st―G《ギア》の生き残りに対しても波及《はきゅう》するぞ」

一息。

「何が慈悲深い、だ。騎士とは名ばかりなり、だな。……今後一切《いっさい》の信用を失い、蔑《さげす》まれながら生きていくといい、自分達の勝利のために。騎士殿」

騎士は、む、と唸《うな》り、

「……その毒は、本物か？」

「自分のGの力を信用しないのかね？　一〇〇パーセント素材を活かした粒入《つぶい》りだ」

「粒入りか」

そうだ、と頷き、佐山はポケットから右手に万年筆《まんねんひつ》を握り、カップに書き加えた。〝毒〟の上に〝すごい〟と。その上で、

「どうだ、すごい毒だろう？　鉄分豊富《てつぶん》で運動の後に最適だぞ。どうするかね？」

しかし、佐山の声に騎士は一瞬《いっしゅん》だけ身を引いてから、

「待て」

と身を低く構えた。そして彼は一息をつき、

「――危うく我々のGの法則にたぶらかされるところであった。よく考えろ」

と彼が長 銃《ちょうじゅう》を構え直す。銃口《じゅうこう》がこちらに突き出され、そして言葉もこちらに飛んでくる。

「貴様が書き込んでいるのは器《うつわ》だ。まさか、Ｌｏｗ《ロウ》―Ｇが器の中の液体にまで文字効果を与える術《すべ》を構築《こうちく》出来ている筈《はず》があるまい？　中身は単なる液体だろう？」

「試してみるかね？」

佐山は笑みを浮かべた。騎士の身体《からだ》から動きが消える。

わずかな沈黙《ちんもく》を見計らって、佐山は笑みと共に問いかけた。

「試してみて、この御老体《ごろうたい》の耳から白い煙が出始めたら君は歴史に対して責任をとれるか？脳が溶けたら人間終わりだぞ。犬でも猿でも終わりだが」

その言葉に、騎士《きし》は軽く身を反らせた。髭《ひげ》の口元が笑みを作る。

騎士は、ふ、と小さく鼻での笑いを一つ。その後に、

「ふン、やってみるがいい。そして虚言《きよげん》だと証明してみせろ。直後に撃《う》つ」

言葉と共に作られた騎士の笑みを、佐山《さやま》は判断した。

演技が過剰《かじよう》だ、と。だから佐山は動いた。

「――では遠慮無《えんりよな》く」

右手の万年筆《まんねんひつ》がひらめき、〝すごい毒〟の下に〝の容れ物〟と書き加えた。それを見た大城《おおしろ》が本気で目を見開く。あ、と声を上げ、

「あああああ！　やめんか～!!　それ打ち合わせになかったぞ!!」

「黙れ静まれここで終わりだ大人しく悲鳴を挙げろしかも泣け」

佐山が左手のカップを強く押し、中身を注入しようとしたときだ。

大城の最後の一語に反応した者がいた。

騎士だ。

●

騎士の口元からは、先ほど見せた笑みも何も消えていた。

彼は叫んだ。

「やめろ！」

そしてこちらへの距離を一瞬《いっしゅん》で詰めてくる。

足音はたったの二つ。五メートルの距離をそれだけで抜け、土の地面に制動を掛ける。

靴が砂を噛《か》む音と、外套《がいとう》が翻《ひるがえ》り、風を生む音。

深緑《ふかみどり》色の外套が揺れ、その下から鎧《よろい》や装備品《そうびひん》の金属音が連続した。が、そこで彼は停まる。

もはや眼前。佐山の目の前に、長銃《ちょうじゅう》を構えた影が立っている。

佐山は顔を上げた。壁となっている地面に貼《は》り付いた姿勢から、騎士を見上げた。

騎士は手の届くような距離で長銃をこちらに向けている。大城ではなく、こちらに向かって。

これで見えた。やはり彼らの狙《ねら》いはこの大城だ、と。

突きつけられた銃の上、装填《そうてん》されたハードカバーの表紙に文字が見えた。アルファベットに似た、しかし違う言語だ。読めないが、意味は解《わか》る。書いてあるのは、

……ヴォータン王国滅亡《めつぼう》調査書。

１ｓｔ—Ｇ《ギア》の崩壊《ほうかい》における調査書だろうか、と佐山は自問。そして思う。同じ名前の王が出てくる物語があったな、と。タイトルを思い出そうとして、今の状況に踏みとどまった。

見れば、本のページの隙間《すきま》からは、ときたま青白い光が漏れていた。まるで鼓動《こどう》のように。

その光を見据《みす》えつつ、佐山は問うた。

「どうしたのかね？　騎士殿。貴方《あなた》の手間を省《はぶ》こうと思っているのだが」

「――何が望みだ」

「目下《もっか》、この老人の耳に凄《すご》い毒を入れることだが、何か？」

「やめろと言おう」

「嫌だと言おう」

「何故《なぜ》だ」

騎士《きし》の問いに大城《おおしろ》も頷《うなず》く。

「ど、どうしてそんなにしたいのかなあ？　御言君《みことくん》」

「やかましい。――騎士殿、逆に訊《き》こう、貴方《あなた》の望みは何だ？」

疑問に、ややあってから、騎士は答えた。

「復讐《ふくしゅう》だ」

佐山《さやま》は心の中で頷き、思う。

……それは本心かもしれないが、実行は出来ないと解《わか》っているな。

思いと共に、佐山は騎士の背後にいる者達を見た。騎士を含めて総勢《そうぜい》十一名。誰もが緊張《きんちょう》に満ちたいい雰囲気《ふんいき》をしているが、騎士を含め、高齢者が含まれているのは事実だ。

つまり、人員がいない。

それは、この場を殺戮《さつりく》で勝利しても、最終的な勝利に至る組織的体力がないということだ。

だからこの戦闘で人質《ひとじち》を得て、後の交渉《こうしょう》を本当の舞台とする。

「…………」

佐山は騎士の白髭《しろひげ》を見た。1st―G《ギア》が第二次大戦の頃に滅びたのならば、それは六十年も前のこと。

当時の望みは復讐。今は、どうだろうか。

残党《ざんとう》、という言葉が頭の中をよぎる。

が、逆に気を引き締める。後がない者は、それだけ恐ろしいのだと。

だから佐山は言葉を選び、告げた。

「我々は明日、1st―Gの和平派《わへいは》との暫定《ざんてい》交渉を行う。そこで君達のことも考慮《こうりょ》するということで、ここはひとまず下がってもらえないだろうか」

「我々に、退《ひ》け、と？」

「騎士の剣とは、収めることの出来ないものだろうか？　ここで剣を収めねば、この先、いかなる交渉を経ようと1st―Gの者全てに遺恨《いこん》が及ぶぞ。貴方の後ろの者全てに、だ」

「誇りのためには、剣を収めることが出来ぬときもある。違うか？」

確認をとるような静かな声の問いかけに、佐山は息を吸った。

……勝負どころは、ここか。

考え、そして佐山は、告げる。

「誇りとは、貴方《あなた》一人のためのものか？　それとも、貴方を待つ多くの人のためのものか？」

佐山《さやま》の言葉に、騎士《きし》の口元が結ばれた。

無言。それと共に歯を軋《きし》らせる音が顎《あご》のあたりから漏れる。だが、

「――――」

騎士が銃口《じゆうこう》をかすかに震わせた。白い髭《ひげ》が動き、口が開く。

「卑賤《ひせん》なG《ギア》の者が、1st―Gの騎士に誇りを説くか？」

佐山は笑みを見せもせず、しかし首を横に振った。

「私は貴方《あなた》に問うたのだ、誇りとは何かを。説かれるのは、私の方だ」

一息。

「説いてもらおう、その答えを。――貴方達の誇りとは何かを。悠然《ゆうぜん》たる態度で」

こちらの言葉に、騎士の髭が小さく笑みの形を取る。

そして、彼の銃口が小さく動き、下げられようとした。

そのときだ。ふと顔を上げた騎士の全身が、突然の緊張《きんちよう》に満ちた。

「……！」

騎士が一歩を下がり、視線を強く向けた。こちらへと。

しかし、ヘルムの下にある彼の目が見るのは、こちらの顔ではない。更に背後、広場の南だ。

佐山は視線をそちらへと走らせた。

眼下、広場の南、落下した石垣のダメージも大きい林の中に、一つの小さな影があった。

黒猫。

自分達と同じように松の幹に座る猫は、こちらをじっと見ている。が、佐山は知っている。

騎士は、間違いなく、あの黒猫に反応したのだと。

どこかで見覚えのある猫だ、と思い、佐山は首を横に振った。

……今はそれどころではない。

振り向けば、緊張の一字が全てを包んでいた。展開していた十一人の姿が、誰も彼も黒猫の方を見て、息を詰めている。

張り裂けそうな無言。それに切れ目を入れたのは、言葉を交わした騎士だった。

「――すまん」

うつむいた言葉は、こちらに放たれたものではない。

だが、長銃《ちょうじゅう》の銃口は跳ね上がって停まり、即座《そくざ》に引き金が絞《しぼ》られた。

同時に、佐山は動いていた。

●

林の中にいた新庄《しんじょう》は、緊張が走るのを確かに見た。

1st—G《ギア》の全員の視線の先、黒猫が一匹いるのを確認した。

「あれは——」

下、展望台への手摺《てす》りに座る至《いたる》が、言葉を続けた。

「1st—Gの魔法使いが用いる使《つか》い魔《ま》だ。連絡役。つまり……、この馬鹿連中は監視《かんし》されていて、今頃《いまごろ》になって気づいたんだ。自分達がもはや逃げられないことを」

苦笑。

「1st—Gは崩壊《ほうかい》の後、Low《ロウ》—Gに来て三派に分かれた。ファーゾルトの和平派《わへいは》と、そこから概念《がいねん》空間技術をもって分派した〝王城派《おうじようは》〟に、機竜《きりゆう》ファブニール改を持つ〝市街派〟。こいつらは特徴のない〝王城派〟だ。……オヤジも損だな。こんな雑魚《ざこ》相手に必死になって」

「何で僕の周囲は親を悪く言う人ばかりかなあ……」

新庄《しんじよう》は至に見えないように眉をひそめて吐息。新庄の手には佐山《さやま》から預けられた拳銃《けんじゆう》がある。黒鉄《くろがね》の冷たさと重みは、じっと握っていても温まらず、手に馴染《なじ》んでこない。が、

「任せられたんだもんね」

佐山は言った。騎士《きし》を自分達の方に歩かせ、一人にすると。そして交渉が決裂した場合、右手を上げるから、そのときに撃《う》て、と。

現状、騎士は扇《おうぎじよう》状に展開した敵の先頭から佐山の方に身体《からだ》を向けている。交渉が決裂した場合、彼を捕らえるというのが佐山の作戦だ。

ここから見て、佐山のいる位置は前方約十五メートル、下方約五メートルのあたり。拳銃で狙うとした場合、素人《しろうと》にとっては限界に近い距離だ。

弾道《だんどう》は落ちる。回転の弱い拳銃からの発射では、誤差《ごさ》は確実に出る。

そして騎士は左の腕に盾を持っている。こちらからではその盾が邪魔《じゃま》だ。しかし、佐山は、

「交渉決裂の場合、あの盾を動かさせ、身をそちらに開けさせる、か」

出来るのかな？　と首を傾《かし》げる新庄は、しかし、疑問を捨てた。

今、現場は必死だ。騎士が一歩を引き、かすかにうつむき、

「――――」

何かを告げるなり、長銃《ちょうじゅう》を構えた。

同時。佐山が動いていた。

彼は騎士に向かって左腕を振った。持っていた紙コップが、中の液体をまき散らしながら騎士に飛ぶ。騎士が佐山の投げた紙コップに向かって盾を振り払った。

新庄にはがら空《あ》きになった騎士の半身が見える。

佐山の右手が上がった。合図だ。

「今……！」

新庄は狙いをつけ、引き金を絞《しぼ》り込む。狙いは身体。そこが自分の限界だ。

が、不意に下から声が飛んできた。

「何故《なぜ》、頭を狙わない。……昔から甘いな、お前は」

至《いたる》だ。彼の言葉が告げる。

「胴体《どうたい》を撃《う》ったところで鎧《よろい》に弾《はじ》かれたらどうする？　仕留《しと》めねば、彼が死ぬかもしれないぞ」

彼、という言葉にグリップを握る手が震えた。

ふと、新庄《しんじょう》は昨夜のことを思い出した。自分が何も出来なかった瞬間《しゅんかん》を。

だから新庄は引き金に力を込めた。急いで撃とうと。

絞《しぼ》る。それと同じタイミングで至が叫ぶ。笑みのない強い語調《ごちょう》で、

「――殺せ!!」

肩を振るわせ、新庄は引き金を絞った。が、その動きからは何も生まれなかった。

銃声も、反動も、弾丸《だんがん》の飛翔《ひしょう》も、何もない。

引き金を引く指に引かれ、グリップが手の中から落ちていた。握力が無い。代わりに手の中に残ったのは、トリガーガードで指先にぶら下がる拳銃《けんじゅう》と、開いた手の震えだけだ。

撃っていない。それに気づいたとき、

「あ……！」

手の震えが肩に回った。

直後。自分のものではない銃声が響《ひび》いた。

第十章

『意志の展開』

ためらいは偽善か勇気
ならば決断は偽悪か無謀
どちらも悪くはないもので

騎士《きし》は盾を振り、かかる液体を弾《はじ》いた。

飛んできた薄《うす》黄色の液体は金属製の盾に当たると煙を上げた。盾の表面に穴が穿《うが》たれる。

「大した猛毒《もうどく》だ……！」

騎士の言葉に大城《おおしろ》が頷《うなず》き、

「あんなもんをマジに流し込もうとしておったのか——！」

騎士は大城の言葉を無視。更には無言で長銃《ちょうじゅう》の引き金を絞《しぼ》る。

装塡《そうてん》された本が側面から青白い光を放つ。

文字の群から、そこに込められた思いを熱量として取り出す書架《しょか》長銃だ。

文字で何かに能力を付加するよりも、原始的だが、その分、力は強い。

射撃《しゃげき》。

長銃の銃口《じゅうこう》を跳ね上げて光弾《こうだん》が飛んだ。が、狙いは、眼下に伏せる二人ではない。

黒猫。

瞬間《しゅんかん》という時間を持って、直径五メートルに達した白黄《はくこう》色の弾丸《だんがん》は、打ち下ろしの弧《こ》を描いて広場の南に飛んだ。

放電音の響《ひび》きは着弾《ちゃくだん》の破砕音《はさいおん》に塗り潰《つぶ》される。

破裂。

「——！」

広場の南側がたわみ、崩れ、木々と土砂《どしゃ》を巻き込んで縮《ちぢ》んだ。

直後。効果範囲《はんい》二十メートル四方《しほう》の全てが空へと噴《ふ》き上がる。

怒濤《どとう》の音。

だが騎士は言う。

「あの程度で消えるものではあるまい……」

そして彼は眼下の二人を見た。

「さあ！　相手をしてもらおうか。ここで汚名《おめい》を着ようとも、それが私の行き着く誇りだ！」

すると、地面に伏せている少年が、小さくつぶやいた。

「貴様《きさま》も、己《おのれ》の行く道を決めているか……」

「——何？」

騎士は問うた。が、すぐに長銃を構え直し、戦闘に集中。

長銃に装填された本は、既《すで》に全頁の間から青白い光を強く放っていた。

引き金を絞れば、断崖《だんがい》絶壁に貼《は》り付く二人は抹消《まっしょう》できる。

「……すまん」

と、騎士は言った。

そのときだ。少年が答えた。

「謝る必要はない」

言葉と共に、少年がいきなり立ち上がった。

彼らにとっては絶壁《ぜっぺき》の地面に。足をつき体を起こし、身を低く立ち上がる。

「何……!?」

騎士《きし》は引いた。盾を構え直しながら、

「貴様《きさま》！　まさか我々と同じ概念《がいねん》を――!?」

答える間もなく、少年が飛び込んできた。

背後、仲間達が動き、身構える。が、遅い。

飛び込んできた少年は、こちらの左側、北へと回り込む。騎士は長銃《ちょうじゅう》で彼の動きを追うが、間に合わない。

少年が背を向けてかすかに跳躍《ちょうやく》した。

後ろ回し蹴《げ》り。

直撃《ちょくげき》。

予想以上に重い踵《かかと》の一撃《いちげき》が、左肩に激突《げきとつ》した。

骨が軋《きし》み、身体《からだ》が浮く。

「く」

堪《こら》え、腰を落として着地する。右腕の長銃を少年の方に向けようとするが、身体が痺《しび》れていて正面しか狙うことが出来ない。

少年の蹴りを警戒《けいかい》して騎士は身体を回す。盾を少年の方へと突き出す。

見れば少年は、蹴りの動きから四肢《しし》を着いて地面に着地していた。

そして彼はおもむろに体を浅く起こすと走り出す。広場の北の方へと。

追おうとしたとき、大型人種《じんしゅ》の従者《じゅうしゃ》が騎士の背後を見て声を挙げた。

「あれを！」

太い声に振り向けば、老人、大城《おおしろ》が広場の南側を下っていく。それもやはり、姿勢は低いがちゃんと走って、だ。

何故《なぜ》だ、と騎士はつぶやく。

南側を下に設定し、地面は垂直になったはずだ、と。

自分らは所持する賢石《けんせき》の効果で立っている。しかし、そのようなものを持っていなかったはずの敵までが、この垂直の地面を低い姿勢ながらも走り回っている。

「何故だ……!?」

●

広場の北側、石垣の崩壊《ほうかい》に巻き込まれなかった並木がある。

今は地面から垂直に伸びる足場。その幹の上、眼下に始まった戦闘を遠く見ることが出来る場所に、カフェセットの一式を携《たずさ》えたSf《エスエフ》がいた。

パラソルと持ち運び用のクーラーボックス、そしてテーブルにチェア。それらを器用に幹へと置きながら、Sf《エスエフ》は空間に響《ひび》く騎士《きし》の疑問を聞く。何故《なぜ》だ、と。

Sfは小さく頷《うなず》いた。

懐《ふところ》から一発の銃弾《じゅうだん》を取り出す。側面に〝弾丸《だんがん》・当たりもう一発〟と書かれたものだ。

「理論のミスです」

と、彼女は並木の上に置かれたテーブルに銃弾を載せた。

銃弾は、置かれたときは停まっていたが、やがて加速し、転がっていく。

「——壁に見えるこの広場、実は斜面になっているのです」

Sfは確認するように言う。

「南が下になるとは、平面世界の1st—G《ギア》らしい甘い判断でした。……何故なら、地球は丸く、日本は北半球にあるのですから」

Sfは眼下に広がる広場を見た。佐山《さやま》が敵陣《てきじん》の中央に飛び込み、回避運動を中心に戦っている。その姿は、傾斜《けいしゃ》四十度程度の斜面を走り、回避と攻撃を繰り返していた。

佐山の攻撃は単純だ。敵の北側に回り、全身の重みを利用出来るような直蹴《ちょくげ》りや回し蹴りを、斜面の下側、南に向かって落とす。

佐山にとって、立てると言っても斜面の上だ。

姿勢は低くなり、逆にそれゆえ、敵の攻撃はかわしやすくなっている。追い詰められたときは南側に向かって大きく飛び、斜面の分だけ飛距離を稼《かせ》ぐ方法だ。それを見るSfは頷く。

「初撃《しょげき》の機先《きせん》を制すため、斜面に伏せ、壁になっているような演技までして……」

言うなり、Sfは右肩にクーラーボックスのストラップを下げ、手にはパラソルを持った。

ふと頭上を見上げれば、有翼《ゆうよく》の弓兵《きゅうへい》がこちらに気づいていた。

おや、とSfが右に抱えたクーラーボックスを開ける。

頭上で弓兵が弓の弦《げん》に手を当てた。弦の中央部には文字が書かれた布が一枚。それを弓兵は引き絞《しぼ》る。と、布と弓の間に光の矢が一本生まれた。

それをすぐに放たず、弓兵が布を右へと捻《ひね》った。

弦が張り、弓が軋《きし》みを立て、しかし、光の矢が一気に三本に増えた。

そこで射撃《しゃげき》。

光の放たれる音は笛の音に近い。

高音の三重奏《さんじゅうそう》が空から降ってくるのに対し、Sfは軽く会釈《えしゃく》をした。

「ありがちな攻撃を有《あ》り難《がと》う御座《ござ》います。御礼に、月並みではありますが」

と、クーラボックスから金属で出来た長杖のようなものを二つ引き出した。

ボックス内の缶ジュースなどを波立てて現れたのは一丁《いっちょう》の機関銃《きかんじゅう》と銃身《じゅうしん》だ。

彼女は重い銃《じゆうしん》身を片手で取り付け、弾帯《だんたい》を装塡《そうてん》。瞬間的《しゆんかん》に初弾《しよだん》を薬室《やくしつ》に叩き込むと、

「生産数四十万超過《ちようか》、月並みです」

そう言ってSf《エスエフ》は空に向かって引き金を絞《しぼ》り上げた。

●

佐山《さやま》は囲まれつつあることを悟った。敵の動きが統制を戻しつつある。

四角いボンネットをかぶった僧侶風《そうりよふう》の老人や、フードをかぶった魔術師《まじゆつし》風の老女《ろうじよ》が、つかず離れずと言った距離を保ち、その間に、大型人種《じんしゆ》の従者《じゆうしや》が二人、北の方へと回り込み始めていた。こちらに有利な位置を取らせない流れだ。

だが、それでいいと、額《ひたい》に浮いた汗を飛ばしながら佐山は思う。

少なくとも、新庄《しんじよう》のいる林の方からは敵を引き離しつつあるし、大城《おおしろ》・一夫《かずお》も逃走した。

ならばこの戦場に気がかりはない。そして佐山は思う。

……新庄君は、やはり撃《う》たなかったな。

騎士《きし》が攻撃をしてきたとき、こちらが合図をしても、新庄からの射撃《しやげき》はなかった。予測出来たこととはいえ、わずかな驚きがあった。

本当に私を驚かせてくれる人だ、と佐山は思いつつ、立ち回る。

つぶやき、思う。新庄君は何事も本気だな、と。

「迷うときでさえも」

本気だからこそ、今日もまたトリガーを絞れなかった。

不意に、今朝《けさ》の学校でのことを思い出した。大樹《おおき》が自分に告げた台詞《せりふ》を。

……なかなか本気になれない人が、本気になったとき、――とても強い力を出す、か。

「本気になれないと思うことは、本気になろうと常に思っていることだから」

きっと新庄はそういう時期を経たのだろう、と、佐山はそう思う。

……私はどうだろうか？

「私は――」

本気になれるのだろうか？

問いを持つ視線の先、魔術師の杖、その先端が光る。光の残像《ざんぞう》というよりも、焼かれた大気がそのまま文字となる。佐山の知らない文字だ、が、読める。

炎。

読めた時には跳躍《ちょうやく》していた。南、斜面の下側へ。

直後、先ほどまで自分のいた場所に火柱《ひばしら》が突き立った。

大気を燃やす音とともに、朱色の炎が三重螺旋《らせん》として噴《ふ》き上がる。螺旋の先端は宙で咲き散り、火柱は勢いよくほどかれて消えた。

佐山は着地。

同時に、佐山《さやま》は敵の布陣《ふじん》が完成したことを悟った。

北側、眼前にいた僧侶《そうりょ》や魔術師《まじゅつし》達が左右に割れた。その人波《ひとなみ》の中央を進んできたのは二人の大型人種《じんしゅ》だ。身長約三メートル。深緑《ふかみどり》の外套《がいとう》に、軽装の鎧《よろい》と黒いナイフを手にした従者《じゅうしゃ》。

小回りが利かない分を、ナイフという扱いやすい武器でカバーする構えだ。

彼らが来る。

対する佐山は身構えた。正面からぶつかっていては勝てない。走り、回り込む必要がある。

身を低くして、息を吸い込む。ふと、動きの悪い左腕と、左の拳《こぶし》を見た。

拳の傷と、指輪が目に入る。

試しに左の拳を握ろうとしたが、刺すような痛みが返るだけ。

幻痛《げんつう》だ。が、自分にとっては本当の痛みでしかない。そして振るえぬ拳だ。

次の瞬間《しゅんかん》、佐山は左の拳から視線を外し、疾走《しっそう》。

身体《からだ》を縮《ちぢ》め、伸ばし、身体を前へと弾《はじ》かせる。

同時。佐山は頭上から地面に落ちる影を見た。

弓兵《きゅうへい》。

……しまった。

と、佐山は心の中でつぶやく。

敵の狙いは大型人種の従者による攻撃ではない。

彼らで囲み、上空から掃射《そうしゃ》することだ。

「く」

と息を飲み、佐山は身を捻《ひね》った。

上から来る攻撃を少しでも回避するために、地面に転がって空からの攻撃を避けようとした。

だが、落ちてきたのは矢でもなければ弓でもなかった。

落ちてきたのは翼《つばさ》だった。

「——!」

肉を打つ音と共に、先ほどまで佐山がいたところに巨大な四枚翼の影が落ちた。空にいたはずの弓兵だ。見れば上翼《じょうよく》の右、その基部から赤い血を噴《ふ》いている。

膝《ひざ》をついた姿勢の佐山が、何事だと思うより早く、一つの音が響《ひび》いてきた。

銃声だ。

佐山は顔を上げた。北の方角。彼にとっては上の方。

見上げた空に、また一つの翼が落ちつつあった。

四枚翼の弓兵が、こちらも翼を赤い血で染めながら、東側の林の中に落ちていく。

そこで初めて皆は見た。

北の方角。遠くの並木から白と黒の色彩が飛び降りてきたのを。

「Ｓｆ《エスエフ》君か……」

彼女は左手に機関銃《きかんじゅう》、右手にパラソル、右脇《わき》には大きなクーラーボックスを一つ。身体《からだ》に不釣《ふつ》り合いなほど大きい二つの荷物を手に、しかし彼女は斜面を駆け下りるのではなく、宙へと舞う。

近くの林に四枚の翼《つばさ》が落ちるのすら気にしない。

落下。

次の瞬間《しゅんかん》、反応したのは魔術師《まじゅつし》の一人だった。杖で大気に字を書き連ね、光の槍《やり》にすると、Ｓｆ《エスエフ》へと投擲《とうてき》した。

光に高音の疾走が乗って飛ぶ。

迎えるようにＳｆは一つの動きを作った。右腕のパラソルを掲げ、展開。風を打つ音とともに、Ｓｆの身体《からだ》がパラソルに持ち上げられるように浮いた。

その足の下を光の槍が通過し、遠くの芝を穿《うが》つ。

着弾《ちゃくだん》音が爆《は》ぜたと同時。Ｓｆがパラソルを離す。

あとは一直線。

重力加速に導かれ、Ｓｆは踵《かかと》から大型人種《じんしゅ》の従者《じゅうしゃ》、佐山《さやま》から見て左側の男に激突《げきとつ》した。

打撃音。

「……………！」

振り向いた横腹《よこっぱら》に両脚《あし》と全《ぜん》重量の直撃《ちょくげき》を食らい、従者の身体が浮く。佐山が身を引くと、従者は宙を転がって頭から地面を跳ねた。鎧《よろい》がぶつかり、肉が当たり、連続して強い音をたて、停まる。

その従者は動かない。

代わりに、舞台に登場したばかりの細身《ほそみ》が動いていた。

白いショートカットに、黒のワンピースと白のエプロン。裾広《すそひろ》がりのシルエットは、佐山の前に立つと一礼した。

「お変わりないようで何よりと判断します」

Ｓｆだ。

●

佐山は見る。Ｓｆの挨拶《あいさつ》とともに、周囲の布陣《ふじん》が組み直されたのを。

従者が一人欠けた後に騎士《きし》が入り、魔術師二人が後ろへ下がる。

彼らの視線を受けるＳｆはクーラーボックスを開け、そこに左手を突っ込んだ。氷の音と水音が響《ひび》き、布陣《ふじん》を作る敵が身構える。

だが、Ｓｆは彼らを見ない。膝《ひざ》をついたこちらに向けて、

「佐山様はこれをどうぞ、運動の合間にも最適な新製品です」

スポーツドリンクのペットボトルだ。佐山が手に取ると、Ｓｆは会釈《えしやく》。そしてまたクーラー

ボックスに左手を入れ、

「皆様にはこちらを」

と言って黒光りするＳＭＧ《サブマシンガン》を取り出した。

体を回し、連射撃《れんしゃげき》。

「！」

火薬《かやく》の音に、従者《じゅうしゃ》や騎士《きし》達は、慌《あわ》てて盾や小手《こて》を構えた。

遅い。

金属音とともに彼らの身体《からだ》が下がり、または吹き飛ばされる。

佐山《さやま》は腰を上げる。青白い煙がＳｆ《エスエフ》と自分を包んでいる。周囲の布陣《ふじん》はわずかに広がり、魔術師《まじゅつし》が一人倒れている。佐山がペットボトルの蓋《ふた》を開きながらそちらに視線を送ると、

「死んではおりません。やはり向こうも防御の力を持っておりますので、あまり大した打撃を与えてはいないようです」

というＳｆの右袖《そで》が裂けていることに佐山は気づく。彼女が既《すで》に何らかの攻撃を受けた証拠《しょうこ》だ。黒の布地が破れた向こうに見える腕は、

「機械……？」

佐山はペットボトルから柑橘《かんきつ》系の味を身体に流し込み、問う。

視線の先、Ｓｆの腕は真珠《しんじゅ》色の細い鎧様《よろいよう》のもので出来ていた。上腕《じょうわん》と下腕《かわん》を繋《つな》ぐ肘《ひじ》の関節《かんせつ》

部は強くくびれており、黒い樹脂材《じゅしざい》で間が埋められている。

Ｓｆは振り向きもせず、地面に左のＳＭＧを捨てて言う。

「独逸《ドイツ》ＵＣＡＴが３ｒｄ－Ｇ《ギア》の技術を用いて作成した自動人形、Ｓｅｉｎ Ｆｒａｕ《ザインフラウ》が私です。至《いたる》様専用《せんよう》に組まれた身体はいかなる悪《あく》天候下《か》や悪条件下でも買い出しや接客を可能。コンパクトな外装は賢石《けんせき》交換によって何と二十四時間活動《かつどう》可能であるため、突発的な無理難題《むりなんだい》も――」

「深夜番組のような口上《こうじょう》はいい」

と、佐山はＳｆに空《から》になったペットボトルを返す。そして、

「君の戦闘《せんとう》能力は？」

「独逸ＵＣＡＴによれば独逸国民は世界の中で最も優れた民族です。彼らの技術を集めて作られた私は最高の戦闘能力を有します」

「その最も優れた右翼《うよく》のいた国は、第二次大戦で大敗したが？」

「優れた者に勝利を望む欲は必要ないのです。永遠に強くなるためには勝利など不要かと」

「それは誰の言葉かね？」

「――存じません。ただ、私に刻まれております」

言うなり、Ｓｆは右の機関銃《きかんじゅう》を左腕に持ち換えると、銃口《じゅうこう》を目の前の地面に着けた。銃口が横に動き、その先端が土の地面に弧《こ》を描いていく。

「我が名は〝在るべき婦人《ザインフラウ》〟。〝在ること〟を望まれて生まれた人ならぬ者にございます。さあ、

——来られませ、貴方《あなた》が生まれてきた理由を持って。もし、その理由が私のものより弱ければ、貴方達は〝在《あ》る〟ことすら出来なくなるでしょう」

地に描かれる弧《こ》は、踵《かかと》のターンとともに円となる。

「私は主人のために生まれました。私の鉄は彼の骨に、私の鎖《くさり》は彼の肉に、私の油は彼の血に、私の決断は彼の心に捧《ささ》げております。が、一つだけ、彼は、私ごときでは何も捧げられぬものを持っておられます」

円を繋《つな》げ、その接点に銃口《じゅうこう》を置き直す。

「涙。……それに対しては、感情のない私には返すものがありません。ゆえに、私は主人の涙を欲しません。欲するは涙滴《るいてき》不要の結果のみ」

銃口が上がった。

「骨には鉄を、肉には鎖を、血には油を、心には決断を、そして涙には——」

一息。

「無欲を」

告げるなり、Sf《エスエフ》は並ぶ敵に向かって引き金を絞《しぼ》った。

●

新庄《しんじょう》は木の幹に座り込んでいた。

手の震えが収まりつつある。しかし、指に力は戻ってこない。

こんなときに、とつぶやき、何が足りないんだろう、と思う。

下から声が聞こえた。

「訓練の時は好成績、そして後衛《こうえい》で、援護《えんご》の範囲射撃《しゃげき》を行うときも良好。しかし——、実戦を目の前に出来る前衛《ぜんえい》では駄目《だめ》、か。全竜交渉部隊《チームレヴァイアサン》から外れるか？　新庄《しんじょう》」

新庄はわずかに息を詰める。

が、そんな新庄を見てか、下から届く声は笑う。

「——はン、何を深刻な顔をしてるんだ？　監督ではあるが、俺の一存《いちぞん》でどうにかなることじゃないって解《わか》ってないのか？　お前はオヤジの推薦《すいせん》で加えられたメンバーだからな。オヤジの許可と、お前の同意がなければどうにもならんよ、お前の進退《しんたい》は」

笑う声に、新庄は眉を詰め、一度奥歯《おくば》を噛《か》む。

「貴方《あなた》は、何でいつもそうなんだよ！　ボクを拾ったときから……」

「教えてやろう」

笑みを含んだ声は言う。

「俺が何もかも知っていて、何も解っていないからだ」

ほら、と声は告げた。

「馬鹿どもが危ないぞ。お前に出来ることをしろ」

広場を見た新庄は、言われた意味に気づいた。

銃撃音《じゅうげき》とともに動く佐山《さやま》とSf《エスエフ》の周囲。彼らの攻撃に倒された影がある。

しかし、その内の幾《いく》つかに、動きが戻りつつあった。最初にSfに倒された従者《じゅうしゃ》。彼が立ち上がろうとしている。その姿は、敵の陰になって佐山達には見えていない。

新庄は幹の上で立ち上がった。

「佐山君……！」

●

Sfは、前から飛び込んでくる騎士《きし》に対して右肩から飛び込んだ。

クーラーボックスを右に抱えたまま、彼女は騎士との距離を一瞬《いっしゅん》で詰める。

騎士がこちらに長銃《ちょうじゅう》を向けた。

向かうSfは、左の機関銃《きかんじゅう》をわずかに上げ、動く。

己《おのれ》の機関銃を敵の銃身《じゅうしん》に叩きつけた。

金属音。

そのままSfは騎士の長銃を下へと押さえつけ、前へ。走る右足で地面を踏み、次の左足で下がってきた長銃の銃身を踏みつけた。

騎士の長銃、その先端が地面に対して斜めに刺さる。

Ｓｆ《エスエフ》は左腕の機《き》関銃《かんじゅう》を杖のようにつき、前へ。

機関銃を地面に突き立て手から離す。そして騎士《きし》の長銃《ちょうじゅう》を踏んだ左足を１《ワン》ステップに、次の右足を振り上げ、長銃を昇る。

振り上げた右足はそのまま蹴《け》りとなった。

足の飛ぶ先、狙いは騎士の顔面。一直線の速い蹴りだ。

判断は一瞬《いっしゅん》。

騎士が長銃を離した。

彼は長銃のストラップだけを手に残し、背後へと跳躍《ちょうやく》。

「っ！」

騎士が下がりながらストラップを強く引いた。地面に刺さるような形で残っていた長銃が、蹴り途中のＳｆを上に載せたまま強く引かれる。

わずかな反動。それとともに長銃が地面から引っこ抜かれた。

「!?」

長銃に左の軸足《じくあし》を掛けていたＳｆの身体《からだ》が、足下をすくわれて後ろへとひっくり返る。

彼女はそれでも引かれていく長銃を蹴りつけ、高く背後の空へと跳ぶ。

だが遅い。

もう既《すで》に、騎士はストラップに引かれて戻った長銃を手にホールド。

彼は宙を転ぶSfへと照準《しょうじゅん》を設定した。

引き金を絞《しぼ》ろうとした。そのときだ。

Sfの身体が宙で縮《ちぢ》まり、小さく一回転した。

後ろへと、宙にしゃがみ込むような姿勢をとったSfの、その足下を支えるものがある。

先ほど彼女が、杖のように地面へ突き刺した己《おのれ》の機関銃だ。

天に向かって突き立つ銃床《じゅうしょう》の上に、Sfは右の足をついた。

直後、身を伸ばして跳躍する。

スカートが空気を翻《ひるがえ》し、その足の下を騎士の長銃から生まれた光弾《こうだん》が抜く。

Sfは跳ぶ。

宙でクーラーボックスを頭上に振ると、それを支点に側転《そくてん》を一度。

騎士の背後へと着地した。

騎士が背後のSfに盾を向けるのと、騎士に背を向けた姿勢のSfが、クーラーボックスから一つのものを取り出して投げるのは同時。

脇を抜き、手首の動きだけで投げられたのは、円筒《えんとう》形の大きな影。

対する騎士は反射神経《しんけい》の動きで盾を振り、宙を飛んできたものを横薙《よこなぎ》に払った。

重いが、しかし柔らかい音がして、盾に一つの物体が弾《はじ》かれる。正確にSfの方へと。

騎士はそのまま身を回し、長銃をSfに向けようとする。

そのとき、騎士《きし》は自分に投げられたものの正体を確認した。

五〇〇ミリのペットボトル。

「……な」

呆然《ぼうぜん》とする声を前に、Sf《エスエフ》が立ち上がる。

身体《からだ》は既《すで》に騎士へと。左手はクーラーボックスの中に。そして視線は騎士のがら空《あ》きになった胴体《どうたい》の中央部へと。

氷のぶつかる音ともにクーラーボックスから長い鉄塊《てっかい》が引き抜かれた。

散弾銃《さんだんじゅう》。

Sfは一度銃身《じゅうしん》を前に振り、その反動でコッキング。

戻す反動で引き金を絞《しぼ》った。

射撃音《しゃげきおん》。

弾丸《だんがん》はまず、騎士とSfの中央に飛んでいたペットボトルを破砕《はさい》。

直後に騎士の胸当てに直撃《ちょくげき》した。

打撃音。

アッパーカットを食らったように騎士が後ろへと吹き飛ぶ。

そのときだった。広場に声が響《ひび》いた。

「――佐山《さやま》君！」

声のした方に振り向いたＳｆは、大きな影を見る。

先ほど自分が倒したはずの従者《じゅうしゃ》だ。伏していた巨体が起き上がり、こちらへと飛び込んできていた。

射撃直後のＳｆに回避運動は無理な注文だ。

しかも従者の右手にあるのは一本のナイフ。一呼吸もない間に直撃《ちょくげき》する。

「全損《ぜんそん》と判断します」

と、Ｓｆは無表情に告げた。ショックに備えて身体の力を抜く。

直後。突っ込んでくる従者に対し、横からの一撃《いちげき》が飛んだ。

「……!?」

佐山《さやま》だ。

Ｓｆの斜め右の後ろから、斜面落下の勢いと全力をもって、佐山が後ろの回し蹴《げ》りを放っていた。風を切って飛ぶ踵《かかと》は、鋭い弧《こ》を描いて従者の脇腹《わきばら》に着弾《ちゃくだん》する。

打つ、というよりも穿《うが》つ音がした。

従者の身体が直進力を失う。

が、一撃を入れた佐山は、慣性力《かんせいりょく》の大きさから半《なか》ば弾《はじ》き飛ばされるようにして宙を飛ばされた。伏せるように彼は着地して、一息。

彼の目はＳｆを見ていない。彼が見ているのは林の方。

そちらの斜面に新庄《しんじょう》が立っていた。

佐山《さやま》の視線を知ったSf《エスエフ》は、自分の判断を改める。

「中破《ちゅうは》と判断します」

直後、突っ込んできた従者《じゅうしゃ》とSfは交差した。

繊維質《せんいしつ》を断ち切る音が一つ。

Sfの右肩から先が宙を舞った。

同様に、クーラーボックスが支えを無くして地面に転がる。

佐山が振り向いて問う。

「痛むか？」

「いえ、痛覚《つうかく》はありません。痛みを得ていては、至《いたる》様のお傍《そば》にはいられませんので」

返事とともに右腕が土の上に落ち、斜面の下側に向かって二、三転《てん》。

そしてSfは見た。

背後、従者が口元から血をこぼしながら、次の攻撃を仕掛けてくるのを。

Sfは身体《からだ》を回し、迎撃《げいげき》に入ろうとする。が、その目がわずかに細められた。

突撃《とつげき》してくる従者の背後、僧侶《そうりょ》の書く文字で立ち直った騎士《きし》がこちらに長銃《ちょうじゅう》を向けていた。

そして彼の背後では、一人残った魔術師《まじゅつし》が、空中に光で文字を書き込んでいる。

魔術師の視線が自分達ではなく、林の方へ、そこから出てきた新庄の方に向いていた。

背後で佐山が動く気配がある。Ｓｆも動き出す。だが、

「……！」

Ｓｆが散弾銃《さんだんじゅう》を持つ左腕を動かすより、佐山の気配が完全に動き出すより、従者の突撃と騎士の射撃、魔術師の投射《とうしゃ》の方が早かった。

三連続の力が放たれる。

●

佐山は見た。力が来たのを。

しかし、それは正面からではなかった。真上。突撃してくる従者の頭上から来た。

女性。

白の軽装《けいそう》に身を包み、両手に長いシルエットを携《たずさ》えた女性が、従者の背に踵《かかと》から激突《げきとつ》した。

「何してんのよ……っ！」

それは着地と言うよりも相手を地に沈める杭打《くいう》ちだ。

女性の持つ物を片刃《かたば》の長槍に盾と認識したときには、既《すで》に地面に巨体のぶつかる音が一つ。

従者は身体に見合うハンマーで殴られたように、バウンドもせず地面に叩き付けられた。

従者の握ったナイフが地面に突き立つ。位置にしてＳｆの眼前十五センチ。彼女の足先だ。

だが、彼女は破損《はそん》を逃れた。佐山も、何事もない。

どういうことだ、と佐山《さやま》は思い、そして二つの流れを思い出す。

従者《じゅうしゃ》の背後にいた騎士《きし》と魔術師《まじゅつし》のことだ。

騎士は、長銃《ちょうじゅう》の弾丸《だんがん》を発射《はっしゃ》していた筈《はず》だ。

が、着弾《ちゃくだん》と同時に二十メートル四方を破壊する光の弾丸は、こちらに来ていない。

佐山はわずかに眉をひそめて奥を見る。

倒れた従者の背。そこから立ち上がる人影の向こう。もう一つの、別のシルエットがある。

一人の青年。

白のコートに身を包み、両腕には巨大な片刃《かたば》の剣を携《たずさ》えている。

柄尻《えじり》を上に、彼の身体《からだ》をカバーするために下へと構えられた白の大剣《たいけん》は、その片刃から青白い放電を作っていた。

この二人を佐山は知っている。

佐山の記憶《きおく》を再確認するように、Sf《エスエフ》が彼らを見て告げた。

「遅うございます、出雲《いずも》様、風見《かざみ》様」

「そう言いなさんなって、……間に合わなくて右腕そうなったことは謝るけど」

御免《ごめん》ね、と、曲線的なラインの長槍と盾を抱えたのは、風見だった。

昨夜に新庄《しんじょう》が着ていた白のスーツと同じ格好《かっこう》だが、腰をラップ状に布が包んでいる。また、背には中折れ式のバックパックのようなものを一つ。

風見は学校で見せるのと同じ笑みをこちらに向けてきた。

「あら？　あんまり驚いてないわね」

「当たり前だ。いつもの君らの奇行からすれば、このくらいは容易《たやす》い」

「そりゃまあ、残念なことだぜ」

出雲の声が響《ひび》く。

こちらに背を向けていた彼は、巨大な剣を右腕一本で下に降ろし、振り向いた。

「全竜交渉部隊《チームレヴァイアサン》、実働班、出雲・覚《かく》。――って名乗ると格好いいか？　どうよ？」

佐山は無視した。

気になっていたことがある。魔術師の術《じゅつ》のことだ。それは間違いなく新庄の方へと飛んだ。

大丈夫だろうかと、佐山はゆっくりと振り向く。

と、視線の先、林の前に、長髪《ちょうはつ》を揺らした人影が一つあった。新庄だ。

それだけではない。

やはり新庄の傍《かたわ》らにも知った影があった。白のシャツに黒のベストとトルーザーをまとった長身の老人。黒い手袋以外は無手《むて》で立つ彼の名を、佐山はつぶやく、

「衣笠《きぬがさ》書庫の司書《ししょ》、ジークフリート・ゾーンブルク……」

彼は頷《うなず》き、振り向いた。青い目の視線がこちらと合う。そして白い顎髭《あごひげ》が動き、

「その呼び方には一つ付加が必要となるな、元護国課《ごこくか》顧問《こもん》・魔法使い、と」

「更にもう一つ必要であろう!?」

叫んだ声は騎士《きし》のものだ。

皆の視線が騎士に集中する。騎士はジークフリートに勢いよく長　銃《ちょうじゅう》を振り上げ、

「我らの1st－G《ギア》を滅ぼした大《たい》罪人めが!!」

彼の声と動きに、最も近くにいた出雲《いずも》が反応した。

「やめとけ、っつーの！」

声と共に大剣《たいけん》を横薙《よこなぎ》に振り払う。片刃《かたば》の剣は軌道も滑らかに、宙を容易《たやす》く疾走。

だが、響《ひび》いた音は騎士の鎧《よろい》を打つものではなかった。

魔術師《まじゅつし》。

「何!?」

老女は手にしていた杖を盾に、騎士の前に出て出雲の剣を受けた。

杖が歪《ゆが》んだ直後に折れ、彼女の身体《からだ》が吹き飛ぶ。

その代償《だいしょう》と共に、騎士は長銃の引き金を絞《しぼ》った。

金属音を奏で、長銃に装塡《そうてん》された本が光を放射。

射撃《しゃげき》。

ジークフリートに向かって、光が浅い弧《こ》を描いて飛んだ。

まるで彼を上から殴りつけるように。

対するジークフリートは、右手を軽く振る。
と、掌《てのひら》から下に落ちるものがあった。
紙だ。
ジークフリートは一歩を前に出る。
右腕を大きく振り、彼が狙うのはまず飛来する光。
直径五メートルほどに膨《ふく》れ上がった力の固まり。
それに対して彼は無造作《むぞうさ》に右手の紙片《しへん》を叩きつけた。
直後。
力の光がいきなり消えた。
誰もが目を見張った中、ジークフリートは次の一歩を踏み、
「！」
走り出す。
彼の右手、頭上に掲げられた紙片の上に文字が載っていた。
先ほどまで白紙であった紙の上、強い筆跡《ひっせき》で書き連ねられたのは一つの被害《ひがい》調査書だ。
文字は読めないが、イメージは伝わってくる。
それは街の中、ある地区の死亡者数とその内訳。
ジークフリートは走りながら紙片を握った。

筒状《つつじょう》に握られた紙片《しへん》から光の刃《やいば》が突き出す。

「……恨《うら》みの力か」

つぶやく動きの全ては一瞬《いっしゅん》。

騎士《きし》の懐《ふところ》へとジークフリートは飛び込んだ。

騎士が長銃《ちょうじゅう》を構えて一撃《いちげき》を放つ。

が、攻撃はジークフリートの脇を抜けた。

沈み込むような動きを見せたジークフリートは、そのまま掲げた光の剣を振り下ろす。

一撃の行く先は騎士の長銃だ。

走る軌道は光の残像《ざんぞう》で見え、切断の音は石を割る音に近い。

断たれた長銃の前側、本の装塡《そうてん》された箇所が垂直にずれ、落ちていく。それを見ながらジークフリートは立ち上がり、左手を振った。

騎士が長銃を捨て、身構えた。

が、ジークフリートの左手は、騎士へと向かわない。

彼は宙を落ちていく本を左手でホールド。

そのままジークフリートは騎士へと本を差し出し、告げた。

「――落とすな。本は大事に。酷使《こくし》するときも、な」

第十一章

『彼女の手指』

待つ人を引き寄せれば
それは望む人になる
待つのではなく自ら望む人に

日が傾きだし、建物や人の影が、少し斜めになる。

東京の西にある尊秋多学院《たかあきた》の校舎群も、己《おのれ》が落とす四角い影を斜めに歪《ゆが》ませる。

学院西側《にしがわ》の二年次普通校舎の裏側、そこに落ちる影の中に、更に二つの影があった。

ブレンヒルトと黒猫だ。

ブレンヒルトは息を切ってあえぐ黒猫の言葉を消していない。黒猫は腹這《はらば》いに、小声《こごえ》で、

「いや、人生で一番焦《あせ》ったよ。監視《かんし》対象を追っていったらドンパチ見ることになって、しかもいきなり射撃《しゃげき》されるなんて思ってなかったもん。散歩がてらに生身《なまみ》で行くもんじゃないね」

「よく考えると、貴方《あなた》は1ｓｔ―Ｇ《ギア》の歴史にもの凄《すご》く関わった猫になるんじゃないかしら。ともあれ、逃げて来れて良かったわ」

「心配してくれてるの？　有《あ》り難《がた》いなあ」

「そうね。今まで築き上げた私と貴方の良い関係が無駄《むだ》になってしまうもの」

「僕は〝良い〟って意味がこの世に幾《いく》つもあるって今《いま》知ったよ……」

一息つく黒猫に、ブレンヒルトは言う。

「とにかく、私が学食に行くのを足止めしてまでの急いだ報告は、何？」

「〝王城派《おうじょうは》〟は降伏する、ってことだよ。タカ派の全員が出てきたけど、負けた」

「負けた？　全員で？　ＵＣＡＴの方は誰が出たの？」

「解《わか》っているだろう？　僕が誰を監視していたのか。僕にとって今日の〝王城派〟のテロは彼の追跡で見つけた派手なオマケだよ。——出たよ、彼は、戦闘にね」

ブレンヒルトは、自分達の監視対象の名を確認するようにつぶやいた。

「……ジークフリート・ゾーンブルク」

「そう、だけど彼はゲストでしかなかった。主力は別さ」

その言葉に表情を硬くしたブレンヒルトに黒猫は言う。笑みを含んだ口調で、

「この学校の生徒会会長と副会長、そして会計、……彼らが全竜交渉部隊《チームレヴァイアサン》のようだよ。他、自動人形が一人いたけどゲストのようだったね。どうする？」

「どうするって……、敵になるならば、有事《ゆうじ》の際には戦うだけよ」

言うと、黒猫は黙った。ゆっくりと息を整え、ブレンヒルトを見上げる。

ややあってから、黒猫は問う。

「出来る？　いくら君でも、彼らに恨《うら》みは無いんだろう？」

「でも、敵であるならば仕方ないでしょう？」

「今、そこですれ違い、君に挨拶《あいさつ》するかもしれないのに？」

「戦う場で挨拶するとでも思ってるの？」

ブレンヒルトが言うと、黒猫はじっと主人を見上げた。

　わずかな時間の後、そうなんだ、と頷《うなず》き、上げた視線を下げる。かすかに口を開き、

「でも君は、ジークフリートから教えてもらった歌を憶《おぼ》えている人だ」

　対するブレンヒルトは吐息。腰に手を当て、首を傾《かし》げる。

「何の意のつもりか知らないけど、あまり困らせないで」

　わずかに考え、うなだれたように下を向く黒猫に彼女は言う。

「確かに戦場では敵になるかもしれないけど、ジークフリートは別として、全竜交渉部隊《チームレヴァイアサン》は編成中の筈《はず》。ならば、他の皆はまだ敵になると決まったわけではないんでしょう？　違う？」

「うん、副会長がいろいろ話を聞いていた。まだ、全竜交渉部隊《チームレヴァイアサン》はちゃんと出来上がってない」

「だったらどうなるか解《わか》らないじゃない。私達は、1st－G《ギア》を滅ぼしたジークフリート達と違って、まだ明確に戦闘員ではない者を殺そうとは思わないわ」

「そう……。うん、だったら良かった」

　と顔を上げる黒猫に、ブレンヒルトは無表情を返し、何も言わない。黒猫は、

「これって、良い関係？」

「自分で言うのは最悪よ」

　ブレンヒルトは頬《ほお》に片手を軽く当てて苦笑。しばらくしてから、手を下ろし、

「でもね、〝王城派《おうじようは》〟は古巣《ふるす》の和平派《わへいは》に合流するでしょう。ＵＣＡＴも、それを奨《すす》めるでしょ

うしね。私達と話し合いの席を設けるには、仲介役《ちゅうかいやく》の和平派を強くしなければ駄目《だめ》だもの」

「難しい話だね」

「そうね。でも、〝王城派〞は哀《あわ》れね。こんな小さな戦いで満足出来るならば、闘争なんて昔にやめておけば良かったのに。本心ではずっと和平派に戻りたかったのかもしれないわね」

「だからここでそこそこの騒ぎを起こして捕らえられ、自分達は主義を通したと納得《なっとく》した上で和平派に同調、と。そういうこと？　でも、何故《なぜ》？」

「誇りよ。そのために。……だから嗤《わら》うことは出来ないわ。滅ぼされた私達が失ったものを、〝王城派〞は少なからず取り戻したのだから。それを持たない私達が嗤えることではないわ」

頷き、行きましょう、とブレンヒルトは言う。足が向くのは学食だ。

猫の言葉を止めるため、ブレンヒルトは右手に青い石を摑《つか》むと、宙に字を書こうとした。

そのときだ。一つの小さな音を聞き、ブレンヒルトは動きを止めた、

「鳴き声？」

という彼女の声に、黒猫があたりを見渡し、

「――あれだ」

と、三年次普通校舎の前にある並木に顔を向けた。

端の一本。その下から小さな高い鳴き声が聞こえる。

ブレンヒルトはわずかに小走りに近づき、見た。羽が揃《そろ》った、しかしまだ幼い小鳥が、幹の

下で飛べぬ羽ばたきを繰り返しているのを。

午後の日差しの下。鳴き声が響《ひび》いている。

●

佐山《さやま》と大城《おおしろ》は広場の東側、休憩所のベンチに座っていた。

状況報告に行った新庄《しんじょう》は、今、隣《となり》にいない。佐山はそのことに軽い吐息を一つ。

見れば周囲の風景は1st―G《ギア》の騎士《きし》達が来る前と変わっていない。

石垣は崩れておらず休憩所も壊れていない。全ては概念《がいねん》空間の中で起きたことだと、今更ながらに佐山は実感する。

至るところで色とりどりの制服姿《すがた》が動いている。UCATの職員達だ。

戦闘の後、騎士《きし》達は降伏し、概念空間が中和解除《かいじょ》されると同時に、皇居《こうきょ》東側の坂下門《さかしたもん》からUCATの輸送車が来た。運送屋や植木屋や移動屋台《やたい》や警備会社に偽装《ぎそう》してきた数々の車。

それから降りてきた皆は、やはりその偽装に合った格好《かっこう》。だから制服は不統一で色とりどり。

佐山が見るからに、運送屋が調査班で植木屋が医療《いりょう》班、移動屋台が整備班だ。警備《けいび》会社はそのまま広場入り口の警備に立つ。

運送屋の制服に連行されていく騎士達。彼らを見る佐山に、左に座る大城・一夫《かずお》が口を開く。

「あの騎士達は1st―Gの過激派《かげきは》の一つだな」

「明日、和平派《わへいは》と暫定《ざんてい》交渉と聞いたが、このような派手な案配《あんばい》になるのかね？」

「大丈夫。和平派は話し合いを望んでおるよ。だが」

「だが？」

という佐山に対し、行き来する制服を背景に、大城は右の指を二本立てた。

「新庄君から聞いておるだろう？　1st—Gの概念核は二つあるんだな」

「何やら、剣と、機竜《きりゅう》というものに封じられていると」

「そう。一つはIAI本社地下のUCAT西支部に格納《かくのう》された聖剣《せいけん》グラム。もう一つは……、所在《しょざい》不明の最大過激派グループ、〝市街派〟の機竜ファブニール改の中だ。改型《かいがた》になって出力炉を稼働用と武装用に二つ持ったらしいが、武装出力炉に概念核を封じておる。厄介《やっかい》だな」

「ファブニール、か」

グラムにファブニールという名を、佐山は聞いたことがある。

……欧州の叙事詩《じょじし》。

「ニーベルンゲンの指輪だな。祖父に、それを題材にしたオペラへ連れて行かれたことがある。感想が噛《か》み合わずに帰宅してから殴り合いになったが。——だが何故《なぜ》それが？」

「そこらへんは後で説明しよう、枝葉末節《しようまっせつ》でな。ともあれ真の交渉相手は概念核の片方を持つ過激派だ。そういう場合は——」

「和平派を仲介《ちゅうかい》に立てるのが一番だ。明日の事前《じぜん》交渉は、そのためかね？」

「そう。なるべくならば争いたくはない。……我々が望むのは、彼らから概念《がいねん》を受け取り、解放することでな。拒否する者達も多いだろうが、我々はかつて各G《ギア》を滅ぼした反省として、二度と戦争をする気はないんだなあ」

右の親指を上げてみせる大城《おおしろ》を、佐山《さやま》は無視した。さて、と言い、

「つまり——、過去の遺恨《いこん》を収めながら概念の解放を確約し、世界がマイナス化するのを防げ、と？　随分《ずいぶん》と都合《つごう》のいい話を私に押しつけようとする」

「そのための交渉でな、全竜交渉《レヴァイアサンロード》は」

そして大城は指を五つ立てる。

「全竜交渉《レヴァイアサンロード》には佐山・薫《かおる》——、御言《みこと》君のお爺《じい》さんが五つの条件を立てておられる」

親指を折り、

「第一に、佐山・御言の探索《たんさく》に対し、同意する各G代表は自G以外の情報を漏洩《ろうえい》せぬこと。また、G崩壊《ほうかい》に関係する情報は、原則として佐山・御言達が自ら調査、判断するものであり、他の何者かが指導することを禁ずる」

と言って、大城はこちらを窺《うかが》い見た。

「何か質問はあるかな？」

「後でまとめて言うつもりだが、どうかね？」

おっかないなあ、と大城は微笑。人差し指を折り、

「第二に、ＵＣＡＴ関係者は、全竜交渉《レヴァイアサンロード》の開始前提《ぜんてい》情報と、友好Ｇの代表紹介以外、全Ｇの情報と、崩壊に関係する情報を指導、公開することを禁ずる」

　中指を折り、

「第三に、協力者の補充は不問とするが、強制は不可《ふか》とする」

　薬指を折り、

「第四に、ＵＣＡＴは佐山・御言が自ら行動する際、全力を持って協力態勢をとる」

　最後に小指を折って、

「６ｔｈ―Ｇ、１０ｔｈ―Ｇとの交渉は既《すで》に終了しているので、この二つのＧについては交渉を改めて行わず、他Ｇとの交渉を急ぐこと。それも早急に、あらゆる手段をもって」

　と言った。そして大城は両の手を軽く下に広げ、首を傾《かし》げ、

「どうかなあ」

　佐山は答えた。頷《うなず》き、顎《あご》に手を当て、

「単刀直入《たんとうちょくにゅう》に言うと弊害《へいがい》があるので婉曲《えんきょく》するが、――私の祖父は馬鹿か」

「おお、言うなあ。じゃあ私も婉曲に言っていいかな？」

　頭を抱え、

「キビシ～っ」

「さて、無視して言わせていただこうか」

「…………」

「交渉をしろと言いつつ、相手の情報も何も、全て、手探りで進めろ、と？　無知による間違いが起きたらあの男はどうするつもりだ。地獄《じごく》に堕《お》ちろ。——もう堕ちてるだろうが」

「まあ落ち着け。いいかな？　全竜交渉《レヴァイアサンロード》に肯定的なＧ《ギア》の代表者には折々《おりおり》紹介するでな。そして、佐山翁《さやまおう》の真意は、御言《みこと》君達に過去を知識として得てもらうことではなく、経験してもらうことなのだと思うんだがな。……懐《ふところ》の貘《ばく》も、佐山翁からのアイデアでなあ」

大城《おおしろ》は手を伸ばして、貘の頭を撫《な》でながら言う。対する佐山は、

「アイデアも何も、未《いま》だに私には今の状況全てが信じられないが」

と、頷《うなず》いた佐山は、ふと、自分が文句を言いつつもやる気になっていることに苦笑。

冷静ではないな、と思う。

……まだ関わるかどうかを決める段階だと言うのに。

その思考《しこう》だけで落ち着く。譲《ゆず》られる権利をまだ受けると決めたわけではない。解《わか》らないことが多く、まだ序《じょ》の段階でいろいろ教えてもらっているような状態だ。特に、佐山が問題に思うのは〝あらゆる手段〟と言うように、命のやりとりの有無《うむ》が前提《ぜんてい》になっていることだ。

確かに、過激派《かげきは》が概念核《がいねんかく》を持っていた場合、話し合いで決着できる保証はない。

全竜交渉《レヴァイアサンロード》は世界がマイナス概念に落ちて滅びるのを防ぐ交渉だ。

そのためには戦闘も辞《じ》さず、そして、危険を冒《おか》すだけの価値もある。が、

……しかし、私にはそれが出来るのだろうか。

疑念。

それは考えても解らない問いだ。だから佐山は首を横に振った。

気分を切り替え、1st—Gに対して気になったことを大城に問う。

「先ほどの話の続きを聞きたい。戦闘中、騎士《きし》の長　銃《ちょうじゅう》の本からヴォータン王国という名を見た。そして先ほど、聖剣《せいけん》グラムとか、ファブニールという名も聞いた。……これは」

「北欧や独逸《ドイツ》を中心に広まっている英雄叙事詩《じょじし》〝ニーベルンゲンの災《わざわ》い〟、そしてその原盤になった北欧の伝説、ヴォルスンガ・サガだ」

左手側、背後から響《ひび》いた声は、ジークフリートのものだった。

●

振り向くと、ジークフリートを真ん中に、出雲《いずも》と風見《かざみ》もいる。二人の装備は既《すで》に解除され、移動屋台《やたい》のお好み焼き屋に収納されつつあった。

佐山は三人を見据《みす》えつつ、

「どういうことかね？　何故《なぜ》、異世界である1st—Gが、こちらの世界の叙事詩と同じ言葉を持っている？」

「何故それらを、こちらの世界のものだ、と思う？」

問われ、佐山《さやま》は言葉を失う。対するジークフリートは、首を一度下に振ってから、言う。

「かつて出雲《いずも》航空技研《ぎけん》に護国課《ごこくか》が設けられ、そして有能な研究者や、テストパイロット達が選ばれた。独逸《ドイツ》からも〝魔法使い〟がやって来て、地脈の改造に乗り出した。が、世界と日本を繋《つな》ぎ、日本に世界の地力を持ち込む施設が起動したとき、日本の各地で異変《いへん》が起きた」

「異変？」

「――世界各地で伝説とされていた化け物や世界が、地脈で繋がった日本に現れたのだよ。地脈を改造したため、他のG《ギア》との接点率が増した。概念《がいねん》空間が日本の十カ所を中心に連続して開き、ときに我々との戦闘になった。そして解《わか》ったのは……」

一息。

「日本の地脈を改造した十カ所、そこに現れる他の十のGの文明が、それぞれ、地脈に対応する地方の伝説や神話、文明によく似通《にかよ》っていることだった」

「それはつまり……」

応じたのは風見《かざみ》だった。彼女はやれやれと両手のひらを上に挙げ、

「――そういうこと。このＬｏｗ《ロウ》―Ｇはね、発生以来、各Ｇと幾度《いくど》か交差し、そのとき、幾《いく》つかの接点を持っていたのよ。このＬｏｗ―Ｇは、各Ｇのマイナス概念の吹きだまりで、しかし、それゆえ、他の全Ｇの文化の特性を得ていたの」

それだけ言うと、風見はジークフリートの前を通り過ぎ、出雲《いずも》の肩に手を置く。そして、

「ま、私は成り行きとつき合いでUCATの一員やってるわ。概念空間だと体力差や腕力差もどうにか出来るから。——佐山《さやま》、アンタの関わろうとする理由は何？」

「解らない。まだ、理由も何も無いものでね」

そう、と頷《うなず》き、風見は右手の指鉄砲《ゆびでっぽう》を作った。こちらの額《ひたい》に狙いをつけ、

「昨夜ね。あの森に私達もいたのよ。そして、最後の狙撃《そげき》を決めたのは私」

「…………」

「私は成り行きとつき合いで関わってるけど、そこまで深入りしてる。考え直すなら今の内だって憶《おぼ》えておいてね、佐山。それと」

風見は指鉄砲を下げ、出雲の手を取って歩き出す。

え？　もう帰るのか？　という出雲を引くようにして風見は歩いていく。

出雲が慌《あわ》ててこちらに手を振り、風見が苦笑と共に振り返る。彼女は、偽装《ぎそう》されたピザの街《がい》頭焼《とうや》きワゴンの方に足を進めつつ、苦笑を微笑に変えた。念を押すように、

「ま、学校ではいつも通りにいこうね」

それだけ言うと、彼女は前を見る。こちらに背を向け、出雲を引いて去っていく。

立ち去る背を見てから、佐山はジークフリートに目を向けた。

長身の老人も二人を見ている。

佐山とジークフリートの代わりに言葉を作ったのは、大城《おおしろ》・一夫《かずお》だった。

「あれでなかなか、御言《みこと》君に気を遣《つか》っているなあ。風見《かざみ》君、いいなあ」

「何を悪ぶっているのか理解に苦しむがね。あと御老体《ごろうたい》、年寄りの冷《ひ》や水《みず》という言葉を知れ」

佐山《さやま》の物言いに、ジークフリートが口元に小さな笑みを漏らす。

「懐《なつ》かしい口調だ。学校で君とあまり言葉を交わしたことは無いが、佐山の個性は充分に受け継がれているようだな。佐山の孫よ」

「孫とは言っても佐山の養子の息子《むすこ》だ」

こちらの言葉に、ジークフリートは笑みを苦笑にする。

彼の苦笑に、ふと、佐山は左の胸に重苦しさを感じた。その理由を彼は思い至る。ジークフリートは戦闘中に言ったのだ、己《おのれ》を元護国課《ごこくか》だったと。

……祖父のことを知っているのだろうな。

その思いのため、ジークフリートに放つ問いは別の角度から出た。

「何故《なぜ》、１ｓｔ―Ｇ《ギア》を滅ぼした男が図書室の司書《ししょ》などしている？」

「あの場所は概念《がいねん》戦争に関する資料が含まれている。ＵＣＡＴから依頼があると、私が代理で調べることにしている。それ以前は独逸《ドイツ》ＵＣＡＴで兵器のテスターをしていたのだが――」

詰まった言葉を継いだのは大城だった。

「彼自身の能力が高すぎたのでな。兵器の純粋能力が調べられなかった。――だから九年前、前任の司書が亡くなったとき、懐かしい日本に来てもらったわけだ」

「では貴方《あなた》も……、全竜交渉《レヴァイアサンロード》に関わるのか？」

「私が関わるのは１ｓｔ－Ｇの交渉だけだ。それ以外に関わる権利はない」

そして、彼は軽く目を伏せ、つぶやくように言った。

「私が滅ぼしたのは１ｓｔ－Ｇだけなのだから」

●

日の当たる幹の下。小鳥が羽ばたきで地面を叩いている。

その前に立っているのは、ブレンヒルトと黒猫だ。

黒猫が駆け足で小鳥に近づき、慌《あわ》てた動きでブレンヒルトに振り返る。

「どどどどどどうしよう!?　え、えらい現場見てるぞなもし！　どうしよう？　可哀想《かわいそう》だよこれ、ど、どうにかならないかな!?　食っちゃっていい!?」

「最後が本音？」

半目《はんめ》で問いかけ、ブレンヒルトはしゃがみ込む。

見れば小鳥は黒い頭を仰《の》け反《ぞ》らせて鳴いていた。白い胸の中央、ネクタイのように黒くなった羽が目立つ。地面を叩く小さな翼《つばさ》はわずかな青と、やはり黒。

小さいが、色彩のはっきりした成鳥寸前《すんぜん》の姿だ。座るブレンヒルトはわずかに眉をひそめ、

「私達が関わるのは駄目《だめ》よ。こういうのは自然の摂理《せつり》なの。……上見《うえみ》て」

猫とブレンヒルトは上を見る。ポプラの木の枝の上には、黒い小さな半円の固まりがある。鳥の巣だ。が、そこからは、

「――鳴き声がしてないでしょう？　他の子達も、親鳥も飛び立ったのよ。この子はね。おそらく、飛べないの。本当は飛べるのかもしれないけど。そのことを思い出せなかったり、ちょっと力が足りなくて、飛べなくなっているのよ」

「詳しいね」

「昔、怪我《けが》した鳥を飼ったことがあるから」

「じゃあ、また飼ったら？」

「駄目。……って何よその目は。駄目なものは駄目。絶対」

「あのさ、訳解《わけわか》らないよブレンヒルト。自然の摂理とか言って、前は破ったんだろ？」

「うるさいわね」

言って、ブレンヒルトは手を伸ばして黒猫の尻尾《しっぽ》を摑《つか》もうとした。が、黒猫はステップしてかわす。砂利《じゃり》の音を小さく立てながら、黒猫は羽ばたく小鳥の向こうに回った。

ブレンヒルトが眉をひそめ、小鳥が黒猫の影に羽ばたきと囀《さえず》りをやめる。

ブレンヒルトは手を前に出したまま、

「こっちに来なさい。これから食堂に行くんだから。ほら、アンタの餌《えさ》ももらってこないと」

「いいよ、餌ならここにあるから」

ブレンヒルトが立ち上がる。吐息して、

「どういうつもり？」

「自然の摂理だって、そんな意味のことを言ったじゃないか。僕は腹が減ってるし、ちょっとストレスも溜まってるからウサも晴らしてみたい。……そういうもんだろ？」

こら、とブレンヒルトが砂利を鳴らして前に出ると、黒猫は同じ距離だけ下がった。

彼女は問う。

「……もし、私がいなくなったらどうする気？」

「そりゃ取って食うよ、本能に従って」

「つまり、私がこの子を餓死《がし》するまで見守らない限り、貴方《あなた》にはチャンスがあるのね」

下を見た。対する小鳥は羽ばたくのをやめ、ブレンヒルトを見上げている。

そして小鳥は小さく一鳴《ひとな》きした。

「…………」

無言で、しかし、ブレンヒルトの眉尻《まゆじり》はわずかに下がる。

小鳥が動く。軽く身体《からだ》を上げて羽ばたきを見せた。彼女の方を見上げながら囀る。小さな鳴き声は連続してやまない。それを聞きながら、ブレンヒルトは目を伏せた。

肩を落として吐息。その後に出る言葉は黒猫に対してのもので、

「あのね？　……いい？」

「うん」

「内容言《い》ってないのに〝うん〟って答えないのっ!!」

「確かにそうだけどさ、あのさ、……今ので少しストレス解消になった？」

うん、とブレンヒルトは肩を落とした。右手を上げ、人差し指を立てて、

「あのね？　ものすごく、責任かかるのよ？　軽いことじゃないのよ？」

「……僕を使《つか》い魔《ま》にするときは凄《すご》い気軽だった気がするんだけど」

「やかましい」

もう、とつぶやき、ブレンヒルトは再びしゃがみ込んだ。小鳥に手をさし伸べると、小鳥はわずかに迷ったが、翼《つばさ》で地面を叩いて掌《てのひら》の上に飛び乗ってくる。軽く丸めた掌の中が安心出来るのか、掌のくぼみに身を落ち着け、小さく鳴いた。

ブレンヒルトは小鳥を見て、つぶやく。

「やっちゃった……」

「あーあ、自然の摂理《せつり》を破っちゃった！　いけないなあ、ブレンヒルト君！」

どうにかしてやろうとしたが、手がふさがっている。頬《ほお》を赤く染めて歯を嚙《か》む彼女に、

「うわ、人生で初めて勝利の気分！　これからは僕の――、うおっ!!」

尻を爪先《つまさき》で蹴《け》り飛ばしてからブレンヒルトは猫に背を向けて歩き出す。

猫は早足のブレンヒルトに慌《あわ》てて着いていく。

「どこ行くの？」

「学食。この子用《よう》の餌《えさ》とか、段ボール箱とかもらえるだろうから」

「僕の餌は？」

「自然の摂理に従って鼠《ねずみ》でも食ってきたら？　いい下水を紹介するわよ」

嫌な顔する黒猫を無視して吐息。手の中、嘴《くちばし》開けて囀《さえず》る小鳥を見て、

「でもホント、いけないのよ、これ。放っておくべきことが自然の摂理なのに」

「だから自然のケダモノである僕が取って食おうと」

「アンタよく考えたら自然な生き物じゃないでしょうがっ！」

●

傾きだした午後の陽光の下。皇居《こうきょ》東側、坂下門《さかしたもん》がある。

濠《ほり》を渡る橋の欄干《らんかん》に座った佐山《さやま》と新庄《しんじょう》は、門から撤収《てっしゅう》する偽装《ぎそう》輸送車群を見ていた。

風見《かざみ》や出雲《いずも》はジークフリートと共に先の偽装車で帰っていった。

Ｓｆ《エスエフ》も簡易《かんい》補修《ほしゅう》を受け、今は整備班の車の中だ。補修準備中、無表情な彼女が、一人で帰ろうとする大城《おおしろ》・至《いたる》の手を握って離さなかったことを佐山は思い出す。

今、佐山は撤収前の会議に出た大城・一夫《かずお》を待っている。明日の１ｓｔ―Ｇ《ギア》との事前《じぜん》交渉に

関する話を聞くためだ。隣《となり》の新庄《しんじょう》は、

「これから帰りかね？　新庄君」

「うん、佐山《さやま》君が言った通り、ちょっと外を見てから、ね」

大城《おおしろ》さんが来るまでつき合うよ、と言う新庄に、佐山は軽く会釈《えしやく》。

「有《あ》り難《がと》う」

「いいよいいよ、今日はまた、やっちゃったし。……御免《ごめん》ね」

「謝ることはない。後になってのフォローもある。前に出るだけが能《のう》ではない、違うかね？」

「かもしれないけど……。ボク、フォローなんて、した？」

「昨夜は膝《ひざ》を貸してくれ、その後、いろいろと教えてくれた。今日は、私達に危険が迫っていることを教えてくれたし、今、このように私と話をしてくれている」

　こちらの言葉に、新庄は深い吐息をついた。

「何だか、向いてないのかな、ボク」

「そんなことはない」

　佐山はそう言って、昨夜、同じ台詞《せりふ》を告げたことを思い出した。

……私は、ときたま、この人の言葉を否定したくなるらしい。

　理由は何となく解《わか》っている。が、深くは追及しない。

　深いところに踏み込むことは、自分が相手に関わるということだ。

左胸が小さく痛んだ。

それは、かつて、自分と深く関わっていた父や母が失われたときに得た痛みだ。

佐山は新庄を見る。

新庄はしばらくうつむいていたが、

「あのさ」

とゆっくり顔を上げてきた。やや下がった眉が、こちらを向き、首を傾《かし》げ、

「――どうして佐山君は、今日、ここに来たの？」

「どういう意味かね？　昨日、あれだけ情報を教えておいて」

「だって、ほら、まだ佐山君は全竜交渉《レヴァイアサンロード》の権利を受けたわけじゃないんだよね？　昨日みたいなこともあったし、ここで退《ひ》けば危険な目には遭《あ》わないんだよ？」

佐山は、新庄の視線がこちらの左腕に向くのを見た。

「……どうして？」

どうしてかは、解っている。ただ、言って通じるだろうか。

解らない。

佐山は、妙なことだ、と内心で独りごちた。狭い場所といった学校において、去年、生徒会副会長選挙に出馬し、多くの生徒を前に演説し、勝利した。それが今、たった一人を前に、

「――」

佐山《さやま》は、自分の言葉が無いことに気づく。

問われ、どれだけ時間が経《た》ったか。

しかし、新庄《しんじょう》を見ると、わずかに眉尻《まゆじり》を下げた表情がこちらに向いたまま。

待っている。

その期待に与えた答えは、一つの動きだった。欄干《らんかん》についた新庄の手に、佐山はふと、自分の手を重ねていた。新庄の手指が小さく動いたが、拒否はされない。佐山は頷《うなず》き、

「……私の掌《てのひら》はどうなっている？」

新庄が視線をかすかに下に。

佐山は、重ねた手の下で、新庄の手指が柔らかく動くのを感じた。

答えが小さな声で、問うように返る。

「……熱いよ。鼓動《こどう》も、あるね」

「先ほどの戦闘の残滓《ざんし》だ。そして——」

佐山は思う。

……昨夜の君の鼓動と熱は、こんなものではなかった。

高鳴って熱を持っていたが、もっと落ち着き、もっと深いものだった。

その違いを知りつつ、佐山は告げた。

「私はこれ以上のものを得たいと思っている」

「さっきの戦闘で、あれだけ暴れておいて、まだ足りないの？」

「足りない。そして思うのだよ。……私は、本気になっていいのだろうかと」

「どうして？　どうして本気になりたくないの？」

佐山は新庄を見る。新庄の表情は、昨夜にも見た謝罪《しやざい》のような表情。

その目から、我《われ》知らずと視線を逸《そ》らし、佐山は答えた。

「佐山の姓《かばね》は悪役を任ずる。祖父の教えであり、……私はそれを行うように育て上げられてきた。私の力は、悪や敵と決めたものに対し、更なる悪で潰《つぶ》すことに捧《ささ》げられている。だが」

頷き、

「私の悪は、本当に必要なものなのかと思う。――本気になることは出来る。しかし、今の私は自分の選択に恐れを感じる。これでは、きっと長くは保たないと思う」

「自信が……、無いの？」

問いに佐山は沈黙《ちんもく》した。

だが、無言に対して新庄の追及はない。ただ、新庄は首を横に振り、

「確かに佐山君は、結構《けつこう》いけると思うんだ。でも、何がどうなるかは誰にも解《わか》らないよね。今、大城《おおしろ》さん達は誘ってるよ。やってみろ、しかし、死ぬかもしれない、って。そして今、佐山君は言ったよね。自分の本気が、恐ろしいって」

つぶやき、新庄は言葉を送ってくる。

「だったら、全竜交渉《レヴァイアサンロード》に関わるのは、……やめた方がいいんじゃないかな」

●

佐山《さやま》は新庄《しんじょう》を見た。

視線が合うと、こちらの手の下に重なった新庄の手指がわずかにこわばった。

「あ、あのね、佐山君は、正直な話、見ているとちょっと怖いよ。初めて逢《あ》ったときも前に出て戦って、ボクを支えようとしたし、今さっきも……」

佐山は左の胸の痛みが少し大きくなったことを悟る。が、右の手は新庄の手から離さない。わずかに湿ったような温かみを感じながら、

「戦い、負ければ死に、勝っても自分に恐怖を感じ、敵方に恨まれる、……か。でもそれはUCATが望んでいることかもしれない」

「……え？」

疑問の声に、佐山は答える。

「私一人に恨みを押しつけて、そして私が死ねば、世界は軽くなるのだろう？　UCATは無《む》傷《きず》でね。違うかね？」

言葉に対し、新庄はわずかな驚きの顔を作ってから、しかし、

「だ、駄目《だめ》だよそんなこと！　佐山君がそんな風になったら嫌だよボクは！」

眉を立てての叫び。響《ひび》く声を、佐山は身体《からだ》に通して、思う。

……君は有《あ》り難《がた》い人だ。

対する新庄は、自分の言った言葉の内容に気づいたのか、眉尻《まゆじり》をまた下げた。見れば頬《ほお》は赤くなっており、こちらを見る目は横目。

佐山は口元に笑みが出るのを抑えない。

いつの間にか左胸の痛みが消えていた。それを心地よいと思いながら佐山は言う。

「まあ、君が私に死ぬぞと言うのならば、私も同じだよ、新庄君。君のやり方こそ、――私にとっては死ぬ方法に見えるのだからね」

「そ、そうかなあ……？」

「そうとも。――撃《う》つべきときに撃てない。こちらに危険を告げるため無防備に戦場に出てくる。あれで死んでいない方がおかしい」

言われた新庄は、困ったように唸《うな》る。

うー、と喉《のど》の奥で考える新庄は、一つの事実に気づいていない。

……そんな私と君が、二度も戦闘に加わってどちらも生きているのは、何故《なぜ》だろうか。

佐山の疑問に答える者はいない。ただ、新庄は喉の唸りを吐息に還元《かんげん》。

振り返る顔、その中にある黒い瞳はまっすぐこちらを見る。小さな唇が開き、

「確かにそうかもね。ボク、少し思ってるよ。お父さんやお母さんのことを捜しているという

だけで戦闘に関わって、役に立ってないって」

そこまで言ってから、台詞《せりふ》を止めた。そして時間をかけ、言葉を選び、

「佐山《さやま》君は、勝つことを狙って戦っているのかな？」

「ああ、祖父からそう叩き込まれている。……戦うならば、損失する分の代償《だいしょう》を勝ち取れと。悪役として、已《おのれ》が敵や悪と思ったものを排除しろと」

それが戦う際の姿勢だ。

だが、と佐山は思う。それは戦う自信にはならないのだ、と。

そんな佐山の言葉を聞いた新庄《しんじょう》は、小さくつぶやいた。凄《すご》いね、と前置きし、

「ボクも、そのくらい言えたらいいのになあ……。ボクには佐山君みたいな、戦うときに、どう戦おうかっていう姿勢が無いから」

「私には、君の両親捜《さが》しのような、……自分の判断を支える自信の元がない」

言うと、新庄は小さくつぶやいた。

「逆だね、ボク達」

そして苦笑。そのまま新庄は眉尻《まゆじり》を下げ、苦笑を深くした。

「ホントにボクとは逆だよね。ボクなんか、どうすれば変に必死にならずに済むのか、いつも考えてるよ。もっと力を付けて、余裕《よゆう》を持ちたいって」

佐山は新庄の言葉を聞き、考えた。わずかな沈黙《ちんもく》をもってから、佐山は言う。

「確かに私達は正逆《せいぎゃく》だな、新庄君。そのことを憶《おぼ》えておこうか」

「……え？」

どういうこと？　と新庄は首を傾ける。

佐山は答えず、右の手を動かした。

橋の欄干《らんかん》の上、自分の手の下にある新庄の左手を持ち上げる。

細い柔らかな指だった。それを、佐山は自分の右手で包み込む。

一瞬《いっしゅん》だけ、新庄の指が引かれようとする。が、佐山は新庄の掌《てのひら》の肉に軽く指を食い込ませた。

「あ……」

という小さな声と共に、新庄の手指が緊張《きんちょう》。

しかし、その指はやがて最低限の力を遺《のこ》して曲がり、こちらに委《ゆだ》ねられた。握られた自分の手を差し出すようにして、だが、新庄はゆっくりと握り返してくる。

佐山は、かすかな力の繋《つな》がりを手に実感。見れば、新庄が、うつむきの上目遣《うわめづか》いをこちらに向けていた。視線を合わせると、少し肩を震わせ、慌《あわ》てた口調で、

「あ、あのね？　さっきの、……どういう意味？　憶えておこう、って」

簡単なことだよ、と佐山は言う。

「君の私に対する意見は、きっと、私が望んでも得られぬ、もう一つの答えだということだ」

「……え？」

「深く考えることはない。絶対的な逆がいても、意に介《かい》さなければ同じだからね。でも……、私達が自然体のままでお互いの逆を望んでいるという事実は憶《おぼ》えておきたい。どうかね？」

「どう、って、……どう扱っていいものかなあ」

笑いとも困りとも見える顔をする新庄《しんじょう》に、佐山《さやま》が笑みを返す。

そのときだ。去っていく偽装《ぎそう》車両の間に立つ人影がこちらに手を振った。大城《おおしろ》・一夫《かずお》だ。

佐山は、一息ついて左腕の時計を見た。既《すで》に時刻は四時近い。

「大城さんが呼んでるよ」

と、確認を取るように新庄が告げ、欄干《らんかん》から降りた。

佐山も欄干から降りて、向き合う。

新庄が、握り合った手を見て、うつむき、言葉を下に落とした。

「あのね、今日、ちょっと、寮《りょう》に戻っても、……驚かないでね」

「何か贈り物でも？」

「うん、ちょっと。……今《いま》決めたんだ。いろいろ悩むだろうけど、そうしなきゃ駄目《だめ》だって」

「何が贈られるのかは解《わか》らないが、有《あ》り難《がた》く頂くことにするよ」

佐山の言葉に、新庄は顔を上げた。眉の下げられた顔が、緩み、笑みとなる。

細められた新庄の瞳に映る日は、いつの間にか西日《にしび》。

朱になりつつある光の中、二人はどちらともなくゆっくりと、繋《つな》がっていた手を解《ほど》いた。

第十二章

『初めての再会』

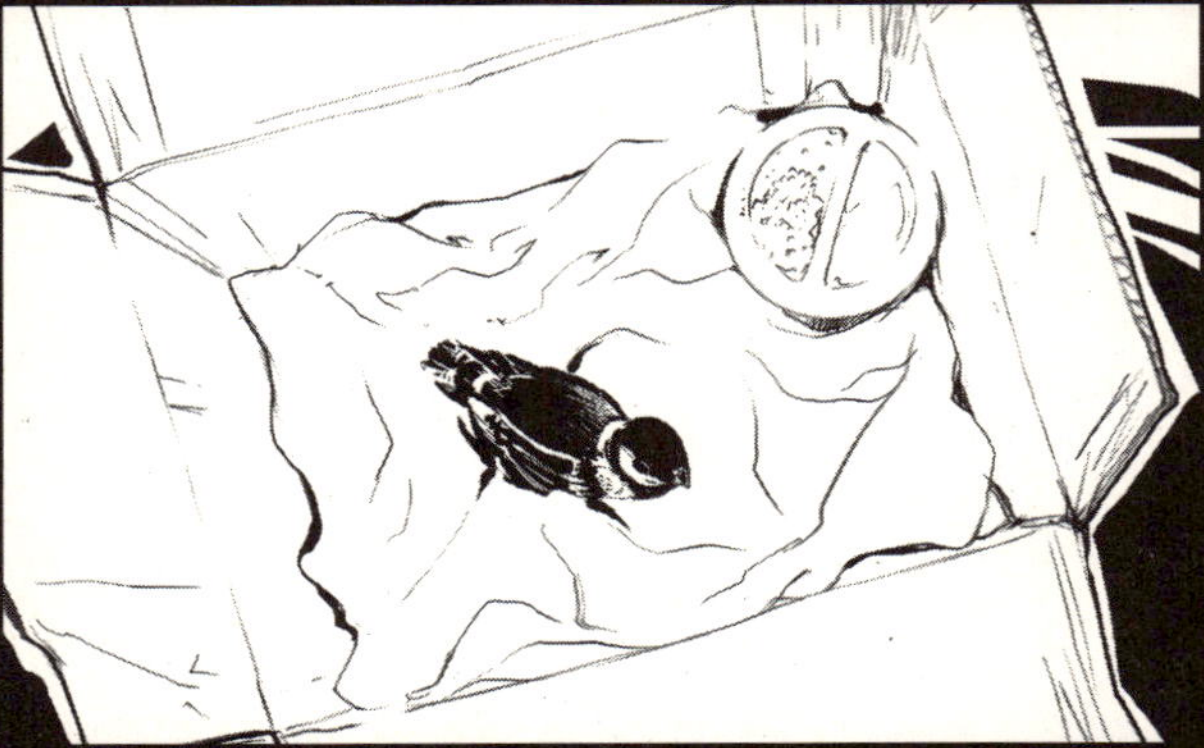

出会いとは束縛の始まり
だから出会いは一瞬
続く永遠とは縛りか別れの二者択一

尊秋多学院《たかあきた》の普通校舎帯の東北側に、地上三階建ての四角い建物がある。一部煉瓦《れんが》造りの、テラスなどを持った平たい建物だ。正面には地下一階への入り口もあり、その入り口にはプラカードが一つある。〝中央学食棟〟と。

春休み期間中、開いているのは地下階のみ。

地下に降りる広い階段。その壁に貼《は》られたプラカードにある文字は、〝営業時間二十四時間〟という太いゴシックだ。〝但《ただ》し、深夜と休日は縮小営業〟という字も併記《へいき》されている。

階段を下り、横に八枚並ぶ硝子《ガラス》の大扉《おおとびら》をくぐり、薄暗い中に入る。

すると、ロビーには学食の券売機《けんばいき》の並びと共に、大きな掲示板が幾《いく》つもあるのが見える。

ロビーから奥に入ると、中は五十メートル四方の、白い壁に包まれた空間だ。ここにあるのは、一定間隔《かんかく》で立つ四角い柱と、その間を埋める八人掛けのテーブルの群れ。

しかし、人影は少ない。隅《すみ》の売店はシートをかぶせられている上、東側の壁《かべ》一面のカウンター、その付近だけが明るいという状況。

中にいる人影は、テーブル側に私服や学生服が少しと、ラグビーの赤シャツ姿が少し。そして、カウンター側に一人の制服少女と黒猫がいる。

少女は、灰色の髪を後ろに流すブレンヒルトだ。

ブレンヒルトはカウンターに手をつき、厨房《ちゅうぼう》の方を見ている。

と、待っていたものが来た。

割烹着《かっぽうぎ》姿の老女が持ってきたのは、三十センチ四方の段ボール箱。

箱の中、布巾《ふきん》が敷かれており、隅には水と、粗《あら》く潰《つぶ》した乾燥トウモロコシが入った平底《ひらぞこ》の碗《わん》が一つずつ。その間を小鳥が小さく跳ねていた。

「大変なことなさるねえ。まあ、大きくなってるから間違いはあまり起きないと思うけど」

老女が言って、箱を差し出すより早く、ブレンヒルトは一礼して自分の手を前に。

その手に、箱が載せられた。

「…………」

ブレンヒルトは箱を抱きしめる。

箱の中から小鳥がこちらを見上げていた。小首《こくび》を傾《かし》げる動きに、ブレンヒルトは笑む。

老女の声が聞こえた。

「懐《なつ》かしいもんだねえ。私も子供の頃、捕《つか》まえたもんだよ」

「そうなんですか？」

「そうそう、このババアにもアンタみたいな時代があったのさ」

ブレンヒルトは黙っていたが、足下の黒猫が前脚《あし》でこちらの左臑《すね》を軽く叩いた。

カウンターの下、ブレンヒルトは左の爪先《つまさき》で猫を蹴《け》り飛ばす。

と、それに気づかぬ老女が小鳥を見て言う。

「戦後の間もない時期でね。親父《おやじ》が闇市《やみいち》で手に入れてきた麦と酒をちょっとくすねてさ。麦粒《むぎつぶ》に染み込ませておくんさね」

「それを……、鳥に？」

「そうそう、遠くに一粒《ひとつぶ》放って、それを食べたら、段々近くに放って寄せてくるんだよ。連続して食べて、こっちに近寄ってくる頃には、上手《うま》く飛べなくなってる」

「酔《よ》っぱらって？」

「そう、でも、捕《つか》まえた翌日にいなくなっちゃってねえ。でも、親父も惜しそうな顔をしてたっけ。美味《うま》そうだったのに、って。——あとで薪《まき》で殴り倒してやったけど」

ブレンヒルトは後半部を無視して黙っていたが、戻ってきた黒猫が今度は右臑《すね》を軽く叩く。

彼女は右の爪先《つまさき》で猫を蹴《け》り飛ばし、かすかに視線を下へ、猫に横目を向けた。

転がった猫がこちらを見上げていた。

が、視線を合わせると黒猫は不意に身をすくませ、そのまま背後へと下がる。

そんなにきつい目つきだろうか、とブレンヒルトが首を横に捻《ひね》ったときだ。

ふと、彼女は、背に影を感じた。猫が下がった理由を。

「……!?」

箱をカウンターに置いてから振り返れば、目の前、手の届く距離に黒いベストの胸板《むないた》がある。

驚きと、状況把握《はあく》のために一歩を下がって上を見た。

黒いベストの上、白いシャツの襟《えり》の向こう、そこに白髭《しろひげ》と禿頭《とくとう》があった。

ブレンヒルトは彼を知っている。

彼女が何かの動きを追加するより早く、カウンターの向こうから声がした。

「おやゾーンブルクさん、今日は遅いね」

彼、ジークフリート・ゾーンブルクは、ブレンヒルトの横に立った。大きな体を折り曲げ、カウンターの向こう側に食券を置く。食券を見た老女は、

「どっち?」

「ドリアの方で」

「ああ、ゲロメシね。米、あったかなあ」

「いくら通称とは言え作り手がその呼称を使うのはやめた方がいい」

「いくら何でもドリアなんて言えないって。私ゃ母親からしか料理習ってないんだよ」

「ドリアは家庭料理だ。何も恥ずべきところはない」

そうかい、と老女の笑い声が響《ひび》くが、ジークフリートは表情を動かさない。

ブレンヒルトは息を詰めて彼を見ていた。

ふと、ジークフリートが横を、こちらの方を見た。

その動きにブレンヒルトは身構える。右手は宙に、左手はブレザーのポケットに。そして表

情は消し、目は彼を見据《みす》える。

だが、ジークフリートの視線が向く先は、彼女自身ではなかった。

彼が見るのはカウンターの上の箱。中にいる小鳥は、彼の方を見上げて一つ鳴いた。ジークフリートも小鳥に視線を返しつつ、口を開いた。

「――ブレンヒルト・シルト君」

名を呼ばれ、ブレンヒルトは息を飲んだ。硬い唾《つば》を飲み、

「何故《なぜ》、私の名を？」

「君は本を借りるとき、図書委員には礼を言っても、私には言わない。図書カードの管理をしていれば自然に憶《おぼ》える」

「……恩着《おんき》せがましいんですね」

「いや、それは君の名を憶《おぼ》えた理由だ。――君に礼を強要することはない。それが君の誇りと選択なのだろうから」

言ってから、ジークフリートはカウンターの向こうに視線を戻した。

「図書室は開けてある。生物、動物の書架《しょか》に飼い方の本がある。急ぎ行きたまえ」

「命令ですか？」

「その小鳥のためだ。……しかし、猫のいる環境で鳥を飼うのはあまり感心出来ないな」

「御心配なく。私の黒猫は私に忠実ですので」

言うと、右のふくらはぎを黒猫が前脚《あし》で軽く叩いてきた。ブレンヒルトは後ろに右の踵《かかと》を振って黒猫を蹴《け》り飛ばし、箱を掴《つか》んだ。

ジークフリートはこちらを見ていない。

ブレンヒルトは一歩を下がり、わずかに間を作った。

その沈黙《ちんもく》に対して、ジークフリートは明確な答えを返す。

無視と、沈黙を。

「…………」

ブレンヒルトは踵《きびす》を返して入り口の方へと身体《からだ》を向けた。

歩き出す。その足下に慌《あわ》てて黒猫が付いてきた。

下を見れば、箱の中の小鳥が首を傾《かし》げて見上げてくる。

ブレンヒルトは小鳥を見ていた。背後には振り返らない。

彼女は息を詰めたまま、早足で食堂から出ていく。

●

普通校舎帯の北側に、白い建物の並びがある。十数という形で縦横《たてよこ》に並ぶ建物は、一見どれも三階建ての校舎のように見える。

が、南側に並ぶ窓は学校のそれより小さく、数が多い。

どの窓の中にも見えるのは、窓際《まどぎわ》の机が二つと、壁際《かべぎわ》の二段ベッド。

学生寮《りょう》だ。

今、寮は夕日に染まっていた。

陽光の朱と、建物が作る青黒い影、その中を行く人影が一つある。

灰色のスーツに身を包んだ佐山《さやま》だ。彼は学生寮並びの南西端の建物へ早足で進んでいく。

辿り着くのは、〝第四普通《ふつうか》課寮　真・男子寮〟という看板が掛けられた白亜《はくあ》の入り口。

そこで佐山は足を止めた。

腕時計を見れば午後五時三十分。大城《おおしろ》と明日に行う1ｓｔ―Ｇ《ギア》和平《わへい》派との事前《じぜん》交渉について話し合っていたら、帰りはこの時間だ。

下を見ると、胸ポケットから顔を出している貘《ばく》は目を閉じて居眠《いねむ》り中だ。そして、

「？」

佐山はふと、東側、校庭に並ぶ学食棟の方に視線を向けた。そこに動きがあったからだ。

向いた視線の先、箱を抱えた少女が普通校舎の方に歩いていくのが見えた。

……今朝《けさ》、すれ違った美術部部長か。

これからまた作業だろうか。

御苦労なことだ、と一息。自分も後で、図書室のジークフリートや、女子寮にいる出雲《いずも》と風見《かざみ》を訪ねてみるべきだな、と思う。

そのまま視線を戻し、自分の部屋、二階の東端《はし》の部屋を見上げた。

次の瞬間《しゅんかん》には、彼の表情が変わっていた。眉をひそめ、

「……明かりが点《つ》いている？」

夕日を反射する窓の向こうは明るく、中が見える。

昼間、皇居《こうきょ》に向かうとき、明かりを点けて出た憶《おぼ》えはない。

何者だろうか、と、佐山は急ぎ、寮の中に入ろうとした。

同時。大樹《おおき》の声が前から聞こえた。

「あ、佐山君」

サンダルを引っかけながら正面入り口から出てきたのは、シャツにデニムタイトの彼女だ。

「丁度良かった、と」

大樹は正面入り口の低い階段をステップ一つで降り、砂利《じゃり》の音と共に眼前に辿り着く。

「どうしたのかね大樹先生。私は目下《もっか》急用にて、現場に急行したいのだがね」

「へへー、またお堅い口調で。でも先生の話を聞かないと損を――、って待ってー！」

無視して進もうとした佐山は、袖《そで》を摑《つか》まれる。

「引っ張らないでもらえないかね？　こう言ってはなんだが、高価なものだ」

「そうやってお金の価値でものを判断するの、先生はよくないと思うんだけどなー」

「イタリア製で日本円にして七十二万だが」

「うわー御免《ごめん》なさいー！　言っておくけど先生は支払い能力バッグンにありませんよー」

「知っている。いい加減《かげん》、学食棟の売店前を定席にするのはやめた方がいいと思うが」

「だって先生、ジャムパン好きですしー。春休み中は売店が閉まってて残念で、……って人の話を聞いてから行って下さいよーっ」

今度は手を掴《つか》まれ、佐山《さやま》は吐息。大樹《おおき》と視線を合わせて頷《うなず》き、

「申し訳ないが貧乏は伝染《でんせん》する。寄るな大樹菌《きん》」

「そんなこと言ってると同室の寮生《りようせい》が入ったこと教えませんよー！」

「そんなこと言ってると貴女《あなた》が重度の馬鹿だと教えたくなるのだが」

あれ？　と自分の発言を再考する大樹。彼女の手を佐山は丁寧《ていねい》に解き、

「ともあれどういうことかね？　あの物件は奇跡《きせき》的に生まれた一人部屋で、高倍率だったのを何とか幸運にも抽選《ちゆうせん》で手に入れたのだが」

「その奇跡や幸運にどこまで佐山君が関与《かんよ》してたのかは聞かないことにしておきます……。ともあれ、その奇跡や幸運も今日までですよー。観念《かんねん》なさいっ」

指さして告げられた言葉を、佐山は無視して前に。すぐにまた手を引っ張られ、

「どうして無視するんですかあっ！」

「いや、何、もう用件は言ったはずではないのかね？　寮生が来たと」

言った佐山に、大樹は人差し指を立てて、舌を軽く鳴らす。

「いいですかぁ？　先に言っておきますけどね。……向こうは君に慣れていないんですから、あまり不穏当《ふおんとう》な言動に及ばないように」

「最近の大樹先生は頭がおかしいようだね？　いつ、私がそんな不穏当な言動をしたかね？」

「今そこでリアルタイムに――――！」

まあまあ、と佐山は右手の平を出して大樹を制する。

「言いたいことは理解出来たので安心したまえ。――つまり、礼節《れいせつ》を尽くせと」

ええ、と頷いた大樹は、しかし、腕を組み、

「その通りですけど……、佐山君のことですからねー……」

唸《うな》った額《ひたい》に、佐山は無言で右のデコピンを叩き込んだ。

●

受付に帰宅届けを出し、スリッパに履《は》き替えてから、佐山は階段を昇る。

胸ポケットの貘《ばく》が顔を上げ、肩の上によじ登ってくる。寝床が近いと感じているのか、折り返しに至る頃には、肩の上で前をじっと見ていた。

階段はすぐに昇り終える。踊り場に出て廊下に出れば、一番左端《はし》が自分の部屋だ。

西日《にしび》よりも蛍光灯《けいこうとう》の光が強い廊下の中。自分の部屋のドアが開いているのを佐山は見た。

廊下の端、ドアの脇には、段ボール箱が幾《いく》つか見える。引っ越しの荷物だ。

「…………」

佐山《さやま》は無言で歩いていく。

部屋の中から物音がする。段ボール箱を開けて、中のものを出す音だ。衣類の重なりや、本を積み上げる音が聞こえてきた。それらの音に、久しい、という感覚を佐山は得る。

……去年は同じ音を自分がたてていたものだ。

近づいた。

ドアの開いた口が見え、寮室《りょうしつ》の中が覗《のぞ》ける。

その直後。向こうから人影がワンステップで飛び出してきた。

細身《ほそみ》の、小柄《こがら》な人影だった。

段ボール箱の間に立った姿は、スリッパでわずかにたたらを踏み、耐えた。

「——と」

大きめのシャツにキュロット風の半パンが慣性《かんせい》で揺れる。そしてそれらの布よりも大きく揺れたものがある。頭の後ろで結ばれた、柔らかみのある黒髪《くろかみ》だ。

上げた顔が、かすかに目を見開いてこちらを見上げた。

佐山はその顔を知っている。

「……新庄《しんじょう》君？」

問いに、向こうは、あ、と口を開く。聞こえる声は新庄のものだ。

戸惑《とまど》ったような声に、佐山は思う。

……ここは男子寮だ。

だが、佐山は考えた。

新庄がいきなり自分との生活を望んだとしたならば、どうだろうか、と。

新庄はUCATの人間で、この学校はおそらくIAIだけではなく、UCATにも深く関わっている。

実際、出雲《いずも》と風見《かざみ》という前例もある。あの二人も、表《おもて》で言われている情報以外に、IAIやUCATの事情が深く関わっているのだろう、と佐山は思う。

また、UCATは自分に全竜交渉《レヴァイアサンロード》の権利を受けるかどうか問うている。今、新庄がここにいるのは、自分にそれを受けさせようとするための一手だと考えることもできた。

どうするべきか。どうするべきか。二度考えてから、否、と佐山は思い返した。

大人達の都合《つごう》がどうあろうとも、新庄という女性がここに来たのは確かなことだと。

思い出す。皇居《こうきょ》前の橋で彼女が言ったことを。寮に戻っても驚かないでね、という言葉を。

……無理だ。これは驚愕《きょうがく》に値する。

佐山が贈り物かと問うたとき、彼女は頷《うなず》き、そうしなければ駄目《だめ》だとも言った。

あのとき、自分は何と返答したのか。

……有《あ》り難《がた》く頂く、と。

そうか、と佐山《さやま》は結論に達した。全てはあのときに答えが出ていたのだと。

もはやここにおいて佐山には迷いも曲折《きよくせつ》もなく。ことごとくは彼女の望む通りに展開すべきだと判断した。

佐山は真剣な表情をして頷《うなず》いてみせた。軽く腕を左右に広げ、

「さあ、——私の胸に飛び込んで来たまえ」

対する新庄《しんじよう》は、安堵《あんど》したような顔で、一礼した。

「噂《うわさ》通り不穏当《ふおんとう》な言動を有《あ》り難《がと》う。——新庄・運《さだめ》の弟、切《せつ》って言います」

●

佐山は腕を広げたまま。

新庄・切は身体《からだ》を起こして、笑みのまま。

しかし新庄は、えーと、と困ったように眉根《まゆね》を下げてから、右手を前に出してくる。

対する佐山は腕を広げたまま、なめらかな動きで腰を落として身体を九十度旋回《せんかい》。広げた右手で新庄の右手を握り、握手を返した。

触れて気づくが、新庄の右手に指輪はない。佐山は腰を上げつつ、

「……弟？」

「うん」

と、先ほどより緊張《きんちょう》を解いた声と笑みで、新庄は頷いた。

「姉さんから聞いてない？　言われたんだよ。佐山君の腕が治るまでこっちにいろって」

声も口調も新庄と同じだ。摑《つか》む手の感触《かんしょく》も。

佐山は心の中で首を傾《かし》げながら、その手を離す。

「……お姉さんから、私のことをどれくらい聞いているかね？」

「交通事故に遭《あ》いそうになったのを護《まも》って、利き腕を怪我《けが》したとか。姉が仕事で忙しいから、何かしてあげたくても出来ないって……」

そうか、と言って佐山は了承《りょうしょう》する。

……ＵＣＡＴのことを、知らないのか？

「すまない。一つ、確かめてもいいだろうか？」

問いに、新庄は首を傾げた。

「うん、別にいいけど、何？」

「大したことではない」

と、佐山は新庄の前に立つと、おもむろに身を引き寄せ、右手でその右胸に触れた。

「え？　あ、や、——な、何するんだよっ」

軽い抵抗とともに、手に伝わる感触は肋骨《ろっこつ》と薄い胸板《むないた》だ。

背に軽く絡《から》めた左腕の中、新庄が身を引こうとする。が、佐山は、

「動かないでくれたまえ。大体、別にいいと言ったのは誰かね？」

「で、でも、ボク、そんなつもりじゃ……」

肩をすくめて、新庄《しんじょう》は身を引くのをやめた。

佐山《さやま》は、ふむ、と頷《うなず》き、新庄の左胸へと手を滑らせる。揉《も》むように指を押し込んでみるが、白いシャツの布地の向こうの肌は、薄く硬い。弾力《だんりょく》は浅く、昨夜《さくや》見た新庄の胸の形は無い。

……男だ。

と、佐山は軽く身を沈めた。右手を胸から外すと、ん、という小さな吐息が新庄の口から漏れた。そこで生まれた弛緩《しかん》の隙《すき》を奪うように、佐山は右手で新庄のウエストを摑《つか》んで固定。

あ、と新庄が続く声を挙げたときには、佐山はその胸に右の耳を当てていた。

わずかに速くなった新庄の心音《しんおん》が聞こえる。

音は、昨夜聞いたものと同じように聞こえた。吐息のわずかに甘い匂《にお》いも同じ。

だが、耳を当てる胸の柔らかみは昨夜見たものとは違う。浅く硬い、男のものだ。

疑念から、佐山は問うていた。

「ふむ……。君の胸は、ずっと、こうなのかね？」

「そ、それはそうだよ……」

見上げると、上気《じょうき》した顔がこちらを見下ろしている。下唇《した》を浅く嚙《か》んで、眉根《まゆね》を詰めた表情は、ややあってから、震える吐息とともに、

「も、もういい？　まだ？　あまり長いの、やだよ、こ、こんなの」

佐山《さやま》は答えず、新庄《しんじょう》の宙を泳ぐ腕を右手で取り、自分の背に回した。

「え？　あ……、や、佐山君？」

新庄に浅く抱かれる形で、佐山はその胸の鼓動《こどう》を聞く。

が、やはり変わりはない。男の感触《かんしょく》だ。鼓動の一打ちが強くなる今、これ以上は意味がない。

ふむ、と頷《うなず》き、佐山は顔を上げた。

……双子《ふたご》、と言っていたな。

佐山は心の中で改めて頷くと、立ち上がり、前を見た。

頬《ほお》赤く、眉尻《まゆじり》を下げた新庄がいる。ふう、と吐息した新庄に、佐山は腕を組み、

「安心したまえ、おかしなところはない」

「い、いや、すっごくおかしかった気がするんだけど。佐山君」

「それはまた初対面だというのに随分《ずいぶん》いきなりだね」

「その台詞《せりふ》は鏡《かがみ》見て言うべきじゃあ……」

そんなことはない、と佐山は断言した。

「先ほど下で大樹《おおき》先生に言われたばかりなのでね。注意している」

「……一応《いちおう》聞いておくけど、何を？」

問いに、佐山ははっきりと答えた。

「不穏当《ふおんとう》な言動をするな、と」

うわ、と引いた新庄に構わず、佐山は改めて右手を差し出す。そして、

「左腕の怪我《けが》が治るまでのつき合いかもしれないが、それまで仲良くしよう、新庄君。何、簡単なことだ。私はこれでも周囲の連中に比べて、――無個性なのが悩みでね」

●

夜の美術室の中。

ブレンヒルトは絵を塗りながら小鳥に餌《えさ》を与えていた。キャンバス上の森の緑を塗り込みながら、小鳥が腹を空《す》かせて鳴くたびに餌を与える。

潰《つぶ》して脱穀《だっこく》したトウモロコシを先の細いピンセットで掴《つか》み、水に湿《しめ》してから差し出す。ピンセットは軽くつまむようにしておかないと、小鳥は餌を口の中に持っていくことが出来ない。

足下の黒猫が、

「熱心だねえ」

「少なくともこの子が寝るまではこうしておかないと」

「今夜、本拠《ほんきょ》に行く必要があると思うけど、どうする？」

「定期連絡《れんらく》じゃないけど、確かに……、私がこれからどう対処《たいしょ》するべきかを聞いてきた方がよさそうね。簡単な話だったら、アンタが飛んでいけばこと足りるんでしょうけど」

黒猫は頷《うなず》く。

「おそらく皆、〝王城派《おうじょうは》〟の動きにはもう気づいているよ。本拠《ほんきょ》は活気づいてるだろうね。どうするべきかと」

「どうするも何も、聖剣《せいけん》グラムがIAI本社の地下に格納《かくのう》されている以上、どうしようも無いのだけどね。……突入《とつにゅう》作戦なんて、ハーゲン翁《おう》の好むところではないわ」

「ファーフナーのように戦争知らない二世《にせい》連中は変にやる気だけど」

と、小鳥が鳴いた。

ブレンヒルトはピンセットで餌《えさ》を与える。

小鳥は餌を飲み込んで一息。小首《こくび》を傾《かし》げてこちらを見る。対するブレンヒルトは無表情に、

「……可愛《かわい》い」

「小声《こごえ》でぼそりと言わなくていいよ」

黒猫は肩を落とす。

「でも、どうしてそんなにこだわるんだい？　小鳥に」

「こだわってなんか無いわ。自然の摂理《せつり》は大事だと思う一方で、命は大事だと思うもの」

「矛盾《むじゅん》してるね」

そうね、とブレンヒルトはパレットと筆を手に取る。筆が行くのは、森とは違う一角。今まで空白部分だった場所。小屋と人々のいるところだ。

「昔話《むかし》、聞きたい？」

「うん」

「昔……、私が幼かった頃ね」

「何百年前？　って、あ、ご、御免《ごめん》！　あああっ！　筆の後ろは尖《とが》ってるのー!!」

「うるさいわね。ともあれその頃、ある人が私達の森と近くの街を救ったの。──原因は機竜《きりゅう》の暴走でね。同化の際、拒絶《きょぜつ》反応が強くて搭乗者《とうじょうしゃ》が発狂《はっきょう》しちゃって。街は半壊《はんかい》、森に逃れた人を追って、機竜が森に飛び込んできたのよ」

猫は何も言わず、ただ頷いた。

ブレンヒルトは小屋にベースの黒を塗っていきながら、

「その人は怪我《けが》をしつつも戦ってくれて、一人で勝利したわ。そのとき、彼は、気の迷いかどうか知らないけど、……傷ついた鳥を拾ってきてね。皆で世話したの」

黒猫はキャンバスを見る。黒く塗られていく小屋の前、木炭《もくたん》の人影が幾《いく》つかある。

小屋の中には本を読む老人、小屋の前には飛ぶ鳥と戯《たわむ》れる少女と、一人の女性。

彼女達の右、少し離れた位置に木炭の線を消した跡がある。

薄く見えるのは一人の男の姿だ。

黒猫はそれらの線画《せんが》を見てから、ブレンヒルトを見た。そしてまた、飛ぶ鳥の木炭線を見て、

「つまり──」

首を傾《かし》げ、

「今また、はばたくあの翼《つばさ》をもう一度？　そんな感覚？」

違うわ、とブレンヒルトは失笑《しっしょう》混じりに言う。

「これは絵よ、事実じゃないわ。私達の世界が滅びたとき、あの鳥は籠《かご》から逃げて……」

一息。そして無言。

周囲に広がった沈黙《ちんもく》に、黒猫が身を震わせ、ブレンヒルトが小さく失笑した。

は、と小さく息をつき、彼女は笑みが含まれるような、震える声で言った。

「あの人がいたら、違った結果になったと思う。でも、彼は世界が滅びると知っていてあの鳥を救けた筈《はず》なのに、何故《なぜ》、最期《さいご》まで見てあげなかったの？　短い時間でも、あれだけ一緒にいたグートルーネ様のことも……、何故？」

誰にともなく言われた問いに、黒猫が目を見開く。

「あの人ってのは、やはり……」

「ええ。Ｌｏｗ《ロウ》－Ｇ《ギア》からやってきた魔法使い。聖剣《せいけん》グラムを１ｓｔ－Ｇから奪い去り、あの大地と空を滅ぼした男。そして、私の家族のようだった人達を殺して逃げた敵」

ブレンヒルトは彼の名を告げる。

「ジークフリート・ゾーンブルク。――私達にとって最大の仇《かたき》よ」

第十三章

『天上の位置』

天から見下ろす視線とは
実に高いところに縛られている
その快さとは別にして

13.

夜が降り始めた頃。佐山《さやま》は出雲《いずも》達と共に衣笠《きぬがさ》書庫にいた。

内部、中央が階段状に下がった書庫の中、テーブルを囲む人影は三つ。

テーブルの東側に佐山。そして彼らと向き合う出雲と風見《かざみ》だ。

書庫を管理するジークフリートはカウンターで紅茶を入れている。

スーツズボンにシャツ姿の佐山は、包帯《ほうたい》巻きの左腕をテーブルに載せたまま。

彼は腕の黒時計が六時を差すまで待ってから、こう言った。

「さあ、一体、何がどうなっているのか洗いざらい話してもらおうか、風見、出雲」

鋭い目を向ける彼の正面、そこに座っているのは体格の良い黒ジャージ、出雲だ。

「あー。何か尋問《じんもん》が始まった気がするんだけどよ。俺の気のせいか？」

「奇遇《きぐう》だな、出雲。私も始まった気がする。仲良く頑張《がんば》っていこう」

「嫌な頑張りね……」

と、出雲の横、半目《はんめ》の視線を二人の少年に送るのはノースリーブ姿の風見だ。

「どーでもいいから真面目《まじめ》に明るくいこうね。でないと天罰《てんばつ》くらうわよ、多分」

「だ、そうだ、出雲。真面目に明るく尋問といこう」

「要するに尋問プレイか。それなら夜に千里《ちさと》と、こう、何というか、その……」

台詞《せりふ》途中から空間を手でこね始めた出雲が、いきなり佐山の視界《しかい》から消えた。

直後、衝撃《しょうげき》音が響《ひび》いたのは右手。

「――――」

何事かと思って右を見た佐山は、向こうの本棚の下に転がる椅子《いす》と出雲を見る。出雲は階段状のフロアを転がり、一転二転《いってんにてん》、そして三転《さんてん》で停まる。

姿勢はうつぶせ大の字で、動かない。それを確認してから、佐山は風見に視線を向けた。

風見は手をテーブルに下げた姿勢。椅子に座ったままだ。

彼女はこちらの目に、ん？　と気づくと、ふと、テーブルの下に手を伸ばして衣服の乱れを正す。その後にようやく大の字に転がったパートナーを見た。眉尻《まゆじり》を下げ、口元に手を当て、

「ああ、やっぱり天罰が……、神は覚《かく》に五体倒地《とうち》を望まれたのね」

「私ごときの目にはよく見えなかったのだが、天罰とはテーブルの下《した》限定かね？」

「うん、〝神は見えないところで報《むく》いたもう〟ってヤツよ」

「暗殺推奨《すいしょう》か。……しかし、神のツッコミは随分《ずいぶん》と直接的だね」

「そうそう、で、どうするの？　私の神は右をトバしたら左もトバせ派だけど？」

ふむ、と佐山はネクタイを正し、

「さて、では風見の神が望む通り、真面目な話を」

「さてじゃねーだろっ！」

出雲《いずも》が立ち上がる、風見《かざみ》を指差し、

「怪我《けが》したらどうすんだっ!?」

「してないじゃん……」

何故《なぜ》だろうな、という呆《あき》れ口調の風見に、出雲は自分の身体《からだ》を見る。そして、

「――じゃ、いいか」

いいのか？　という佐山《さやま》の視線に、出雲は肩をすくめて頷《うなず》き一つ。椅子《いす》を戻して座る。

また元通りに並んだ二人を見てから、佐山は出雲に視線を送り、

「どうしてそんなに頑丈《がんじょう》なのかね？　前から疑問に思っていたんだが」

「ああ、気にすんな。ちょっとした加護《かご》ってやつだ」

「それのおかげで覚《かく》は反省しないし、私は他の人にもつい同じ調子で対応しそうになるし」

「前に電車で痴漢《ちかん》に尻を触られたときの千里《ちさと》は凄《すご》かった……」

覚はしみじみと、

「痴漢を座席横《よこ》の手摺《てす》りに三角木馬《もくば》させて、その股間《こかん》を鉄柱に、こう、何度も何度も……」

「悪は滅びろ痴漢は死ね、泣き叫んでも絶対許《ゆる》すな。――先月の女子寮標語《ひょうご》よ」

うん、と頷き、風見は一息。いきなり手を打ち快音《かいおん》一発。

「さ、オーケイレッツゴー真面目《まじめ》に行こう！　単刀直入《たんとうちょくにゅう》に言うけど私と覚がUCATに入ったのは二年前。そのときの騒動《そうどう》で10th―G《ギア》や6th―Gの全竜交渉《レヴァイアサンロード》は終わってるわ。一

応、私の両親は一般人で、IAIやUCATとは無関係。……どう？」

「解《わか》りやすい一気《いっき》説明を有《あ》り難《がと》う」

「いや、隠《かく》してもしょーがないでしょ、こういうのって」

風見の言葉に、背後、カウンターの向こうからジークフリートの声が飛んできた。

「出雲家は、やはりその二つのGを束ねることになるのだな……」

何？　と首を傾《かし》げた佐山に、出雲が言う。小さく笑いながら、

「俺の爺《じい》さんが滅ぼしたんだよ、6th―Gと10th―Gを」

そして出雲は佐山に問う。

「話は長くなるぜ。お前の同室は、いいのか？　……親睦《しんぼく》を深めたりとかしねえの？」

「ああ、後で学校内を案内する。……新庄《しんじょう》君の弟だ。知っているかね？」

「あー……、私、話だけは、――ちょっと聞いたことあるかしら」

「彼はUCATのことを知らない。今、荷物整理《せいり》中だ、まだ時間はあるだろう」

「そうか……。じゃ、千里、世界地図持ってきてくれ。――駆け足で話をしてやるよ」

●

風見が持ってきたのは教材用の大型地図だった。広げると一メートル四方になる布製《ぬのせい》のもの。

風見が、それ、と端を持って広げると、布からわずかに木の匂《にお》いが散じた。

テーブルの上、わずかに古い色に染まった日本全図が広がる。

その向こうにいる出雲《いずも》がこちらを見て、笑みもなく口を開いた。

「実際、俺も、爺《じい》さん以外の護国課《ごこくか》の話を聞くのは久しぶりだぜ。UCATはここらへんの情報を資料室に保管してるけど、許可《きょか》無いヤツは入れてくれねえし。――ジークフリート爺さんが元護国課だってのは昔のゴタゴタのときに知ったが」

出雲の視線がゆっくりとこちらの背後を見上げることに佐山《さやま》は気づく。

首だけで振り返ると、ジークフリートが銀メッキの盆《ぼん》を手に立っていた。

載っている四つのカップからは紅茶の匂《にお》い。

「カフェと行きたいところではあるが、すぐに、とは無理なのでな」

差し出されたソーサーとカップを、風見《かざみ》がまず受け取り、

「独逸《ドイツ》って紅茶もちゃんとあるのよね。昔、旅行で行ったとき結構《けっこう》飲んだ」

え、とカップを受け取っていた出雲が眉をひそめ、

「お、お前はいつの間にそんな国際人に……」

「覚《かく》と会う前よ。中学時代は父親の仕事でいろいろうろついてたの。英語喋《しゃべ》れるのはその頃の経験よ。……そんな顔する必要ある？　佐山なんかもっと脅威《きょうい》でしょーが。確か十二……」

「十三カ国語だ。祖父に叩き込まれただけで、自分の能力とは言えんがね」

佐山はカップを受け取り、ジークフリートを見上げる。

「その祖父も、自分や、貴方《あなた》のことなど一切《いっさい》教えはしなかったがね」

「で、あろうな。出雲と風見にしても、私が1st—G《ギア》を滅ぼしたというのは初耳《はつみみ》であろう」

「そりゃそうだ。それでまあ、爺さん、——どのくらい協力的だ？」

「思い出したことを必要最低限《さいていげん》には。あと、君らの知識の補正《ほせい》程度は」

彼の言葉に、風見が小さく口笛を吹く。その音を聞くジークフリートがかすかに眉をひそめたが、しかし彼女は照れたような笑み一つで彼の表情を解除《かいじょ》。カップを下ろし、

「いい感じに有《あ》り難《がた》いわ。実際、私達も二年ほどUCATに関わっているけれど、あまり情報得てないものね。覚なんか、IAIの跡《あと》取りでしょうに。お父さんが会いに来たのは——」

「千里《ちさと》」

名前を呼ばれて風見は口をつぐむ。御免《ごめん》、と一言。出雲は頷《うなず》き、佐山も頷き、

「素行《そこう》が悪いからな。親にもいろいろな思いがあるのだろう」

「フォローしたいようなしたくないような……」

ま、そういうことにしとけ、と、出雲は地図の上に手を置いた。

「皇居《こうきょ》で神州《しんしゅう》世界対応の話は聞いたそうだな？　日本は世界と繋《つな》がっていて、その状況は現在も続いている。十のGが滅びた後、敗戦した日本は、地脈《ちみゃく》加速を緩め、世界の異変《いへん》を引き受けることで占領《せんりょう》を免《まぬが》れた、ってな」

出雲はジークフリートを窺《うかが》い見る。視線の先の老人は、ただ頷いただけだった。

佐山《さやま》は出雲《いずも》の情報が正確であると判断。彼に教師役を任せても大丈夫だろうと思い、

「——続けたまえ。知りたいのはまず、十のG《ギア》の内訳だ。皇居《こうきょ》で君達は、各Gがこの世界の神《しん》話《わ》や伝説、文化に影響《えいきょう》を与えたと言った。事実、1st—Gは——」

「北欧神話中のヴォルスンガ・サガ、膾炙《かいしゃ》すれば〝ニーベルンゲンの災《わざわ》い〟だな。竜《りゅう》を倒した英雄は、その妻と、昔の恋人の裏切りにあって命を落とすことになる、ってやつだ。ジークフリートって名も出る、英雄として、な」

出雲は頷《うなず》いた。右手で日本の近畿《きんき》地方と山陰《さんいん》の間を軽く叩き、

「ともあれそれが1st—Gだ。1st—Gの概念核《がいねんかく》の行方《ゆくえ》は、知ってるな?」

「ああ、半分は聖剣《せいけん》グラムに収められIAI本社の地下、UCAT西支部にあるが……、残りは過激派《かげきは》の機竜《きりゅう》、ファブニール改に収められていると」

佐山は、腕を軽く組み、

「機竜……、か。出雲は見たことがあるか?」

「ファブニール型じゃねえけど、一度ある。簡単に言やあ竜型《りゅうがた》の機械のことだ。大体が全長三十メートル以上。空を飛ぶスゲエのもいるらしいぜ」

「概念戦争では、単機《たんき》単位では最強の兵器だった」

ジークフリートは言う。

「大城が言っていた通り、私がグラムで殺したファブニールは出力炉を一つだけ搭載《とうさい》した型で、

それを破壊すれば死亡した。が、改型《かいがた》は二つの出力炉を持ち、喉《のど》にある武装用の出力炉に肝心《かんじん》の概念核を封じている。もし戦闘になったならば、武装出力炉を破壊しても――」

「まだ稼働するファブニール改に潰《つぶ》される可能性がある、か」

「機竜は武装が無くてもその巨体だけで充分戦える代物《しろもの》だ」

ジークフリートの言葉に、佐山は頷いた。

……もし全竜交渉《レヴァイアサンロード》を受けるとすれば、そんなものを相手にすることになるのか。

苦笑。新庄・運《さだめ》が夕方に言っていたことを思い出す。死ぬかもしれない、と。

確かにそうかもしれない。が、今は情報を得るときだ。佐山は顎《あご》に手を当て、

「次、聞こう。2nd―Gは？」

「ああ、2ndは解《わか》りやすい。日本だ」

と、出雲は手を上げ、地図のこちら側、日本の伊豆七島《いずしちとう》を指し示す。

「古事記《こじき》、日本書紀《にほんしょき》、それの原型と考えられるGがあり、概念核は八叉《やまた》という炎竜《えんりゅう》らしい。2ndの者達はもうこちらにほとんど順化してる。交渉相手としては、楽だろうよ」

3rd―Gは、と出雲は伸ばした手を横に、瀬戸内海《せとないかい》を示す。

「3rd―Gはギリシャ神話の原型とされてる。この概念核に関してはよく解らねえんだ。……半分に分かれていて、片方はテュポーンというヤツが持っているらしい。それで――」

「それで？　何かね？」

「武神《ぶしん》っつー大型の人型《ひとがた》機械を見たか？　見たな？　３ｒｄ―Ｇ《ギア》は、あれと自動人形の世界だ。だからテュポーンってのは武神だろうと俺は思ってる。問題は、残り半分が見つからねぇことだけど、その捜索《そうさく》も俺達に課せられるだろうよ。お前が全竜交渉《レヴァイアサンロード》を受ければ」

問題は、武神との戦闘があり得ることだ、と出雲《いずも》は言った。

佐山《さやま》は昨夜、ＵＣＡＴの地下格納庫《かくのうこ》でそれを見ている。全長八メートル超の鉄の巨人を。

……機竜《きりゅう》といい、派手なものばかりだな。

死ぬかもしれない、という意味をまた一つ理解して、佐山は、

「４ｔｈ―Ｇは？」

危険を問わず、情報を先に進ませようと言う佐山に対し、出雲は苦笑。九州を手で示す。

「アフリカだ。――密林の奥に住むと言われる木蛇《もくじゃ》、ムキチってののモデルが概念核《がいねんかく》となっていて、ＵＣＡＴに保管されているらしい。……そして、５ｔｈ―Ｇは米国」

と、北海道を示す。

「５ｔｈ―Ｇは機竜のＧだと聞いたことがある。その概念核の半分は、何やらえらい武器となってＵＣＡＴに保存されているそうだが、残り半分はやはり行方《ゆくえ》不明だ」

「６ｔｈ―Ｇは、もうケリがついているのだな？」

「ああ、インドの神話の原型となった世界だ。ヴリトラって竜を使って治められていたＧで、ＵＣＡＴの中でインド系の人間がいたら、まず６ｔｈ―Ｇの連中だと思っていいぜ」

出雲は笑みのまま、ゆっくりと手を動かし、日本の東北を示す。

「7th－Gは中国だと聞く。が、概念核がどういったものか、俺達は知らない」

「調査することが多いな……」

「まあそれも役目だと思えよ。次、8th－Gはオーストラリア。四国だな。概念核を有する石蛇《いしへび》ワムナビってのが、IAI本社の地下、UCAT西支部に保管されてる」

「意外と西側に保管されているものがあるのだね」

うん、と風見《かざみ》が腰を上げ、中国地方の独逸《ドイツ》と瀬戸内海のギリシャ、四国のオーストラリアに九州のアフリカを差していく。

「西側にこれだけ集中してるとね。近い位置に置いてあった方が有事《ゆうじ》の際に役立つだろうって、そんな判断らしいわ。実際はどうなの？　ジークフリート爺《じい》さん」

「実際、その通りだが、……後に動かしづらくなったのは確かだ。各Gの残党が、他Gの概念核ですら奪おうと画策《かくさく》するからな」

「戦争が終わっても闘争は続く。当然といえば当然だな。――次、9th－Gは？」

「9thは中東。ゾロアスター神話の原型ではないかと言われている。なにやらドデカい機竜ザッハークってのがあったらしいが、9th－Gは敗れ、概念核はUCAT地下に保管されてる。最後、10thはもうケリがついてるけど……」

「聞こう」

そうか、と出雲《いずも》は近畿《きんき》の上のあたりを示し、

「１０ｔｈ－Ｇ《ギア》は、１ｓｔ－Ｇとは別の、北欧神話《しんわ》の原型と考えられている。１ｓｔ－Ｇが神話と言うよりも民話や伝説ベースなら、１０ｔｈ－Ｇはモロに神の世界だ」

成程《なるほど》、と佐山《さやま》は頷《うなず》いた。世界の十カ所に存在する神話と、対応するＧ。そして、

「７ｔｈ－Ｇは詳細《しょうさい》不明だが、どのＧも、概念核《がいねんかく》には竜《りゅう》が関わっているのかね？」

「そうだな。そして、概念核は武器に収められている場合も多い。半分に分かたれていた場合、そのほとんどが、竜と武器に分かれてんじゃねえかな」

佐山は思う。

……竜と、それを倒す武器の関係か。

力と抑止、富と権力、敵と英雄、そういったものの原初的な象徴《しょうちょう》だ。

「十のＧの竜を束ねる意味で、全竜《レヴァイアサン》、か」

「全竜《レヴァイアサン》って、聖書《せいしょ》の黙示録《もくしろく》で言う悪魔《あくま》の竜とも重なるヤツでしょう？　今、父親がイベント企画でそこらへん調べてるからちょっと知ってるわよ。全竜《レヴァイアサン》は、全ての獣《けもの》の相《そう》を持って……」

「俺達に望まれてるのは、そういうことだろーよ」

出雲は腕を組んだ。

「俺の予測だけどよ。……全竜交渉《レヴァイアサンロード》ってのは、十のＧの竜に対し、それを倒せる武器を持って相対《あいたい》する交渉じゃねえのかな」

出雲の言葉に、佐山は頷きそうになって、それをやめた。

まだ解《わか》らないことが多い。ここで推理を認めてしまうのは早すぎる。

……それに、何か引っかかっている。このGの説明に。

出雲達の説明には、無自覚《むじかく》以外の誤りはないように感じていた。彼らにとって解っていることは明確で、解っていないことも明確だ。

だが、何かが決定的に足りていない気もする。何が問題なのか。

「ふむ……」

と佐山は腕を組み、日本地図を見た。すると、

「？」

腕を組んだ胸前、シャツの胸ポケットで小さな動きがあった。

貘《ばく》だ。ポケットの中で寝ていたのが覚めたのか、こちらを見上げている。

うわ、と言う風見《かざみ》が触りたさそうな顔をしているが、佐山は無視。彼は貘の頭を撫《な》で、大人しくしていろと告げる。

貘が頷きポケットに身を沈めたとき。佐山は不意に気づいた。自分の気がかりの原因に。

今朝《けさ》、貘が見せた夢の中、そこで佐山は一つの遺跡《いせき》を見たのだ。

発想はすぐに言葉となる。

「――バベルだ。出雲《いずも》、バベルという塔《とう》を、知っているか？」

問いに、出雲が顔を上げた。風見《かざみ》と顔を見合わせ、

「驚くじゃねえか。――俺達も名前以外にほとんど知らないようなヤツだぜ。どうしてそれを知っている？」

「この獏《ばく》が夢で見せたのだよ、巨大な塔の姿を。あれは、この地図のどこにある？」

問いに、しかし、出雲と風見は再び顔を見合わせた。

わずかに眉根《まゆね》を詰めた二人の表情を見れば、答えは予測出来た。

「君らも、知らないのか？」

「ああ。バベルと言うからにはよ、おそらく日本の中東《ちゅうとう》、大阪付近に存在するってのは解《わか》ってる。そして、……バベルがこのＬｏｗ《ロウ》―Ｇ《ギア》の持つ聖書神話《せいしょしんわ》に関係してるってのもな」

「随分《ずいぶん》と言い切るな、知らぬ割には」

そして、

「つまり……、Ｌｏｗ―Ｇは他Ｇの影響《えいきょう》を受けぬ神話を持っていると？　それが」

「そう、聖書神話だ。Ｌｏｗ―Ｇオリジナルだと考えられているのは、な」

出雲は苦笑。背後、本棚を示す。それは今朝《けさ》、佐山《さやま》が見た衣笠《きぬがさ》・天恭《てんきょう》の本が並ぶ棚だ。

「お前が今朝見た本、憶《おぼ》えてるか？　十一冊の神話学の本。一冊目から十冊目まで、このＧの

並びと対応してんだよ、あれ。――そして、十一冊目は何をネタにしてるか、解るか？」

「……聖書だな？」

「ああ、そうだ。――日本は世界の地脈の相《そう》を持ってる。日本に立ってたバベルから中東側への影響《えいきょう》があったのか、中東側から大阪方面への影響があったのかは解らねえ。だが、……それがあるのは事実だ」

「バベルについて、詳細《しょうさい》は本当に解らないのか？」

「調べようとすると完全に情報シャットダウンなのよね。逆に、存在してます、って言ってるようなもんだわ。私達のGのものなのに、何で秘匿《ひとく》するのか解らないんだけど」

風見の肩をすくめた声に佐山は苦笑。そうか、と心の中で頷《うなず》く。

……この二人も、自分達の状況を謎《なぞ》に思い、二年間の幾《いく》らかを調査に費やしてきたのか。

何となく、納得《なっとく》のいったことがある。

「だからUCATの用語には聖書関係言語が含まれているのか。了解《りょうかい》のことを、Tes.《テスタメント》という、――テスタメント、契約の意、聖書のことだ」

「そう、聖書のLow―Gを含めて、神話のモデルとなる一から十まで合計十一のGがあったわけだ。そこの爺《じい》さんを初めとして、護国課《ごこくか》がそれらを滅《ほろ》ぼして行ったわけだけどな」

「だがLow―G《最低のギア》とは言ったものだな。どうしてそこまで卑下《ひげ》が入ったのか」

ジークフリートが頷いた。

「実際、他のG《ギフ》が自分達の世界の自弦《じげん》振動数から番号を振って呼び合っていたのだ。概念《がいねん》戦争を続けてきて生まれた符号《ふごう》だな。対し、我々も考えた。米国UCATが勝利のため、正義のために自分達のGをLaw《ロウ》―Gと名付けようと提案した。が」

「が?」

「件《くだん》のテンキョー教授がそれの綴《つづ》りを間違えて発表した。以来、Low《ロウ》―Gだ」

「それは笑うネタかね」

佐山《さやま》は吐息。そして息を吸ってから、問う。

「……ともあれ私の祖父は、これらのGのどれかを、滅ぼしたのだな?」

ジークフリートは何も言わない。ただ、目を伏せた。

それを見た佐山の胸に痛みが来た。思わず眉をひそめ、息を吸う。

こちらの異変《いへん》に気づいたのか、眼前、出雲《いずも》が眉をひそめた。彼の傍《かたわ》らの風見《かざみ》が、

「佐山? まさかアンタ……」

問うてくる。彼らは自分の病のことを知っている。ゆえに風見が椅子《いす》から立ち上がり、こちらに寄ってこようとした。そのときだ。背後、衣笠《きぬがさ》書庫の入り口が開き、

「あの、佐山君、いる?」

と、高い声が入ってきた。

「――」

佐山はうつむきかかった顔を上げ、ジークフリートの向こう、書庫の入り口を見た。

そこに、私服姿《すがた》の新庄《しんじょう》・切《せつ》が立っている。新庄は結《ゆ》った髪を揺らし、こちらに顔を向けた。

書庫の内部を見て開かれていた瞳が、こちらを見つけて細まる。

「お仕事、終わった？」

問われ、佐山は頷《うなず》きかけ、そして一つの事実に気づいた。

……狭心症《きょうしんしょう》が、収まっている？

どうしてかは解《わか》らない。ただ、新庄の存在が契機《けいき》になったのは確かだ。

佐山は内心で苦笑する。どうしたことだ、と。

彼は立ち上がり、出雲と風見に振り返った。風見が口元に笑みを浮かべ、

「行ってらっしゃいよ。初めての同居人、大切にしとくといいわよ」

風見の声を聞きつつ、佐山は頷いた。足を新庄の方へと向ける。小首《こくび》を傾《かし》げた笑顔の方へ。

●

明かりのない美術室の中、ブレンヒルトは筆を動かす手を止めた。

腕時計を見ると午後七時半。

「随分《ずいぶん》と長く集中していたものね」

と、横を見る。作業机の上に載った段ボール箱の中、小鳥が寝ていた。巣のように中央にく

ぼみを持ってたわみ重ねられた布巾《ふきん》の中央、止まり木代わりに掛けた筆を足で掴《つか》み、小鳥は目を伏せて眠っている。

ブレンヒルトはそちらを見たまま、足を振る。すると足下から、

「――あ痛っ。折角《せっかく》寝てたのに何だよ」

黒猫の足音が床に一つ。見下ろせば、黒い細身《ほそみ》が立ち上がってこちらを見上げていた。

ブレンヒルトは口元に人差し指を当ててみせる。と、黒猫は、

「鼻でもほじりたいの？」

優しく蹴《け》り飛ばした。

黒猫はこちらに背を向け寝転《ねころ》がり、そのまま愚痴《ぐち》を言い始める。が、ブレンヒルトは無視。立ち上がって箱の中の餌《えさ》と水を確認。幾《いく》つかの餌を水に浸《ひた》して入れておく。

そして腰をかがめると、黒猫の首筋《くびすじ》を掴んで持ち上げ、

「――さて、行きましょうか、本拠《ほんきょ》へ」

「あ？　小鳥は？　いいの？」

「眠っているから。だから今の内」

ブレンヒルトは黒猫を床に下ろし、足をロッカーへと向ける。行く先は美術室の後ろ側、美術部員用のロッカーだ。彼女は歩きながら制服のタイを緩め、上着を脱ぐ。

脱いだ上着を腕に掛けると、ロッカーの前に到着。扉に触れれば扉は開く。

「御免《ごめん》なさい〝鎮魂の曲刃《レークイヴェム・ゼンゼ》〟、まだ貴方《あなた》の出番じゃないの」

ロッカーの中、折り畳まれて立つ巨大な鎌《かま》が、周囲に光の玉《たま》を呼び始める。淡い蛍色《ほたるいろ》の光が生まれていくのを見ながら、ブレンヒルトはロッカーの下面に折り畳まれている布を摑む。

持ち上げ、片手で広げるそれの名を、黒猫が言った。

「魔女《まじょ》の黒装束《くろしょうぞく》」

一摑《ひとつか》みに手から吊《つる》されたのは、黒のワンピースに黒の三角帽《ぼう》だ。

ブレンヒルトは黒装束を引き寄せると、代わりに抱えていた上着をロッカーに叩き込んだ。

空《あ》いた片手が慣れた動きで走る。制服のスカートを腰から床に落とし、シャツのボタンを外し、衣擦《きぬず》れの動きとともに身体《からだ》を引き抜く。

途中、右袖《そで》のカフスが引っかかるが、歯でボタンを嚙《か》み、外す。

身につけているのは黒の下着とストッキングという軽装《けいそう》。

彼女はそこでもう一度《いちど》黒装束を軽く振り、広げた。

黒装束には襟《えり》や胸襟《むねえり》のような縫製《ほうせい》はない。一度だけ息を吸い、身体を細めてスカートの裾《すそ》を下に引く。息を戻せば、胸下《むねした》のダーツやウエストのタックで創られた立体が、身体の起伏と合《がっ》致《ち》してベルトも不要な一体感を生む。

ワンピースの胸ポケットから青い石の埋め込まれたペンダントを取り出し、首へ。

掲げるようにして三角帽を両手で頭の上に載せれば、

「――出来上がり」

鏡に写すこともなく、すぐにブレンヒルトは動き出した。足下に落ちたシャツやスカートを畳みもせずにロッカーに叩き込み、

「あ」

〝鎮魂の曲刃《レークイヴェム・ゼンゼ》〟にシャツが掛かったので慌《あわ》てて下ろした。

頬《ほお》を赤くして下を見る。と、こちらを見上げていた黒猫が、急ぎ首を横に振り、

「ぼ、僕、何も思ってないよ！　笑ってもないよ！　馬鹿めとか猿めとか思ってないよ！」

「――ならば良し」

静かにそう言ってロッカーを閉じると、周囲に舞っていた淡い光が消えた。

一度あたりを見回し、光が残っていないことを確認。その上で、ブレンヒルトは左に三つ隣《となり》にある掃除《そうじ》用具入れを見た。

歩み寄り、木の扉を開けた。中から取り出すのは箒《ほうき》だ。両手で扱う長さ一メートル半ほどのもの。ブラシ部分がビニールの花柄《はながら》カバーで覆《おお》われたものだ。

ブレンヒルトはそれを片手で回す。茅《かや》の穂先《ほさき》が軸《じく》から緩んでいないことを確認しつつ、

「大丈夫かしら。大掃除のとき、一年がこれでヘビメタごっこやってたのよね」

「その一年の延髄《えんずい》にいきなり手刀入れて悶絶《もんぜつ》させたのは誰だったかなあ……」

「あ、あれはちょっと慌てちゃったのよ。他に方法が思いつかなくて」

終わりのフローグル

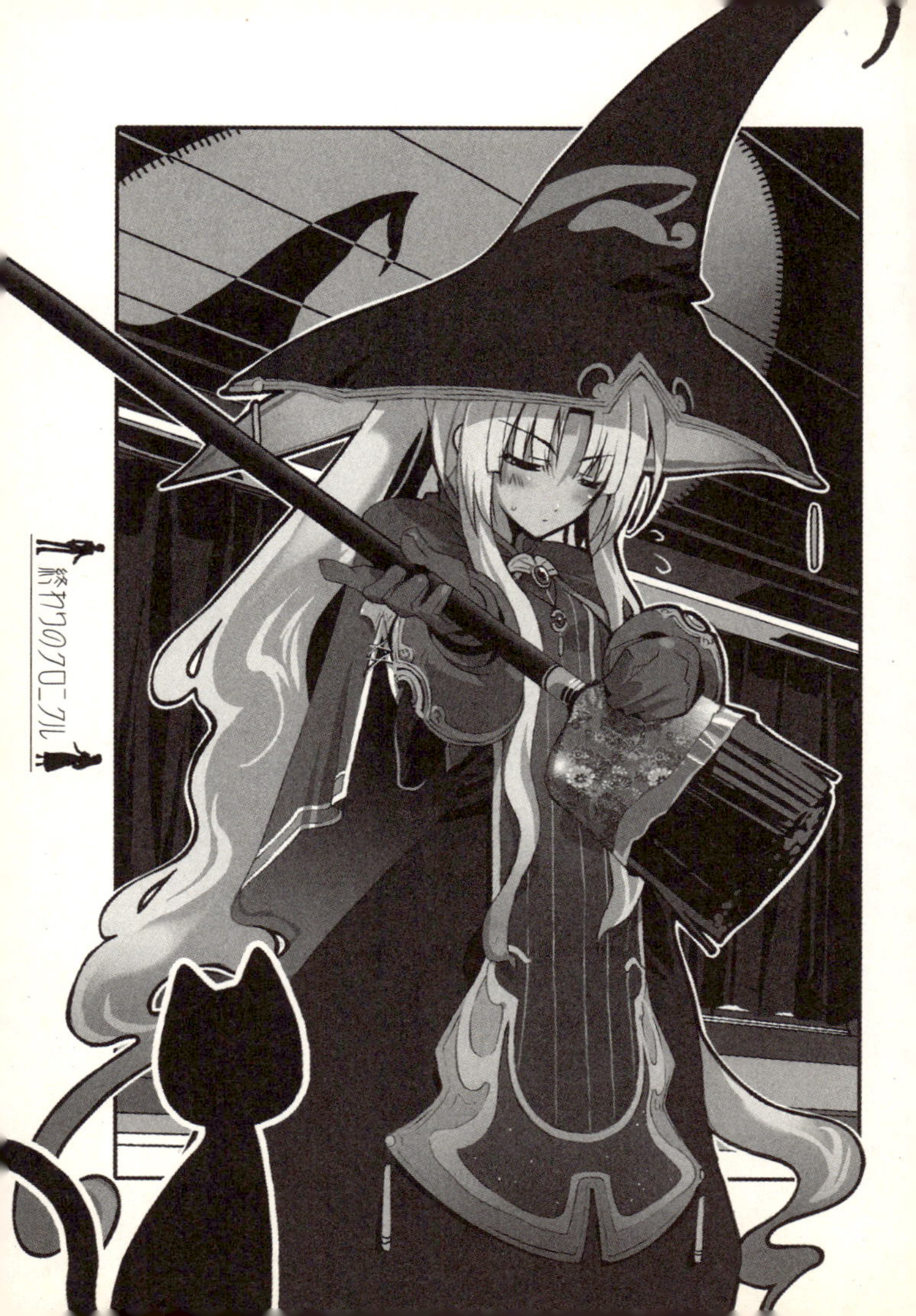

「思いつきにしてはきっちり腰から踏み込んだ手刀だったけど」

「うるさいわね。とにかく急ぎで行って急ぎで戻るわよ」

ブレンヒルトが歩き出すと、猫は吐息一つで着いてくる。

美術室の扉、閉めていた鍵《かぎ》を開けて廊下へ。足が向くのは階段。行く先は屋上だ。

●

屋上に上がると、風と月が出ていた。

ブレンヒルトは青白い光を放つ月を見上げて眉をひそめた。

「どうにもやりにくいわね。飛ぶと見えちゃうじゃない」

と自分の姿を見れば、黒装束《くろしょうぞく》が月光を反射し、わずかな青に染まっている。

屋上の床に落ちる箒《ほうき》を持った三角帽《ぼう》の影も、青黒い。

一つ鼻を鳴らしてブレンヒルトはベストのポケットから小さなパウチを取り出す。革製《かわせい》の四角いもの。上部の隅《すみ》が折られており、そこだけが口を開く構造だ。

黒猫がパウチを見て尻尾《しっぽ》を上に震わせる。

「ただでさえ君の運転は怖いのに……、しかもそれ、やるの？」

「あのね、自力発進だと音や光で見つかるかもしれないでしょ？」

「不便だよなあ、Ｌｏｗ《ロウ》―Ｇ《ギア》って……」

うなだれた黒猫に、そうね、とだけ応《こた》えると、彼女はパウチの口を開いて下に傾けた。

こぼれるのは、砂。

ブレンヒルトは歩き出す。屋上の西端《はし》へ。左手に箒、右手にパウチの砂を軽く振りながら。

ふと、鼻歌が漏れていた。聖歌《せいか》、清しこの夜のメロディラインだ。

風の中、こぼれる歌に混ざるように、月光を浴びて白く光る砂が屋上に落ちていく。

風に吹かれても、しかし散りもせずにまっすぐ下へと落ちる砂。それは、ブレンヒルトの歩きと手の振りで、一つの模様《もよう》を書き上げていく。

模様の正体は、字だ。一個が一メートル四方で書かれた1ｓｔ―Ｇの字。

屋上の中央から西の端。同じ字をまず四十個縦《たて》に並べ、次に別の字を二十個並べる。

ブレンヒルトは六十文字を書き終えてパウチを耳元で軽く振った。量があまり減っていないことに対して満足げに頷《うなず》くと、パウチをポケットにしまい込む。

そして元いた位置へ、黒猫のところへと戻る。最初の一字の上に立ち、西の空に向き、

「さあ、行くわよ」

と、ブレンヒルトは、ポケットから一つの青い石を取り出した。先端に細い鎖《くさり》がついた石。

その鎖を彼女は箒の中頃《なかごろ》に巻き付ける。

箒のブラシを地面につけ、柄《え》とブラシの接合部を軽く右足で踏む。柄を摑《つか》んだ右手は前に。

箒と自分の身体《からだ》で逆《ぎゃく》三角形の形を作る。

無造作《むぞうさ》に足下にいる黒猫の首を摑《つか》み、箒《ほうき》の先端と一緒に握り込んだ。

「前はいやああああっ！」

うるさい、と言うなり、ブレンヒルトは床に着いた左足を軽くステップ。

そこに最初の一字がある。

足を踏む音が一つ響《ひび》くと同時。並ぶ六十字に異変《いへん》が起きた。

淡い光と、動き。初めの四十字の砂がわずかな青い光を放ち、後ろの二十字の砂が橙色《だいだいいろ》の光を放った。そして、後ろの二十字を先頭に、合計六十字の板が動き出した。

ブレンヒルトの足下から、六十字の創る全長六十メートルの板が空に向かって浅く傾斜。

時間にして約三十秒、その後に生まれたのは、先端高《せんたんこう》三メートルの文字で出来た傾斜台。

背の低い傾斜台は、並ぶ校舎からも屋上に上がらねば見えないものだ。

文字の背を洗うように、東からの風が吹いた。

直後。ブレンヒルトはもう一度足下《あしもと》の床を、字を踏んだ。

全ては一瞬《いっしゅん》。

足下の文字が風を生んだ。それも吹く風ではなく、押す風を。

「――――！」

足下と、背を、壁のような質量を持った風が押し、彼女と箒と猫を前へ、傾斜の向こうへと叩き出す。

疾走《しっそう》。ブレンヒルトがまず感じるのは大気の厚み。そして速度だ。

身を沈めた視界に見えるのは、前方の景色と、足下を高速で流れる字の並び。通り過ぎた文字は光を失い、砂に戻って床に散る。

瞬間《しゅんかん》という時間の中で、初めの四十字が散った。

残りの二十字、橙色の文字上に達したとき、ブレンヒルトの身体《からだ》が浮いた。

身体は一直線に追《つい》加速。

背後から押していた風が、更に背の斜め側から、尻の下から押してくる。

傾斜の先端が見え、その向こうに西の星空が確認できたとき、ブレンヒルトは更に身を低くした。全身で箒にしがみつく。

息をつく間もなく全ての文字が床に散り、ブレンヒルトは空に射出。

轟音《ごうおん》が身体を打った。

「っ！」

虚空《こくう》。

身が何にも支えられていない。と、それだけが理解出来る瞬間が来た。

身体の五感は慣性《かんせい》に殴《なぐ》られて消失中だ。

が、すぐに全ての感覚を戻させるものが来た。襟元《えりもと》から首筋《くびすじ》をくすぐった夜風の冷たさだ。

「……あ」

わずかに暗くなっていた視界が回復したとき、眼下には民家の並びが流れていた。

高速で、箒《ほうき》は腹を削《けず》るように落ちつつある。ブレンヒルトの姿勢は箒の柄に全身でしがみついたもの。そして箒の状態は左右の振れが激しく落ち着きがない。

ブレンヒルトは顔を上げた。箒のブラシ部分、花柄《はながら》のカバーの内側からわずかに青白い光が出ているのを確認すると、左手で柄に押しつけていた猫を解放。

風の中、眼下に流れる明かりの海が近づいてくる。それに対して下した判断は一瞬《いっしゅん》。

上昇を望む。そのために、

「――飛行形態《けいたい》に移行」

ブレンヒルトは箒に巻いた石を握り込むと、足をブラシに掛けて地面方向《ほうこう》に押し込んだ。てこの原理で箒の先端が空を向く。

それがスタート。

応じるようにブラシ部の花柄カバーが自律駆動《くどう》。

光放つブラシ部が下へ、地面へと展開する。

柄尻《えじり》の左右と上部から光が放たれ、羽のような細い固定翼《よく》に変化した。

出力と翼《つばさ》、そして上へと方向が決まっていれば、箒は行く先を空へと決める。

眼下、流れる夜景がどんどん近づいていたが、ブレンヒルトは見える街並みを無視して、

「行くわよー!!」

いきなり箒の尻から光の爆発が生まれた。

快音。

箒の先端が水蒸気の環《わ》を生み、空への加速に許可を出す。

大砲《たいほう》の音。それに似た轟音《ごうおん》と共に、直情的な飛翔《ひしょう》が天に跳ねた。

飛んだ。

反動があった、と思ったときには、もう視界が高くなっていた。

箒は更に上昇するが、

「――――」

ブレンヒルトの無言を迎えるのは、眼下に広がっていく光の海。

東京。

だがブレンヒルトは苦笑を風にこぼし、天を見た。西の星空、月の見えない高さの空を。

右手の石を握り込み、更に速度を上げる。全ては西向きの上昇のために。

行く。空を、夜の空を駆け上る。全身の感覚は弧《こ》を描いて空を走り、西へと望む。天へと放り出されるような感覚をブレンヒルトは喜悦《きえつ》だと思う。だから速度は更に追加される。

猫が何かを叫んでいるが、笑みで返すと沈黙《ちんもく》した。

前へ、そして上へ。

雲の直下を行く速度は、自分が望む高度に安定するまで、緩みも停まりもしない。

あとがき

御免《ごめん》、校正終えたばかりなのでテンション高いです。そんなわけで初めての方は初めまして。初めてどころか二度や三度ではないわヌハハという武将《ぶしょう》な方はちょっとそこに座って首を出しなさい。それ以外の方はいつも通りですねお久しぶりです、と。

何のかんのと電撃《でんげき》ゲーム小説大賞で受賞してから六年間、ずっと都市シリーズというものを書いてきて、今作が初の新シリーズ（日本語変《へん》？）ということになります。

今回、内容的には現代を舞台にしたおとぎ話というところでしょーか。なお、地理的なものや、幾《いく》つかの現象については架空のものということで御了承下さいませ。

とりあえず最終話までのプロットなどは切り上がっているので、応《こた》えられるだけ応えていけたら良いなー、とか思っております。いや思うだけなら楽なので思いまくりですが（笑）。

これから宜《よろ》しくお願いいたします。

しかし二〇〇五年って第二次大戦から六十年です。この話を初めに思いついたのは八〇年代で、当時は親子二代の話でいけるかと思っていたら、今はそんな時代じゃないんですなー……。でもいろいろと調べていたら、母方《ははかた》の祖父が日鉄《にってつ》の明石《あかし》工場で軍艦《ぐんかん》造る仕事してて空襲《くうしゅう》食らいそうになったとか、そんな話が出るわ出るわ。歴史ってのは身近にあるものです。

　ともあれそんなところをつつきつつ、友人とチャットなぞしてみんとす。

「よう、そんなわけでどうだ新シリーズ」

『ああそうだな。……ヒロインは金髪《きんぱつ》の巨乳《きよにゅう》ってルールじゃねえのかよ』

「どこのルールだこのオッパイ県民。つーかいきなりそれかアンタ」

『だっていつもそうじゃねえか。貴様《きさま》の前科を挙げると文庫十五冊中の金髪率は11／15、明確な巨乳率は4／15。合計平均打率《だりつ》5．00、大リーガーでもいないぞこんなの』

「裁判長！　今の計算には詭弁《きべん》があると思います！　この腐《くさ》れ野郎《やろう》って言っていいですか！」

『黙れ、俺が正義だ。残念だったな』

「正義に残念だったなって言われたのは生まれて初めてだよ俺……」

『我慢しろ。ともあれ今回は黒髪《くろかみ》ヒロインか。被告人は今までの積み重なる所行《しょぎょう》に対し反省があったと見られる。よって判決、――無罪で死刑』

「最悪だアンタ、ってか新シリーズの一巻目のあとがきからこの調子ですか？」

『気にするな。それより最近どうよ？　猫とか追い掛けてる？』

「いやIとは違うんだから追い掛けないって。うちは相変わらず近所の半廃屋《はんはいおく》の庭に黒猫が来たり来なかったり。どっかの飼い猫らしいんだけど、最近になって二匹だったことが判明。近寄ると一匹は腹を見せるけどもう一匹はキシャー。据《す》え膳《ぜん》に激怒《げきど》とはこれはまた解《わか》りやすい」

『何かゲームに出てくる双子《ふたご》姉妹みたいだな。実はキシャーの子も憎からずというのが王道』

「憎からずの割には目がマジ本気だぞあの猫」

『頑張《がんば》れ。噛《か》まれたまま〝痛うない！　痛うない！〟って言えば全ての動物はなつく』

「それ何かネタがいろいろ混じってる？」

『気にするな。しかし神州《しんしゅう》世界対応論だと、俺の実家はモロッコあたりなんだよなあ』

「ほう、いいじゃないかモロッコ、気にするなモロッコ、今日からお前モロッコな？　その後ろに刑事ってつけるか？　ん？　どうかね？　モロッコ刑事《デカ》。略してモロデカ、どうよ？」

『お前は絶対ロクな死に方しない』

お互い様だと思うのだがいかに。

まあ、こんな感じで毎度《まいど》行きますので宜《よろ》しくお願いいたします。

今は上巻執筆《しっぴつ》中にBGMとして使用していた陣内大蔵《じんのうちたいぞう》の「僕は何かを失いそうだ」（いつ聞いても泣ける）を聞きつつ校正を終えたところですが、

「一体誰《だれ》が始まっていくのやら」

などと改めて考えてもみたり。

ともあれこれからすぐに下巻です。少々お待ちを。

平成十五年三月　花粉症《かふんしょう》の朝っぱら

川上《かわかみ》　稔《みのる》

あとがき
おまけ劇場（仮）
さとやす。

彼女はブレンヒルト
いちおう
ぼくの主人。
冷血で高圧で
突発的だけど
ちょっぴり
やさしい時もある。
あっお呼びだ！
餌っ、餌っ、
餌ですかっ、
尻っ、尻っ、
尻ですか!!!
あちょっとやめ‥
君いやこのもう～
にゃー

まじかっ

◉川上　稔著作リスト

都市シリーズ
「パンツァーポリス1935」（電撃文庫）
「エアリアルシティ」（同）
「風水街都 香港〈上〉」（同）
「風水街都 香港〈下〉」（同）
「蠢楽都市 OSAKA〈上〉」（同）
「蠢楽都市 OSAKA〈下〉」（同）
「閉鎖都市 巴里〈上〉」（同）
「閉鎖都市 巴里〈下〉」（同）
「機甲都市 伯林 パンツァーポリス1937」（同）
「機甲都市 伯林2 パンツァーポリス1939」（同）
「機甲都市 伯林3 パンツァーポリス1942」（同）
「機甲都市 伯林4 パンツァーポリス1943」（同）
「機甲都市 伯林5 パンツァーポリス1943 Erste-Ende」（同）
「電詞都市 DT〈上〉」（同）
「電詞都市 DT〈下〉」（同）

本書に対するご意見、ご感想をお寄せください。

■

あて先

〒101-8305　東京都千代田区神田駿河台1-8　東京YWCA会館
メディアワークス電撃文庫編集部
「川上　稔先生」係
「さとやす先生」係

■

電撃文庫

AHEAD《アヘッド》シリーズ

終《お》わりのクロニクル①〈上〉

川上《かわかみ》　稔《みのる》

発行　二〇〇三年六月二十五日　初版発行

発行者　佐藤辰男

発行所　株式会社メディアワークス
〒一〇一-八三〇五　東京都千代田区神田駿河台一-八
東京YWCA会館
電話〇三-五二八一-五二〇七（編集）

発売元　株式会社角川書店
〒一〇二-八一七七　東京都千代田区富士見二-十三-三
電話〇三-三二三八-八六〇五（営業）

装丁者　荻窪裕司（META＋MANIERA）

印刷・製本　旭印刷株式会社

ISBN4-8402-2389-0 C0193

電撃文庫創刊に際して

文庫は、我が国にとどまらず、世界の書籍の流れのなかで〝小さな巨人〟としての地位を築いてきた。古今東西の名著を、廉価で手に入りやすい形で提供してきたからこそ、人は文庫を自分の師として、また青春の想い出として、語りついできたのである。

その源を、文化的にはドイツのレクラム文庫に求めるにせよ、規模の上でイギリスのペンギンブックスに求めるにせよ、いま文庫は知識人の層の多様化に従って、ますますその意義を大きくしていると言ってよい。

文庫出版の意味するものは、激動の現代のみならず将来にわたって、大きくなることはあっても、小さくなることはないだろう。

「電撃文庫」は、そのように多様化した対象に応え、歴史に耐えうる作品を収録するのはもちろん、新しい世紀を迎えるにあたって、既成の枠をこえる新鮮で強烈なアイ・オープナーたりたい。

その特異さ故に、この存在は、かつて文庫がはじめて出版世界に登場したときと、同じ戸惑いを読書人に与えるかもしれない。

しかし、〈Changing Time, Changing Publishing〉時代は変わって、出版も変わる。時を重ねるなかで、精神の糧として、心の一隅を占めるものとして、次なる文化の担い手の若者たちに確かな評価を得られると信じて、ここに「電撃文庫」を出版する。

1993年6月10日
角川歴彦